U0584758

———————— 果仁精选集

NO. 2

KERNOVEL

此乃异类

果仁精选集

果仁/主编

阿丁/监制

作家出版社

图书在版编目（CIP）数据

此乃异类 / 阿丁编著. — 北京：作家出版社，
2015. 5
ISBN 978-7-5063-7995-3

Ⅰ．①此… Ⅱ．①阿… Ⅲ．①短篇小说 — 小说集 — 中国 — 当代 Ⅳ．①I247.7

中国版本图书馆CIP数据核字（2015）第095838号

此乃异类

作　　者：阿丁 等
责任编辑：丁文梅
装帧设计：hanyidesign
出版发行：作家出版社
社　　址：北京农展馆南里10号　　　　邮　　编：100125
电话传真：86-10-65930756（出版发行部）
　　　　　86-10-65004079（总编室）
　　　　　86-10-65015116（邮购部）
E-mail:zuojia@zuojia.net.cn
http://www.haozuojia.com（作家在线）
印　　刷：三河市汇鑫印务有限公司
成品尺寸：145×210
字　　数：200千字
印　　张：8
版　　次：2015年5月第1版
印　　次：2015年5月第1次印刷
ISBN 978-7-5063-7995-3
定　　价：38.00元

序 / 仁 远 乎 哉

阿丁 / 作家、果仁主编

先说个略有些奇怪的现象，为数不少的苹果产品使用者，对 iTunes 软件多颇有微词，嫌其使用不便，想"便"的话，难免要耗费一些脑筋。不过仅限于骂骂 iTunes 软件，狠下心来"问候"乔布斯的几稀。这并非只是为逝者讳，一种说法或可解释人们持有这种"厚道"心态的原因——

话说有三枚苹果改变了世界，第一个诱惑了夏娃，人类始有知耻之心；第二个命中了牛顿，十七世纪最伟大的科学成果万有引力定律得以诞生；第三个苹果被白雪公主咬了一口，乔布斯捡了去，才有了改变当今世界的"苹果"。

在这个段子中，乔布斯之所以与牛顿勋爵并列，非只他的计算机与手机，而是他催生了 App（应用软件），一个改变了现今人类生活方式的小东西。App，全称"Application"，"应用、适用"之意。它的出现，的确适用于几乎所有的人类活动和需求。据说当某个粗心大意的家伙蹲在马桶上出净存货，却发现无手纸可用之时，点开 FaceBook（脸谱）的应用，不管是有五十个人来给他送手纸，还是收到了五十个赞，都不妨碍人们慨叹应用软件的无所不能。

假以时日，你我的墓碑或许都将是一款应用，孝子贤孙们慎终追远之时，不必远足，伸指点击虚空，祖先们光鲜的履历及音容笑貌便跃然"坟"上。一切的一切皆有可能。

而继iOS系统之后出现的安卓系统与微软系统，即便是把各自的智库累得吐出胆汁来，其血液中流淌着的"苹果汁"也驱之不尽。

这奇妙的东西同样适用于文学。纷繁的阅读应用软件早已安卧于人们的手机和平板电脑屏幕上，并不新鲜。从环保的需要出发，纸张终有一日会成为奢侈品，未来的略萨、马尔克斯们，书架之上仅仅摆放着几本自己的著作，那是出版商给作者的私人订制。而他们的作品，更多的将以电子形式存在于每个读者手中的移动终端。这是个只需少许智商即可预知的趋势，通俗文学已走在前面，纯文学必然跟随。

果仁App的降生之初，即已开始蹒跚行走。在这个技术更迭变化的时代，一款电子产品必须师法牛马，其犊坠地即起，胞衣未净便得尝试小跑，须知电子技术更新之迅猛，已远超草原上虎视眈眈的食肉动物。当大多数纸质文学期刊走向私人收藏或博物馆的时候，果仁的缔造者们决定把纯文学数字化，输送至读者的移动终端，且只做短篇小说。说到这儿，忍不住剽窃一句吾友作家黄孝阳先生的话，即——

"我们不做阅读的超市，做一个分众阅读，做阅读的专卖店。"

出于从移动终端作为阅读工具的普世性和大趋势考虑，敝店仅有一种商品出售，即短篇小说。它是最适合碎片化阅读的文体，比如上班途中在公交地铁上就可以读完一个短篇。如今人类拥有太多的碎片时间，但碎片时间并不等同于垃圾时间。假如被它的主人利用好了，无异于黄金时间。好的短篇小说恰恰具有这一力量。这种短促而精准的文体，最适合作为变废为宝的工具。果仁的使命之一，就是协助热爱阅读的人，把碎片时间转化为金色质地。

同样，对于小说写作者而言，刊发于纸质文学期刊已非唯一选择。果仁刊发的作品中，就不乏"传统作家"。这是文学作品发表的趋势。未来的布克奖，甚至诺贝尔文学奖得主，其作品大量发表于某些文学App亦可预期。这一幕景象，不会延宕太久。

未来并不像你我想象得那么遥远，果仁也绝不会落落寡合，形单影只。都说做文学难，可是世上总得有几个脑子不大灵光的人一门心思做些不那么容易的事。放之于物质层面，文学也许全无用处。但是对世上大多数拒绝仅仅耽于享乐地过完一生，不想当走肉行尸的人来说，文学如宗教般，可皈依，可安放灵魂。

阻止思维的荒漠化，文学是最好使的，没有之一。

果仁的野心是做一个容器，容纳最可读的短篇小说，供热衷于阅读的人饮用。有关阅读小说的妙处，可以参考作家王朔的话："我不想变成畜生，很大程度上要靠优美小说保护我的人性，使我在衣食无忧一帆风顺中也有机会心情暗淡，绝望，眼泪汪汪，一想起自己就觉得比别人善良、敏感、多情以及深沉。很多时候，我还以为从小说中能发现人生的真相。"

果仁的想法与其说是致力于呈送最好的小说，不如说是提供一种不同，不同于传统的文学观和阅读观的不同。聪明如你，定会读出不同。

以乔布斯始，以乔布斯终——"要有勇气追随心声，听从直觉——它们在某种程度上知道你想成为的样子。其他事情都是其次的。"乔氏励志鸡汤饮罢，果仁听从直觉继续上路。

此刻在你手中的精选集，献给依然留恋墨香的诸君，愿你好读。

WRITERS | 作者

东来/媒体闲人、90后写作者

阿丁/作家、"果仁"主编
前麻醉师，后弃医从文。代表作《无尾狗》《胎心、异物及其他》《我要在你的坟前跳舞唱歌》。

易寒/某大学研究生

理查德·耶茨/美国小说家
被文学史长期不公正对待的大师，被遗忘的最优秀的美国作家。代表作《革命之路》《十一种孤独》。

张二/IT民工

黄孝阳/作家、编辑
代表作《人间世》《遗失在光阴之外》《时代三部曲》。

郑小驴/作家、杂志编辑
代表作《少儿不宜》《1921年的童谣》《鬼节》《西洲曲》。

林戈生/医生

唐棣/青年作家、导演
代表作《只要想起那些后悔的事》。

双雪涛/写小说的、80后作家
台北文学奖得主，代表作《翅鬼》《融城》。

巫昂/作家、诗人
创办手工品牌SHU。代表作《春药》《爱情备胎》《什么把我弄醒》。

周恺/电台主持、90后作家

路内/作家、广告公司创意总监
中国70一代最好的小说家之一，代表作《少年巴比伦》《花街往事》《天使坠落在哪里》。

王小山/作家、出版人、导演、扑克牌手、演员
代表作《大话明星》《这个杀手不太冷》《亲爱的死鬼》《又厚又黑红楼梦》。

目录 | CONTENTS

最真实的，莫过于虚无。

via 塞缪尔·贝克特

惊 春

+

东来/媒体闲人

+

【大马】

二小姐和我睡了。

她是来借马的,那晚明月低垂,马叫得嘶嘶,她穿着银红的衫子,踩着小碎步朝我走来,钏子和玉佩发出丁零的声响。我隔着马厩看见她,我从未见过她的正脸,富贵人家的女子有讲究,遮得严严实实,脸上还匀着粉,厚厚一层,叫你一点儿也看不清。她走得急,跨过半米的栏杆,几乎摔在了干草垛上。

她走进来细细唤我:"大马。"

我从马背后绕出来,拍去身上的灰土,看着她。她又低了头,那齐齐的头帘遮下来,我的老脸也有些羞煞,伸手去拨马灯。场子明亮了一些。场子外仍是一片黑暗。

"我朝你借马。"

"二小姐借马做甚?"

"我要走啦。"

"二小姐要去哪儿?"

"去找张生。"

"张生是谁?"

"你借不借?"

我想了想，张生怕是个年轻的后生，二小姐这是要去找汉子；如果让老爷知道，我借她马让她去找汉子，我这活儿就干不了了。我摇摇头，拍了拍马背，说："借不得。老爷要怪罪。"

"你借吧。"

"不借。"

她朝我这边走了一点，马灯映着她的脸。那层粉红的匀净的皮肤在灯光下如同透明，我想起了去年冬天窗上结起的冰花。她读过诗书的眼睛朝我逼视了一会儿，露出哀怨，可怜兮兮。读过书的女人就是麻烦，你知道她们事儿多，病歪歪的，脑子生骨百转千回，会装可怜，不如乡下女人省心。我倒是瞧清楚了二小姐的脸，细眉细眼，好像画里走出似的。

我说："二小姐，你快别往前走，快贴着我了。"

她不听，从袖子里探出两只雪白的手，搂住了我的脖子，冷得我一激灵。她又剥我衣服，蛇一样的手滑进了我的怀里，摸我胸前突起的肋骨，又绕到我的背后，挨个数我的脊椎骨。她那双滑腻的手摸过的地方，就像抹了层桂花油。

"你借我马吧。"

我握住她的手，那双手软的，嫩的，没有一丝茧子，手背上还戳着几个小肉窝。我将它们握住，它们几乎要融化在我的手心里了。二小姐今早刚刚洗的头，我给她烧的热水，她头发还蓬松着，丝丝缕缕挂在额前，浑身都是皂荚的清香。我从来没抱过读过书的女人，我想着，就扯动了那双手，将二小姐整个人拉了过来，搂在了怀里。

"我借你马。"

【翠菱】

二小姐得了睡症。

去年冬天的时候，她坐在桌前，正描着花，抬眼看了看门外的雪，忽然说眼花犯困，让我拨一拨炭火，暖一暖屋子。她躺上了床，掖好了被子，喊一句"翠菱，仔细盯着门口那只猫，别让它把我的鹦鹉叼走了"，就睡过去了。

她足足睡了三天，唤也唤不醒。大夫来看了，把了脉，说没事，就是得了睡症，明年春天就能好。其实也没什么大症候，只是贪睡，正看着书或写着字，嘴里打个哈欠，脚趾头一勾，就要睡了。有时候站在窗前逗鹦鹉，前一分我还听见她轻轻笑，后一秒再去看，她已经扶着窗棂睡着了。

我得时时防着她，免得让她绣花的时候睡着，针扎着了眼睛；也免得让她拨弄着火炭，一头栽进了火里。

连着睡了一个月，二小姐睡得皮白肉嫩，连床也下不了。有时她醒来，双目炯炯，问我："翠菱，我这是在做梦吧？"

我说："不是，您醒着。您起床走走吧，别闷坏了。"

"刚做了一场梦，梦里一切都是真的。"

"你魔怔了，梦里一切都是假的。"

"怎么假得那么真切？连每根头发每根手指我都看得清了。"

"谁的手指，谁的头发？"

"张生的。"

"张生是谁？"

她脸红，不言语，又蒙着头睡过去。闭目清神的脸里带出桃花。

至桃花初开的时候，二小姐的睡症就渐渐好了，不再整日昏睡。可她还整日闭着眼，不肯起床，她睡不着，干躺着。我说院子里的十八棵桃树悉数开了花，红的白的粉的。二小姐说，她前些天在梦里面早看过了，开得鲜浓鲜浓，不光桃花，连梨花杏花她都在梦里看过了闻过了。四时移景，诸般好事，每一遭她都经历过了。

她幽幽长叹："再让我做个梦吧。"

【二小姐】

这事自然不能说给别人听。

规矩之外的事情，谁也不能告诉。

我看见他站在那里，穿青色的衫子，手里刚刚折下一枝梅花，正俯下身去嗅。我问他："你是谁家的男客？怎么来了我家的院子？"

他说："我是张生呀。"

他俊眼修眉，不像坏人，大冬天的腰间还别个扇子，站成一棵笔直的树，人比雪还要白。我躲在帘子后面，他走过来，手伸进帘子里，把梅花递给我。

"你闻闻，可香着呢。"

我接过梅花，梅花像沙子一样从我手里漏走，只留了一手的香。我惊慌，摆手让他走，要是让丫鬟翠菱看见了就说不清了。前几天有只猫闯了进来，因叫得厉害，便让我爹拿着火钳夹死了。这么大个的人站在院子里，要是叫他看见，还不要乱棍打死。

张生说："可我是个梦里的人，他们是看不见的。"

我看他，头发丝丝都拢上去，方巾包着头，头上簪着玉，拿梅花的手修长，骨节分明，还带着个红扳指，依然笑语盈盈，观之可亲。醒着的时候看人也没这么真切，怎么会是梦呢？我又偷瞄他一眼，总觉得有些蹊跷，别过身去，心疑他这是骗我，没准是翻墙进来的，存心要闹我笑话。外头很多浪荡子就这么干，坏人的名声。

"你走吧。"我说。

他来牵我的手，穿过皮肤，直接把它搁进了心窝里，穿过层层浓密的血脉，血在指尖裹了一层红。

"混账——"

【大夫】

她站在我的面前，两只手垂在巨大的袖子里，相貌平庸，唯一可算出彩的眼睛在药柜之间扫动，然后滴溜转向我，垂着的手伸出来，手心里摆着一粒银子。

"拿药方来。"我说。

"没有药方。"

"那你要些什么？"

"我要使人能够长眠的药。"她濡湿了干涩的嘴唇，讷讷地说。

"我这儿没有使人长眠的药。"

"可他们说你这儿有的。"

"没有。"

"他们说你有的。"她快要急哭了，眼圈已经红起来。

她像个体面人家的丫鬟，穿着绿绸短袄，扭捏地端立着。

"谁说的你朝谁要去，我这儿没有。"

"他们没有，他们说只有你这儿有。"

"你要药人吗？"

"啊？"

她慌慌张张地解释——不，不，大夫，你误会了，我并不是要去药人。我东家很好，二小姐也很妥帖，我没有什么怨怒，日后二小姐出嫁，我也是要跟过去的，她的命就是我的命，我不会药自己的命。我二小姐生病了，前些天得了睡症，每天从早睡到晚，没个停歇，睡了三个月，今年入春的时候好起来了，不再睡了，可她却不高兴了，觉得日子过得不如做梦。她在梦里有了个相好，姓张，弓长张，她和他私订了终身。我劝她：二小姐，那是梦啊，不可当真。可她不听，还斥我骂我。她的相思病犯了，茶饭不思，日渐消瘦。她支使我来买药，买能长眠的药，她竟是要长久地待在梦里呢——大夫，你说她还能活吗？

"是这么回事？"我说。

"是，是这么回事。"

"还能活吗？"

"不能。"

春日晴好，花越开越烂，思春的毛病也泛滥成灾。这明明不是病，却比病厉害。我拉开药柜，抓出几剂安神助眠的方子，包好了，交到她的手上。

"一天一剂。"

她点头谢过，旋个身要走。我嘱咐她："让你小姐小心着吧，长睡不醒的人我见太多了。"

【翠菱】

二小姐苦着脸把药喝光，爬上床去，蹙着眉，开始等待入眠。

她细细描过眉，也擦了宫粉，好像能把这细眉这宫粉带进梦里去似的。我坐在床沿上，给她掖好被子，又往里面塞了个手炉。我不知道这张生到底是个什么样的人物，竟然叫二小姐这般珍重。

"要是睡不着怎么办？"她忧心忡忡。我安慰她，大夫说过，这药百试百灵，吃了就能睡去。

"要是梦不见他怎么办？"我问。

"那就回来呗。"

"梦那头是怎么样的呢？"

"都是些见过的景，亭台楼榭，曲苑回廊。"

"那就别去梦里了。"

"可他在里头，他不出来，我就进去。"

"小姐见了他又能怎的？"

"我要把他拽出来。"

二小姐轻轻闭上眼睛，睡着了。我感受到一阵风吹过重重的树叶和匝匝的树影，进入了屋子。那风吹得我脊背一凉，是一阵惊风。我垂下了床帘，又把二小姐的被子掖牢了一些，正准备离开。这时我听见她轻轻的喘息，带着饱足和娇嗔；我朝她看去，看见她扭了扭身体，从被子里伸出一条细腿，在空中囫囵画了一个圈，又缩了回去。

她说："哎呀，张生，你可弄痛我了。"

【二小姐】

张生当然是真实存在的。

他跟我说过，他家住望江县，祖上都是读书人，他也读书，明年就要赴考去了。田宅数万，书斋庭院前半亩方塘，塘子里养锦鲤，塘上种紫薇，盛夏时候开花，满园澎湃的紫色。

"池塘很好，紫薇也很好，你去瞧瞧就知道了。"

"那很好。"我说。

"可是我用斧子把花都砍了。"张生说，"它们的香气太熏人了。"

他忽然像纸一样飘向了空中，我扯住他的衣袖，不让他被吹远，可他仍旧飘走了，像风筝一样。

在梦里，这一切都是合理的，只要我想被风吹走，我也可以像纸一样薄。

翠菱劝我，这是一场梦呢，梦里都是假的。

"人怎么可能像风筝一样飘起来？"她说。

我给她讲庄周梦蝶，一场蝴蝶的幻梦，或是一场幻梦的蝴蝶。人或是蝴蝶，怎能分得清？虚和实的界限，也只是醒着和睡着的差别，可人又怎么分得清自己是醒着还是睡着。

我打个哈欠，刹住手里的针线，在绸上留了一只无翅的蝴蝶。

"你扶我去睡。"我说。

翠菱争辩："蝴蝶就是蝴蝶，庄周就是庄周。醒着就是醒着，睡着就是睡着。哪有人变得像纸一样薄的道理！"

我气得扯她的头发，真是个愚蠢的仆妇。

【大马】

我说错了，我并没有和二小姐睡。

我把她抱进了马棚里，解开了她的衣服。衣服有好几重，借着昏暗的光，我一层层地剥。我剥得很慢，手在抖，我也不知道它为什么抖。我用左手摁住右手，防着它抖得太厉害。二小姐一句话也不说，她笔直地躺着。稻草铺成的褥子居住着虮虫，她不习惯，因而她又扭了两下。

我解开了最后一件衣服，我辨不出它的颜色，我伸出手去，滑过二小姐的脖子，停在她的小小的如鸽子般的乳房，继续往下，路过硬的肋骨和软的肚皮，最后我停在了她的小腹上——那一块隆起的，像小山丘一样的小腹。

"二小姐，你有啦。"我又摸了摸，那只手不知道该往哪儿放，只好仍然停在她的肚子上。

"是啊，我有了。"

"是谁的孩子？"

"张生的。"

"张生是谁？"

"说不准，他说他是望江县人。"

"望江县可远了，要往北走一百多里的旱路，再渡河，才到得了。"

"真远。"

"他是怎么到了咱家？"

"梦里过来的。"

"梦里怎么过得来？"

"蝴蝶……"

"那可怎么办？要是让东家知道你有了，他一定要被气死。"

"所以我必须去找张生。你借我马吧。"

我愣愣地爬起来，看着她把扣子一个个扣起来，衣服一件件穿上。她那双小小的脚在床沿上晃荡，我跪下去，替她穿好绣花鞋，把她抱到了马背上。

我给她拢好辔头，系好马鞍，怕惊扰到别人，我还给马蹄子包上了棉花。我有些担心，可二小姐让我别害怕，她找到了张生就回来。我牵着载了二小姐的马从偏门走出，一直走到了庄上的老槐树下。我指了指那条起伏奔涌的大道，说："你就这么走吧。"

二小姐点点头，马儿驮着她，一步一步朝前走。

我想起点什么，总觉得不能这么放过，喊了一句："等等。"

她吁住了马，回头看我。我奔上前去，拉住二小姐的手，软的，嫩的，没有一丝茧子，手背上还截着几个小肉窝。

我又摸了一把，才放了手。

"你就这么走吧。"

【终曲】

二小姐骑着马，马是枣红色的，新钉的掌钉，神气活现，在黄色的大道上疾驰，腾起的烟尘罩了她全身。马夫给她指的路没有错，往前行了十五里，就看见了他所说的岔道——左边一条，通往大河；右边一条，通往大山。二小姐往去山上的那条路走了几里，人越来越少，偶尔路过的樵夫都抬起头来看她，嘴里吹起口哨。她又折返回去，走向那条通往河流的道路。一路的颠簸让她有些受不住，血从她的肚子里流出来，越流越多，直至将一整条裙子染得鲜红。她想：哎呀，有了，又没了。

马往前走，朝阳在雾蒙蒙的天空中升起，江面泛着灰。马在一个渡口停下，船夫起早煎鱼，看见来的是个小姐，就问她："谁家的小姐？要登船吗？"

"这船去哪里？"

"去河对岸。"

"河对岸是哪里？"

"望江县。"

"张生在那里吗？"

"姓张的人家太多了，不知道小姐说的是哪一个？"

"堂前挖方塘种紫薇的。"

"望江县家家都挖方塘种紫薇。"

早晨的阳光照到了二小姐的脸上，二小姐抬起头来，看着江的那边，白的雾气里，一山连一山，几幢略高的白房子若隐若现，天灰得厉害，冷也泛了上来，浮在雾上，沉在水底，她嘴里嘟哝一句"竟是家家都种紫薇的"，说完就从马上栽倒下来，跌落在地上。

船夫眼花，只看见一片银红，软塌塌地飘零了。

东来说：*夜晚的时间赠予文字与归人。*

悲伤使人格外敏锐。

via 罗曼·罗兰《约翰·克利斯朵夫》

海 鳗 与 石 斑 鱼

阿丁/作家

一

二〇一一年的十二月，我发现自己在威基基海滩。那时的我就是一具行尸，唯一能确认的是还活着。躺在沙滩上，所有的影像都在脑子里冲撞、轰鸣，就像有人把一整只马蜂窝塞了进去，又拿棍子捅了那么一下。

爱我的人都说，你把自己毁了，你以为你得到了自由，其实……

其实我什么都明白，不需要你们多嘴。

我关掉手机、电脑、电视，还有可以发光的灯，并将窗子紧闭。然后任自己在沙发上生长。除了喝水和去洗手间，我从不挪动一步，阳台上也不去，我怕那些在寒风中瑟缩的枯枝激发我自戕的念头。

第七天上午，我挣脱了沙发，草草洗了把脸，出门。路上，有风吹过来，我闻到了自己的气味，我怀疑自己已经馊掉了，像隔夜的饭。

我在旅行社报了名，神情恍惚地回答着接待者提出的问题。目的地是夏威夷。

据说《LOST》就是在那儿拍的，我喜欢这部美剧。他也喜欢。

说不清自己是如何做出的决定，"夏威夷"这三个字是一下子蹦出来的，好吧，就去那儿。

不知道此行能给我带来什么或消解什么，一切未知，可以确定的是我会把积蓄花个精光。

我住的地方叫谢尔顿乡村酒店，楼下就是威基基海滩。夜晚，我在火奴鲁鲁街头游荡，随便找点儿什么填进肚子。午后爬起来，换上泳衣，下楼，穿过沙滩，走进海里。当我游到感觉自己将要溺水时，就洄游，上岸后将四肢摊开，躺在灼人的沙滩上，望着天空，整理芜杂的思绪。

海悬浮高天，乳白色的水母云朵般漂移，仿佛在这世上活过的日子渐次隐去。

一天傍晚，一个声音在我耳畔响起，先是笑，笑如砂纸般粗粝。然后那个声音说："知道吗？你这个样子像只海星。"

那时有纤细的风，凉爽舒适，远处的钻石头山正在蓝色苍穹上如画卷般展开，我已有了微微睡意。可想而知，我对打扰者很没好气，索性闭上眼睛，屈起胳膊挡在胸前。"这个比喻一点儿想象力都没有，"我说，"每个打鱼的都会这么说。"

"不错！"我感觉自己被罩在阴影中，那个人坐下了，就在我身边。"我算半个渔夫。"他说。

阴影令我不安。我起身，手臂搭在膝上，望向正前方。远处的海面上，帆在海上载沉载浮，孩子们趴在冲浪板上，笑声和尖叫声被海浪推向沙滩。

"我不想跟任何人说话。"我说。

"哦，抱歉，我无意打扰你。"那人并没有离开，而是继续说，"我只是觉出了你的不同，连续三天了，你都躺在同一个地方，摆出同一种海星的姿势。可我看得出，你的内心并不像表面上那样平静。因此——"他停顿片刻，用一种潮汐般的声音说："我想你需要有个倾听者，比如，一起聊聊天什么的。"

西方式的搭讪而已。一个长着东方面孔的女人，吸引了一个西方人，你的孤独就是他的切入点，想借此迅速搅动你的内心。俗套，一次猎艳的开始罢了。

但那个声音撬动了我，我歪过头，打量他——满头银发之下，隐藏着少许栗色，脸部瘦削，侧面看鼻唇如刀斧刻画，岩石般坚硬。胡子刚刮过，腮帮青郁郁的。眼窝陷得极深，从这个角度看不到他的眼神，但有一点光亮穿过睫毛射向远处。他穿着一件艳丽的夏威夷衬衫，多袋短裤，小腿细长，却肌肉膨隆，有金色的浓密汗毛附着，赤着脚。一个长得有几分像克林特·伊斯特伍德的老年白人。

"安东尼·库甘。"他伸过右手，"叫我安东尼。"

"我叫躲躲。"我把手递过去。他握了握我的指尖，一边的眉毛挑起，"对不起?"

"DUODUO，"我说，"Hiding，就是随便找个地方，把自己藏起来，远离同类。"

"就像所有的贝类生物，关闭自己的壳。"他说到"贝类生物"时，拇指和食指张开，又迅速捏在一起，那动作就像蚌的闭合。

"你不会是个海洋生物学家吧?"我问。

"Bingo!"他向我跷起拇指，"看来我就是扮成一块礁石都瞒不过你。"

他的幽默如礁石一样笨重。

这个叫安东尼的人说，他在夏威夷大学任教，同时兼任海洋生物研究中心的研究员。"主要研究鱼类。"他说，"确切地说，是研究鱼类的行为。"

"真好。"我说。

"如果你愿意听的话，躲躲，我想把我最新的发现分享给你，非常惊人。"我点头之后，他的眉毛和皱纹开始像虾子一样跳动，"如你所知，很多生物，不管是陆生还是海洋的，都会协作猎食，比如鲸和海豚，但不同族群的生物之间的协作就罕见了，而被视为低等生物的鱼类之中，更不可能发生。可我颠覆了这个判断，我在珊瑚礁上安装的微型摄影机告诉了我，海鳗和石斑鱼，这两种几乎没有任何亲缘关系的鱼类，居然懂得合作。石斑鱼发现小鱼群后，就会摇动头部——这是鱼类中典型的召唤同伴一起猎食的动作——这时，不可思议的事发生了，一条海鳗游了过来，冲着石斑鱼摆了摆头，像是做出回应。随后，几条石斑鱼在珊瑚礁外围巡弋，海鳗则利用它的体形优势钻入珊瑚礁的孔洞中，于是，一些藏身其内的小鱼就被海鳗吞食，另一些受惊的小鱼则被驱赶出来，落入在外围狩猎的石斑鱼之口。惊人吧，不同族群的鱼居然懂得搭伙捕猎，而且，这种异族之间的协作发生了还不止一次。"

必须承认，他的发现令人惊讶。于是我搜罗了几个表达震惊的单词附和着讲述者。

"这一切都是真的，如果有时间，我想邀请你去我的研究室看录像。或者，干脆跟我一起去潜水。"他抬起手臂，模仿着海鳗的游动，"相信我，作为人类，我不会比一条海鳗做得更差——我观察你很久了，你心里一定装了太多令你不快的东西，你不必说给我听，我只是个协作者，像海鳗那样，希望我能帮你把那些东西驱赶出来。"

"可海鳗也需要一个孔能钻进去，"我说，"而你找不到那个入口。"

说完我就后悔了，我的话里有些性的意味，很容易引发一个猎艳者的联想，认为那是一种暗示。我的脸有些发热，心跳似乎也快了一点。

可他并没有什么反应，而是指着几只在海面上盘旋的鸥鸟说：
"瞧，它们已经开始准备自己的晚餐了，走吧，去吃饭，作为东道主，
我想请你品尝最地道的夏威夷大餐，可以吗？"

有什么不可以的。我把手给他，他把我拽起来。"我要先回去洗
澡，"我说，"你可以在大堂等我。"

淋浴时，我的手碰到了自己，它的反应超乎寻常的灵敏。我确信这
将是一场艳遇。挺好，虚无是填充不了的，但我身上的孔洞可以。

放纵一下。我对自己说。

二

晚餐可口极了，我的食欲先于其他复苏。那道叫 Lau Lau 的菜我很
不好意思地叫了两份，那是一种包在朱蕉叶里的蒸菜，里面有鲳鱼肉、
芋泥和碎猪肉，做法类似叫花鸡，一打开就香气袭人。安东尼很高兴，
整个晚餐期间不停地龇牙，他的牙齿很白很整齐，像个优雅的食草动
物。他笑起来像个西部老牛仔，嘴角翘到极致，酷似 *Batman*（《蝙蝠
侠》）里的小丑，不过一点儿也不邪恶。我们喝了整整一瓶红酒，他看
我意犹未尽，又叫了两瓶火山啤酒，基本上都让我抢着喝了。我想我已
经有些语无伦次了，我跟他说了很多，但这之后我记不清自己都说了些
什么。我只记得，在意识尚清晰之时，我告诉他我是个作家，出过几本
小说，同时我把大拇指冲下，"都是垃圾，"我说，"像我的生活一样不
堪。"说完，我把最后半杯啤酒倒进喉咙里。

失去知觉后，我还能依稀听到夏威夷吉他泉水般的韵律，和波利尼
西亚鼻笛[1]吹出的灵魂之声。

---

① 波利尼西亚笛：太平洋岛民的乐器，用鼻孔吹奏。

醒来时天还是黑的，哦不，是那种有涂层的密实窗帘，光透不进来。我看了看手机，已是上午十点多。洗手间里有哗哗的水声。我吃了一惊，但随即记忆就开始恢复，如同下载时的图标，空格逐渐增长，当满格时我差不多已回忆起了全部。

正在洗澡的人是安东尼。

1. 他差不多知道了关于我生活的一切；

2. 昨晚，我在洗手间吐得滂沱，当时有只手在我背后轻轻捶。回到床上后，那只手给我端来一杯水；

3. 他帮我脱了衣服，但他给我留了胸罩和内裤，那两块布是我自己扯掉的，我把它们甩出去，然后抱住他，把头扎进他怀里；

4. 他找到了我的孔洞，在他驱赶令我不快的东西时，我一直在哭，现在枕头还是湿的；

5. 一次酣畅的做爱，我被久违的快乐填充了；

6. "睡吧，等你醒来之后，我会讲一个故事给你听，我敢打赌，比海鳗和石斑鱼的故事更精彩。"他在我耳边说，最后轻轻咬了咬我的耳垂；

7. 死一般的睡眠。

我赤着身子跳下床，推开洗手间的门，"我要和你一起洗。"我说。

他一把把我搂进去，臂膀像蟹螯一样有力。我们在莲蓬头下接吻。后来，我骑跨在马桶上，他再一次钻进孔洞，努力驱赶着我体内剩下的东西。

协作很成功，它们正在减少。

"你的故事呢？那个比海鳗和石斑鱼更精彩的故事。"

"先穿好衣服，我带你去欣赏夏威夷的美景，路上我会讲给你听。"

安东尼带我登上了钻石头山。我和他坐在山顶，新鲜海苔味的海风吹干了我们携了一路的汗。在这里可以俯瞰威基基海滩，"你看，"顺着他的食指望去，"那就是你每天躺成一只海星的地方。"

"可你突然变成了一只海胆，"他搂住我的头，做了个要勒死我的动作，"就是我走近你身边时，你的整个身体都绷紧了，我看到无数个棘刺竖起，你开启了你的防御系统。"

"现在呢?"我的指尖拂动着他手臂上的金色汗毛。

"现在你我像海鳗和石斑鱼——不，就像两条海鳗一样亲密无间。"

"开始吧，讲那个故事。"

"你会把它写下来吗?"

"会的，"我说，"但需要它足够精彩。"

"在这个故事里，第一个出场的不是某个具体的人，而是火。"

"火?"

"是的，火。一九六七年的感恩节，那时我还不到二十岁，和几个朋友一起，搭着便车，一路哼着《旧金山》，走在去往丹佛或者随便什么地方的路上。没错，嬉皮士，我们头插鲜花，袒露着大半个屁股，一路号叫，去寻找传说中无所不在的爱。或许杰克·凯鲁亚克和艾伦·金斯堡也在其中，我猜那时候他们不是在路边向过往车辆竖起拇指，就是在某个汽车旅馆的房间里搂着个眼神迷离的妞儿吸大麻。那就是当时的我向往的生活。"

"金斯堡可不喜欢妞儿。"我说。

"谁知道呢，也许那阵子他还离不开妞儿。"

"我是第二天才从报纸上得知那个消息的，洛杉矶国家博物馆的影院失火了。那天正上映的，是马龙·白兰度和索菲亚·罗兰主演的《香港女伯爵》——你或许看过这部片子，一个关于拯救的故事——落魄的俄罗斯女伯爵正在银幕上勾引白兰度。观众们正看得津津有味之际，意想不到的事情发生了，银幕突然起火，观众四散奔逃，幸好中间隔着乐池，火势并未波及观众席;而影院方的疏散也算及时。消防员很快赶到，扑灭了火，除了幕布和帷幔之外，并未造成更大的损失。事后洛杉矶警方迅速介入，可现场并未发现有价值的线索，对影院方的问讯也一无所获。就在警方的调查还在进行之时，CityWalk、Edwards、Brookhurst等多家影院的银幕也在放映时突然起火，洛城市民几乎每隔几天就能听到救火车的嘶鸣。于是没有人再去看电影，哪怕梦露复活再登银幕也无人问津。唯一兴奋的是报纸和电视，《洛杉矶时报》连续发表了五篇评论，说一定是'上帝厌恶死了电影'，并对洛城警方冷嘲热讽。当时的洛城警长埃德·戴维斯焦头烂额，为此出动了SWAT的战术小组，却依然毫无头绪。人们说，'把威廉·H·帕克[①]挖出来吧，他的骷髅坐在那个位子上都比蠢货戴维斯强。'在巨大的压力之下，戴维斯不得不请FBI介入了。

"知道那时候的FBI的头儿是谁吗？著名的埃德加·胡佛。他的肥屁股在美国联邦调查局局长的位子上足足坐了三十七年，毫不夸张地说，他是美国掌握秘密最多的人。当他死后，尼克松在私人日记里写道：'他在一个适当的时候死了。'我想尼克松写下这些时一定是长出了一口气。就是这样，即使贵为总统，在胡佛面前也与一个光屁股的人无异，后来有人披露，哪怕是罗斯福夫人的裸照，在胡佛的保险柜里也能找到。"

"莱昂纳多·迪卡普里奥刚刚演了一部电影，《胡佛》，就是你说的那个埃德加·胡佛吗？"

"就是他。不过我还没看。说到电影，你可能不知道胡佛的权力之手还能伸向这个领域。在他任期之内，犯罪题材的电影他都会干涉，只有他审查过的剧本才有可能投拍，詹姆斯·卡格尼在出演《国民公敌》之时，胡佛说，'在结尾你必须死掉，因为我不想看到任何一个骗子活

---

① 威廉·H·帕克：埃德的前任。

在世上'。

"说得对，一个暴君般的家伙，然而不得不承认，他同时也是个天才，在他的领域内。

"胡佛插手此案之后，第一个怀疑的居然是卓别林。多年后，一位退休的FBI探员披露，胡佛怀疑卓别林的原因，就是基于他在四十年代对后者做的那些并不光彩的事。你知道的，麦卡锡主义，那时，这个魔鬼正在全美游荡，不仅卓别林，玛丽莲·梦露、爱因斯坦、毕加索、马丁·路德·金，甚至温莎公爵夫妇都被纳入胡佛的监视和秘密调查的名单。从某种层面而言，卓别林离开美国跟胡佛不无关系，后者还曾试图将卓别林驱逐出境。一九五二年，卓别林离开美国，回自己的家乡英国探亲，却被取消了入境许可，此举最终导致了他定居瑞士。还有，《凡尔杜先生》公映后，一度被美国多个大城市禁映，洛杉矶正是其中之一，可以想象，胡佛对此亦有'贡献'。这彻底激怒了卓别林，一九四七年他在巴黎的报纸上发表文章，'我要向好莱坞宣战'。当然，这些还不足以促使胡佛怀疑卓别林。另一个重要原因是，那时由卓别林执导的《香港女伯爵》刚刚上映，随即差评如潮，连他的同胞英国人都看不下去了，报纸上出现了'卓别林的滑铁卢'这样的标题，《泰晤士报》则干脆说，'对于像卓别林这样的人而言，这是不可原谅的平庸'。英国如此，美国的媒体评论就可想而知了。而且，第一家起火的影院正是在洛杉矶，当时放映的恰恰就是这部电影。胡佛据此怀疑，那些纵火事件，或许就是卓别林煽动他的影迷干的。于是调查开始了。从卓别林的影迷组织首脑开始，直至一个被FBI探员偶然在街上看到的、模仿流浪汉夏尔洛鸭子步的人。迷恋某个影星、喜爱他的电影，就可能被视为罪犯，很难想象这种前所未有的荒唐与荒谬出现在我的祖国，标榜和崇尚自由的美利坚。好在这一切很快就结束了，埃德加·胡佛或许是自己也意识到这一行径之荒谬，他叫停了调查，吩咐探员去搜集其他线索。反馈回来的东西杂乱无章，有探员认为跟电影有关，为此梳理了已失火的影院当时正在放映的电影，却并未发现有何规律可循。那些电影中，甚至有一部迪士尼的卡通片，还有一部关于黄石国家公园的纪录片。另有一位探员认为，破解之道在日期，他拿回了两组数据，分别是失火日期和失火的间隔日期，这两行数字交给密码破译专家之后，除了耗费了若干盎司的脑汁之外，别无所获。痕迹专家也一筹莫展，指纹、脚印、发丝，哪怕一片皮肤碎屑都没找到，而若干次反复勘查现场，也未发现任何引火器物的蛛丝马迹。难以置信，世上竟然还有埃德加·胡佛查不出来的事。

"而影院失火事件还在不时发生，只是间隔时间越来越长。后来，还蔓延至其他城市，纽约、华盛顿、芝加哥、休斯敦、费城都未能幸免。不管是警方，还是FBI，都没有抓到任何一个纵火犯，就像那火真是上帝点燃的。就这样，从一九六七年的感恩节始，到一九七八年的十一年间，总计有37个城市的影院失火，涉及影院248家，同时，248也是失火的次数。也就是说，每家影院失火一次，无一重复。胡佛和他的历任继任者，一直到威廉·H.韦伯斯特，都没有停止调查，可即使监控录像也不能帮他们找到一张重复出现的面孔。胡佛的继任者，FBI局长路易·帕特里克·格雷曾经提出一个建议，电影票实名制，他认为只要该提案获准推行，那么揪出纵火犯就轻而易举，除非他就此罢手。然而格雷毕竟不是胡佛，即便胡佛也不能使这种侵犯个人隐私的提案获准通过。

"最后一次影院失火，发生在一九七八年的新年，依然是在洛杉矶，位于好莱坞日落大道的Arclight（弧光影院）。以洛城始，以洛城终，这就是绵延十一年的影院失火事件中的唯一巧合。"

"也许，真的是上帝点的火。这世上有太多人类没办法解释的事。"

"当时的美国民众与你的想法如出一辙，还有人认为这是天谴，是上天对美国出兵越南的惩罚，这种说法，得到很多反战人士的附和。自然主义者则声称，影院失火事件是大自然给人类科技脚步的警告。

"现在，是谜底揭开的时间了。此时坐在你身边的，就是唯一知道答案的人。"

"你?"

"嗯。我。不过我想我们该下山了，然后去我家，给你看些东西。"

三

一只紫檀木盒子，盖子上有一行阴刻字母，像是花体字的英文人名。我还没有看清，安东尼就打开了它，一股淡淡的烟尘升起，那是历史的味道。

盒子里只有一个明黄色绢帕布包，打开后，是厚厚一摞花花绿绿的票根，上面印着电影和影院的名字。那几乎是一部美国六十年代到七十年代的电影史。票根的最下方，是一绺被紫色丝带精心捆绑的头发，很长，浅栗色。

"这是我父亲的遗物。248张。看到这些票根，还有这个数字——我想你已经知道答案了，那个纵火犯，就是我父亲。"

"你父亲是谁? 不，他到底是什么人? 为什么要——"

"别急，我会慢慢讲给你听，全部。而现在，我们要做的是先弄点儿吃的，再去洗个澡。"

去厨房之前，安东尼告诉我可以随便转转，参观参观他的房间，"就像在你家一样。"

他的房子很大，陈设却极其简单，整洁得近乎荒凉。我四处走，然后又上了楼，走进他的卧室，一张超大的床，一个衣柜，床边一只铺着棕榈垫子的摇椅，摇椅外侧靠墙，站着一个穿潜水服的人。吓了我一跳，可再一看，原来只是一件撑在衣架上的潜水衣。四面墙漆成了海蓝色，几缕霞光被百叶窗筛过后，打在墙上，如同摇曳的水波。

没有发现有女主人存在，甚至存在过的迹象。

安东尼和我的晚餐是金枪鱼三明治和冰橙汁。我复苏的食欲近乎无耻，他只吃了一个，我却整整干掉了三个三明治。这让我有些害羞，"就像食道里有只手似的，"我吮着手指说，"它把食物不停地拽进去。"

"海星。"安东尼微笑着，"海星吃贻贝时，会把胃吐出来，就像手一样，从壳的缝隙钻进去，然后它的胃脏会分泌出胃液，将贻贝的肉融化成汁，胃收回的时候，那些鲜美的肉汁就被它尽数吸收了。"

"太神奇了。"

"嗯。伟大的进化，造物的奇迹。"

"继续吧，你父亲的故事。"

"那个史上最神奇的纵火犯吗？好的，先从这些票根讲起。我为它们做了排列组合，按照日期先后排序，这最上面一张的日期，写着一九七八年一月一日，而最底下的一张，是一九六八年的感恩节那天，当天上映的就是《香港女伯爵》。你看，日期和片名，与影院失火的时间完全吻合，这足以证明那个纵火犯就是我父亲。"

"他为什么要这么做？动机呢？"

"Long Story。先说说我的家世吧，我母亲叫芙洛·派瑞，她是父亲的第二任妻子，愿她安息。仅仅三年，他们就离婚了，我出生于他们离婚之后的第二年。母亲后来再未结婚，并带着我迁居到夏威夷。小时候我总是缠着母亲问，'我爸爸是谁？为什么不跟我们在一起？'母亲回答说，'他是个孩子，永远长不大的孩子。'然后就再也不肯说了。一九八〇年，母亲因病故去，死前才告诉我父亲是谁。我震惊无比。这震惊一直持续着，几乎冲淡了失去母亲的悲伤，但我并没有去找父亲，虽然我知道他还在世上。我搜集了所有能找到的关于他的资料——我并不爱他，甚至连恨也谈不上，那时我已经三十几岁了，早就过了恨的年龄——我只是想知道他的一切，一个儿子至少要了解自己的父亲不是吗？这跟那个男人是不是个抛妻弃子的混蛋无关。

"即便是有那么一点点恨的话，也随之消散了。可我还是没有萌生去找他的念头，因此，等我在一九八四年的冬天终于见到父亲时，他已是一具尸体。在圣莫妮卡①，他的葬礼上，我还见到了素未谋面的两个妹妹和一个弟弟，我们像陌生人一样寒暄。我注视着他停留在人世最后的样子，我看到的是一具衰老的躯壳，可我还发现了一个包裹在老人躯壳之内的孩子，穿着破破烂烂的背带裤，带着卷着帽檐的小帽子，小肚子挺着，睫毛似乎还在抖动，像是正在跟大人玩装睡的游戏。所有人都在他的遗体上放了鲜花，只有我，把一个从波利尼西亚男孩手中买来的弹弓放在他手里，这样等他醒来就会惊喜不已，可以拿着它去吓唬另一些顽皮的鬼魂。

"我轻轻环住他的脖子，吻他的脸颊，胡茬刺着我的唇。我是那么希望那具遗体是我自己，我没玩过弹弓，儿时我只有一只可以拉着走的木头鸭子，可我不介意玩玩那个男孩子们喜欢的玩具。

"葬礼结束后，父亲的律师把我们召集到一处，按照遗嘱把他留下的遗产分给我们。直至那一刻，我才得知父亲知道我的存在，因为遗产清单上有我的名字。可我放弃了，我并不缺钱，那些钱对我来说没有诱惑力。我只要了父亲留下的一套潜水服，后来我穿了它很久，我的很多发现，他的灵魂都有参与，包括海鳗与石斑鱼。还有就是这只盒子，它

---

① 圣莫妮卡：加州海滨城市，旅游胜地。

属于我的理由就是这上面的字——芙洛·派瑞——我母亲的名字。这些就足够了，其实他已经给我留下了一笔遗产，那就是对婚姻的厌倦。现在你身处的这个房间，从来没有过一个女主人入住。可我已经习惯了孤独，并正在享受它……但是你可以住在这里，不觉得吗？这是个写作的好地方，海潮声和芭蕉叶的响声能让你静下来，写下最美好的文字。想住多久就住多久，我想你也未必会在意是不是非得拥有女主人的身份。"

"当然不会，否则我又为什么会逃到这儿。"

"真好。我们可以互相享用对方的肉体、精神，还有夏威夷美食。我还要带你去潜水，让你看看那些海洋深处的奇迹。我敢打赌，那些令你不快的东西很快就会消失，尤其是听完这个故事之后。

"当我打开这个盒子，并与那个已经逝去的年代发生的离奇失火事件验证后，以及当我差不多获悉了关于父亲的一切，包括他的生活、爱情、婚姻和职业等等之后，我终于破解了母亲那句谜一般的评语——'他是个孩子，永远长不大的孩子。'

"来吧，一起看场电影，谜底将在这部电影中揭晓。"

四

安东尼把一张影碟放进DVD播放机，打开电视，然后坐在沙发上，捏起我的手放在他腿上。

屏幕上先是现出一些跳动的短促线条，仿佛白色的浮游生物在显微镜下的样子。随后是片名：《The Kid》，一部黑白默片。我以为我没看过，可几分钟后我就知道了，我看过，只是它的中文名字不同——《寻子遇仙记》——我看过好几遍，一部让我流过眼泪的卓别林电影。

"这就是答案。"安东尼指着那个正在向别人家窗户扔石头的孩子说，"他就是我父亲，杰基·库甘。"

　　我已经隐隐察觉出来了，可我还是没有抑制住自己喊出来："Oh, My God！"

　　"海鳗与石斑鱼？"这两天安东尼放在我脑子里的两种海洋动物蓦地跳出来，海鳗在电视前盘绕，石斑鱼在一旁晃动着头……

　　"你是说——你父亲是海鳗，卓别林是石斑鱼——就像电影里那样，儿子杰基·库甘负责打碎玻璃，父亲查理·卓别林负责把一块新玻璃安装上？难道是……难道是卓别林指使你父亲烧掉了那几百块银幕？他为什么要这么做？"

　　"聪明的姑娘，你已经很接近谜底了。那么不妨先听听我父亲与卓别林的故事，它会帮助你解开所有的谜团。

　　"父亲，不，我看还是叫他杰基吧——杰基出演了《The Kid》，也就是你说的《寻子遇仙记》之后，跟卓别林建立了近乎父子般的友谊，或者说，感情。这之后杰基成了好莱坞电影史上的第一位童星，他被称为"The World's Boy King"，绝不亚于后来的秀兰·邓波。此后他又出演了二十多部片子，比如改编自狄更斯小说的《雾都孤儿》，他演的就是奥利弗，你应该看的。杰基的片酬甚至超过了很多成人大牌影星，因此他赚了很多钱，至少有四五百万美元，你知道在二十世纪三十年代这个数字意味着什么。然而他很不幸，有一个贪婪的妈妈——也就是我的祖母和混蛋继父——一个叫亚瑟·伯恩斯坦的家伙。他们把杰基辛苦演戏赚来的钱大肆挥霍，换新房子以及买裘皮大衣、南非钻石、最豪华款的罗伊斯·罗尔斯，并对记者称，'在杰基21岁之前，他赚的钱都应该由父母支配'，我那位可耻的祖母还说，'杰基是个捣蛋鬼，坏小子，给他那么多钱，只会使他更坏'云云。我父亲，杰基，后来忍无可忍了，把继父和母亲告上了法庭，此举直接催生了一项以我父亲命名的法案，《Coogan Bill》[1]，以后的童星都成了受益者。这条法案规定，童星片酬的百分之十五，要由雇主保存，任何人不得动用，可在该童星困窘之时资助，成年后则全部返还。

"就这样，杰基赢了这场诉讼。可他的钱已被继父和母亲快挥霍一空了，拿到手的，只有不到十三万美金。但他收获了来自另一个人的父爱，就是查理·卓别林。在杰基最困窘之时，曾向查理老爹——他后来一直这么称呼卓别林——求助，后者立即给了他一笔钱，并嘱咐我父亲可以随时找他。"

"那么——"我说，"这跟后来杰基烧银幕有什么关系呢?"

"你瞧，第一个关系已经显现了，就是父爱。从查理老爹那里，我父亲得到了父爱，这对一个跟着继父生活的孩子而言，重要到要超过给他一张去太空观光的宇宙飞船票。而当时间到了一九三五年的五月四日，二十岁的杰基在圣迭戈发生车祸，他的亲生父亲，也就是我的祖父身亡，与之一同遇难的还有杰基的好友朱尼奥·杜金，也是一位童星出身的影星。失去父亲之后，杰基被卓别林接走了，在他家里住了很久。我不知道具体的情形，但可想而知，杰基从他那儿得到的关爱，不亚于亲生父亲。

"让我们揭开第二个关系。如你所知，查理·卓别林在电影史上最大的成就还是源自他的无声片，而当有声电影诞生之后，他的厌恶几乎到了不可理喻的程度，甚至开始嘲讽、攻击那些有声片导演和演员，指责他们背叛了电影、亵渎了艺术。在接受记者采访时，卓别林毫不掩饰自己对有声电影的厌恶。'那他妈简直是电影史上的怪胎。'他说。因此，在电影里的人开始说话的十几年内，卓别林都拒绝拍摄有声电影。可是随着票房的急剧衰落、收入的锐减和曝光率的降低，他不得不开始接受

---

① 《Coogan Bill》:《库甘条款》，全称是《加州童星条例》。

有声电影，并在《摩登时代》的结尾哼了一首歌，这是卓别林在银幕上的第一次发声。于是，这条震古烁今的新闻轰动全球，此后他尝到了妥协的甜头，陆续又导演、拍摄了几部有声片。"

"可是，他真的扭转了对有声电影的看法吗？"

"没有。记得那部《舞台生涯》吗？落魄的喜剧演员卡贝罗说：'因为我现在老了，想得太多，而想得太多正是喜剧演员的大忌。'卓别林借他扮演的人物之口说出了悲凉的心里话，对默片时代的死去他并不甘心，接受有声电影，不过是在麻痹自己，尽可能把对过往的怀念藏起来，也就是不去想。然而他的内心显然是痛苦和压抑的。后来，《凡尔杜先生》的被禁映和《香港女伯爵》收到的糟糕口碑再次打击了他。据说马龙·白兰度某天清晨起床，读完报纸后，给索菲亚·罗兰打电话，他说：'去看看吧，我们全都被骂成了狗屎。'卓别林就此息影。回到了瑞士，并最终死在了瑞士沃韦，他的家中。

"在我同父异母的兄弟——克里斯托弗·芬顿·库甘那里，我看到了父亲与卓别林为数不多的通信。卓别林在信中说：'我认为：那是一种死亡与乐趣的无所不在的表现，一种我们在自然和一切事物中觉察到的带有笑意的悲哀，一种诗人能够感觉到的心灵与外物的神秘的冥合——它的表现，可以是照射在垃圾箱上的一道阳光，也可以是丢弃在阴沟里的一朵玫瑰。我们已经不知不觉地变得丑陋和臃肿，失去了审美的观念。'或许在他看来，有声电影的出现是对美的戕害，只有无声世界的表演才是真实的，才会避免落入丑陋和臃肿。

"这就是第二个关系，我的父亲——杰基·库甘何以在十一年之内，屡屡把电影银幕点燃的原因。母亲说得对，父亲是个永远长不大的孩子，将近五十岁的他，在把银幕点燃之时，依然是那个把玻璃打碎的孩子。你瞧，年龄并不能改变什么。

"卓别林给父亲的最后一封信中，只有一句话。'也许到了该结束一切的时候了，孩子，我的死亡会让游戏终止。跟你的查理老爹说再见吧，The Kid。'"

"他用了那部电影的名字。"

"嗯。那是他们之间的纽带和密码。写完这封信后的第七天，即一九七七年的圣诞节，卓别林与世长辞。对外公布的死因是，卓别林喝了很多酒，因为失眠，就服用了苯巴比妥钠，最终死于酒精对安眠药毒性的催化。很多人，包括FBI此后的调查，都认为他的死是无心之失，可我却一直怀疑，这位喜剧大师是自杀。事后他的私人医生也曾对媒体说，因为卓别林嗜好饮酒，他曾几次清清楚楚地告诫他，不要在酒后服用安眠药。难道他是在以自己的死叫停父亲的行动？显然，美国发生的事他是知道的，虽然身处瑞士，但他并未与美国切断联系，为此我查阅过，日内瓦的报纸也曾转载了有关美国影院失火的新闻。

"再回到我最初讲到的，埃德加·胡佛确实是个不折不扣的鬼才，还记得吗？他第一个怀疑的就是卓别林。而他之所以没有查到我父亲头上，原因或许只有一个，那就是，他不屑于看'激进分子'卓别林的电影，否则我父亲早已身陷囹圄。还有，记得最后一次失火的日期和地点吗？以洛杉矶始，以洛杉矶终，那天是一九七八年的新年，卓别林逝世之后的第五日。显然，那场熊熊大火是个纪念。而第一次影院失火发生在感恩节也很容易解释了，那当然是出于一个儿子对父亲的感恩。"

我沉默了，不知该说些什么。只有海鳗和石斑鱼依然在脑海中游弋，泳姿舒缓，如一首令人忧伤的慢歌。

"一切都清晰了，除了我想不出父亲是如何把那些银幕点燃并全身而退的。也许他是个超人，能用意念把那些发出声音的银幕点燃。这个谜也许永远解不开了，只有我父亲，那个叫杰基的男孩知道那个秘密。

可他已经死了，此时他多半正在和其他鬼魂相互追逐，用我送给他的弹弓，把天使或者撒旦家的玻璃打破。"

"嗨，躲躲。"他用一种如释重负的轻松语气呼唤着我的名字。我躺在安东尼的肚子上，无声地流泪。他用相对于手掌还算光滑的手背为我擦拭。

"你说，杰基是上了天堂，还是下地狱了呢?"

"当然是天堂。"我毫不迟疑地答道。

阿丁说: 除了人我什么都想冒充。

　　人之不朽不是因为在动物中唯独他永远能发言，而是因为他有灵魂，有同情心，有牺牲和忍耐精神。

via 威廉·福克纳

七 千 四 百 天

易寒/某大学研究生

　　我在H大读书。这是一所理工类大学，成立于二十世纪五十年代。假如有外校的人和我聊起这里，我通常会跟他谈谈这里悬殊的男女比例（全校七比一，我们学院十三比一）、人满为患的自习室、陈旧的苏式教学楼，头发花白的学弟脚踩拖鞋去上课，穿的是他高中的校服……

　　当然，这些算不上什么特色，国内的名牌工科大学大都如此。但有一件事，我可以保证是别校所无。每天早晨七点半，在敝校的正门都固定上演同一个节目，二十年从未间断，"演员"风雨无阻，太阳都不如他敬业。尽管有些荒诞，倒也不失为一段传奇。

　　没人知道他叫什么。有人说他姓袁，还把他的曾祖跟袁世凯攀上关系。另有人说他姓张，这个姓实在普通，就没什么说法了。不管他姓什么，历届师生熟悉的还是他那个响亮的称号——"东门大汉"。这"诨名"有多少年头了，谁也说不上来，或许和他惊世骇俗的"演艺生涯"一样悠久。每天早上七点半，此人都会推着一辆自行车，准时出现在学校东门，倚栏咆哮不止，声如洪钟，裂帛穿云，所骂内容皆指向校领导，一口纯正京片子，言辞犀利，闻者虽知并不是骂自己，也难免脸红。自行车停在他身后，车梁上挂着一张大字报，黑字白底，大标题为

"讨伐抄家"，正对着街道，过往行人无不触目惊心。说他是"东门大汉"，是因为他真的是条大汉——身高一米八，体壮如牛，满头黑发如矛刺，看起来也就四十多岁，其实已过六旬。大汉嗓音沧桑，穿透力却极强，站在正门外大吼，主教学楼里都听得到。单凭一膀子力气可达不到这种效果，我猜他可能有美声功底，或者有京剧幼功。更难能可贵的是，他能这样连续嘶吼两个钟点，音量亦无丝毫衰减，这在声学上算是一桩奇迹。吼到九点半，就该结束了，有时他会和门口警卫攀谈几句，看起来熟稔得紧。或者一句话不说，闷头收拾东西，跨上车走人。如此这般，几十年如一日，刮风下雨都没停过。但也有例外——学校有大型活动的时候，比如校庆、领导来访，或者重要节日，门口警卫一多，他就不出来了。因此平日骂得再凶，学校也不管他，就好像事先达成了默契。少数不明真相的人士见到会报警，警察却也不过来，任由他骂。久而久之成为我校一景。

关于大汉的故事，多年以来流传着各种版本，但故事的主干没多大出入，如同食堂的伙食，万变不离其宗。在学长和老师口中，大汉是H大67级校友，"文革"时被抄了家，搜出半麻袋美金，于是被拖出来批斗，挨了不少揍，揍完送进监狱，出来后就变成这样了。在所有说法中，以上传言是被广泛认可的。至于细节则是众说纷纭。比如，大汉为什么会被抄家？有人说是因为他和袁世凯的关系，你想啊，大卖国贼的后代在那年头还好得了？——在这个故事里大汉姓袁；有人说非也非也，说他家根红苗正、三代贫农，被抄家只是因为个性张狂，犯了众怒——这时他自然就姓张了。还有那半麻袋美金是不是真的存在，主姓袁一派说是真的，姓张一派则认为根本没这回事，三代贫农哪儿来的美金？

但大汉本人则一口咬定有半袋美金被学校抄走了，骂人时他也反复强调这一点，并且写在了那张大字报上。不过有人说他只是想借此讹诈。

　　说到这儿就引出了一个关键问题：大汉到底是不是疯子？对此人们的看法更是从未统一过。有人说他是疯子，理由很简单——正常人能干出这种事来？可假如你见过他，难免会在心里打个问号。我听过他骂人，条理清晰、逻辑谨严，虽秽语污言、不无荒诞，但疯话中似也有些许道理。而且，"台词"也不是一成不变，他会根据不同的时间、领导之异同而有所变化。比如他骂现任校长包二奶，东城西城各一个，全国有七个，国外还有一位，绘声绘色绘影绘形，听者笑破肚子。还别说，我们这位校长大人也就开学时出来讲个话，平时人毛也见不到一根，校报上老写他去国外哪个大学交流访问，我们私下里却说他是去会情人了，这可从侧面证明大汉的影响力。还有前任校长，我刚进学校时H大的头头，大汉一口咬定他贪污了建新图书馆的工程款，结果在我大二那年他被神秘调走，不知所终。这都是真实发生的事，对照大汉所言，不免令人心生疑窦。我还曾听学长说，二〇〇一年"9·11"事件之后，大汉声称学校窝藏了恐怖分子。这可太有意思了，不禁为大汉的想象力折服。我想当年要是真在H大里搜出了恐怖分子，那美国中情局首先要感谢的就是我们亲爱的东门大汉，送锦旗给赏金，这样他朝思暮想的美金可就有着落了。

　　鉴于以上种种，不少人都说大汉其实一点都不疯，脑子清醒得很，这么做的目的只是想恶心一下H大。持此观点者通常声称自己和大汉有过交往，还经常讲一些据说来自大汉的内幕故事，当然，信者寥寥。

　　我曾经和大汉近距离"遭遇"过。"十一"假期刚结束，我坐了一晚的火车从家回京，清晨乘公交到了学校门口，就在马路对面的苏氏牛肉面吃早饭。因为早上人少，服务台只开了一个窗口，我交钱拿了小票，排在一个穿棕色夹克衫的男子身后。当时我并没有认出他来。领了餐，找个位子坐下，就见那人坐在我右手边靠窗的位置，吃着一碗最便宜的清汤面。我观其侧面，突然觉得这人眼熟。事后我想，可能是因为他总是侧身倚着栅栏吼叫，被我远远看到过几次，才会有印象。认出他后，第一感觉是他真壮，比远看还要雄伟，虎背熊腰，穿那颜色的衣服看上去酷似棕熊。可当我细细端详那张脸，还是发现了时间在他身上的刻画。沧桑非常，神情冷硬如同凝固了百年，面汤的热气都不能使之软化。虽没什么皱纹，但我相信那就是一个年过花甲、饱经坎坷的人应该有的一张脸。随后我的视线移到他的眼睛，顿时心中一凛。他直勾勾地盯着那碗面，似乎要用目光把它摧毁一般。那眼神我不知该如何形容，感觉不似人类，更像是笼中野兽。那种积郁的怨气自他双眸中刺出，令人胆寒。我赶紧收回目光，扒拉完面，临走时偷瞄了他一眼。他还在吃，那骇人的眼神却不见了，变回了一个普通人呆滞、无意义的样子。我放松下来，心里奇怪自己刚才为什么会怕成那样，应该是心理暗示吧；毕竟他可能是个疯子，正常人难免会对一个疯子心存忧惧。因为你永远猜不出疯子在想什么和他接下来要干什么。

那是我大一时的事。时光过得飞快，一晃三年，我荣升大四师兄。托了前三年成绩还不错的福，我被保送免试读研究生，这意味着大四一年我将会过得轻松无比。我无事可做，天天抱着一个漏气的篮球出去玩。宿舍到球场的路上有个修车摊，每次我都跟修车的大爷借气筒，久之就跟大爷混得熟络了。H大分东西两部分，东边是教学区和学生宿舍，西边是家属楼，中间由一条南北走向的街道分界，东西向还有一条街，连接学校东门和家属区的院门。大爷就在这两条街交汇的十字路口摆摊，已有十几年。大爷姓孔，是原校办工厂的退休工人，我叫他孔伯伯。

孔伯伯六十多岁了，但是看起来要显得更老些。他是个孤独老人，儿女不在身边，言语不多，对人冷淡。我时常看到他坐在马扎上，听着收音机，望着路尽头的东门发呆，一副凡人不理的样子。尽管如此，他却格外信任我，经常和我聊天，也不知为什么，可能是看到我想起了他的孩子吧。平时除了修车，老人还爱下象棋。闲来无事我也会跟他下两盘，开始觉得他棋力强于我，可一段时间下来，我竟赢得更多些。一般来说，老人下棋，优势在于经验丰富，但因为年老体衰，计算力比不上年轻人，常有失手。这一点在孔伯伯身上体现得尤为明显。他精神头好的时候，妙招迭出，就好像之前早就研究过这棋局一样，落子不假思索，这种时候我基本毫无胜算；精神头不好时则失误连连，有些我看了都想笑。跟他对弈久了，我可以从他的表情读出他的状态。他有时会走神，眼神定在某个点一动不动，等我落完子还是毫无反应。我小心地叫他一声"孔伯伯"，往往过两秒才反应过来。"该谁走了？""该您了，孔伯伯。"他想一会儿，心不在焉地下一着，下完就悔，一拍脑门，淡然一笑："臭棋！输了输了。"有时他的失误太过低级，我都不好意思赢，就提议悔棋，他还是一笑，说什么也不答应。老实说，我觉得这老头有点糊涂，可能是老年痴呆症的前兆吧，就跟我爷爷一样。

有天上午，我去打篮球，路过孔伯伯的摊子，跟往常一样在他那里打气。这时我看到东门大汉骑着车从南边过来，目不斜视地掠过我和孔伯伯，往西一拐，进到家属区里不见了。这引起了我的兴趣，他去家属院干吗？莫非他就住在那里？于是我向孔伯伯打听东门大汉，他正低着头补胎，锉着一块粉红色的胶皮，轻描淡写地回我一句："认识。"我问他详细，他却支支吾吾，时而说忘了，时而说不清楚，后来干脆不作声。似乎这老头故意瞒着我什么，可我不甘心，就问他："那您知道他住哪儿吗？"他没说话，抬手指了一个方向，是从路口进去后第二栋楼一层的一个阳台。我又问："那您住哪儿啊？"他又指了指，原来就在大汉家旁边。我顺着他手指的方向望去，看见孔伯伯家的阳台和大汉家的阳台中间只隔了一个门洞，孔家的阳台上晾着衣服，种着花草，还挂有一只鸟笼；大汉家的阳台上空空荡荡，不似有人居住。他只跟我说了这些，然后就转过身忙着什么，看似不再想回答我的任何问题。这俩老头一个疯，一个傻，住得这么近，倒也蛮般配。我摁住好奇心，打篮球去了。

大四生活悠闲得过分。天一冷，我不愿出门，老是宅在寝室，养了一身好膘。为了减肥，我决定每天早上起床跑步。早上操场关门，我就绕着校园跑一圈，这样每日都能亲睹东门大汉的表演。时间一长，我注意到不少有意思的小细节。比如说，大汉一吼就是两个小时，嗓子势必干燥，势必要补水，但我发现他自己从没带过水。一旦吼得嘶哑，就会隔着门叫传达室里的保安，保安会从暖壶里倒一杯温水给他喝。那保安很有意思，总是笑着说"辛苦了"，大汉也不搭茬儿，一把夺过水杯，咕咚咕咚地灌，喝完水继续开骂。再比如，大汉骂人很有水平，擅长将新闻时事和H大的种种丑闻有机融入，因此花样翻新，听上去并不枯燥。但有些内容是一直都有的，比如那半麻袋美金，还有几个人名，我记不太清了，只记得一个姓朱，一个姓方，我猜就是当年批斗他、折磨他的那帮人。我把这些发现讲给同学听，他们都觉得很有意思。同学戏谑地封我为"东门大汉专属新闻发言人"。给一个疯子当新闻发言人，这活计难说光彩，不过反正我也闲着没事干，当就当吧。我还把这些事讲给孔伯伯听。总觉得他俩既然是邻居，应该和大汉很熟，希望能从他那儿多套出些东西。他听后，不笑，也不答言，总是垂着头，几乎充耳不闻。或许是因为我的锲而不舍，终有一天，孔伯伯向我开启了一段尘封已久的历史，若隐若现地道出了他和大汉之间散发出陈年茶垢味道的关系。

同样是个清晨，小雨，路上湿滑，清冷。大汉骑车来到校门口，开始他的"例行工作"。骂完以后他骑车回家，刚蹬出没几米，链子断了，大汉连人带车摔了出去。他身体真是好，没多一会儿就站起来，拍拍屁股，还干笑两声，仿佛是在自嘲，然后没事人似的推车走了。我觉得滑稽，当天就跟孔伯伯讲了这件事。不想老人听完，蓦地打了个激灵，抓住我肩膀，问："他没事吧！"

我吓了一跳，连忙说没事没事，他身体壮得很，油皮都没蹭破，绝对没事。孔伯伯听完松一口气，又恢复到他往常的呆滞状态。那天他跟我下完棋，聊完天，临走时叫住了我，提出了一个让我惊讶的要求。

"小程，求你个事儿……"他用小到不能再小的声音跟我说，目光似乎不敢和我触碰，"以后他要是有什么情况，请你……跟我说一下……"

我目瞪口呆，费了老大劲儿才克制住自己追问下去的冲动。回去后我就想，孔伯伯和大汉到底是什么关系呢？只知道他俩是邻居，同住在退休职工的宿舍楼里。我忽然想起别人说大汉是从前H大的校友，可校友怎么会住在这儿呢？所以他应该和孔伯伯一样，是以前校办工厂的工人，那孔伯伯和他就是工友了。又是老邻居，又是老工友，当然应该很熟才对。可每当我问起大汉，孔伯伯就支支吾吾，连他姓什么都不肯说，此事定有蹊跷……想了半天，还是没有头绪，索性不想，也不去问了。此后每天，我按老人的请求，向他汇报大汉的情况，他点点头权做回应，却再也没见他有过那天一样的反应。

晚秋转眼即至，校园里满地落叶，风将之席卷，枯叶飞舞，倍添萧索味道。不过即将发生的事将冲抵这萧索。两件事，一是我们学校马上要迎来校庆，而且不是寻常的校庆，是六十周年大庆。看得出学校对此极为重视，不管是陈旧的斯大林式教学楼，还是新建的图书馆、体育馆，皆翻修一新，张灯结彩。校园里许多穿着志愿者衣服的学生忙忙碌碌，主干道上搭建起服务站，搞得跟二〇〇八年奥运时一般。到了校庆那天，每个学生都将收到一份餐券，可免费在食堂就餐，一荤二素，还附送饮料。这当然是好事，只是担心到了那一天，食堂里可能会被吃货挤爆，那可就不美了。另一桩事就是我发现孔伯伯一连好几天都没出摊，向周围人打听，才知道他病了，两个女儿从外地回来照顾他，不过没什么大碍，估计过些日子就能出来了，谢天谢地。

虽然见不到孔伯伯，我还是每天跑出去看一眼大汉，一来是为了把他这几天的情况汇总一下，等孔伯伯痊愈后一并报告给他，二来是我自己对他也实在好奇。有一天，我像往常一样，穿着运动服出门，从西门出发，逆时针绕校园跑半周，到东门休息，顺便欣赏大汉表演。大汉也和过去一样，把自行车停在身后，斜倚着栅栏门，扯脖子大吼，一如往日的中气十足。简单总结一下：这几日他的主题是，骂校领导在校庆准备期间贪污了大量公款，尤其是翻修教学区路面。大汉确凿地声称，校长贪了一百万，书记贪了八十万。我一边听，一边回忆起暑假的时候，教学区内到处都在挖坑，晚上去实验室蹭网看球，差点儿掉坑里，吓得我后来不带手电都不敢走夜路了，心想真是可恶，因此听到大汉骂他们，正是合了心坎儿。一晃到了九点半，大汉准时鸣金收兵，把大字报从车梁上取下，卷起，夹在胳肢窝下面，这是准备骑车走人了。可此时他却做出了个我从没见过的举动——跨上车座，一脚撑地，把头转向校门，用那天让我心中一凛的目光，望向校园深处——主教学楼、国旗杆、一座巨型浮雕，上面刻着伟人题词——喊了一句话：

"还有十天！"

这句并不洪亮甚至有些喑哑的话，却含有一种我说不出来的味道，愤怒？悲凉？我形容不出，反正心里顿时沉甸甸的，仿佛被人不由分说地塞入了一块巨石。

说完他蹬车而去，我呆立原地，半晌没动地方。没想到第二天也是同样的情形，临走前喊了一句"还有九天"，之后是八天、七天，不知他在给什么做倒计时。我跟同学们提及此事，他们也觉得奇怪，搞不清楚七天之后会发生什么。看样子，他们也跟我一样心里沉甸甸了。这时有个家伙猛然跳起来，说再过七天不就是校庆了吗。一数，果然如此，可大汉记着校庆干吗呢？有人说大汉身为H大校友，虽然饱受冤屈，对学校还是有感情的，记着校庆实属正常，说不定要在校庆那天给母校一个意外惊喜也未可知。不知是谁吼了一句——"东门大汉为H大六十周年校庆献礼"，众皆莞尔。没准真的是这样？我隐隐觉得不对，但心里已开始期待那一天的到来，却同时也为那一天忐忑着。

日脚却一下走得极慢，数来数去，离校庆还有三天。孔伯伯身体已经康复，又出来摆摊了。这是那几天唯一的好消息。他见到我也很高兴，不过看得出来，老人还是有些虚弱，声音比以前还小，吐一个字仿佛也要耗费极大的力气。他邀我下盘棋，这盘棋格外地慢，老人每一步都要长时间思考，似有沉重的心事附着着棋盘。我不敢出声，一直等着他，渐渐地天阴下来，开始下雨。雨越下越大，已形成密织的雨帘。此时棋局只进行到中盘，我有些烦躁，出了个昏着，被老人家抓住。我竭力抵抗，但无奈败局已定。棋局结束时天已黑了，雨已瓢泼，我没带伞，就在孔伯伯的太阳伞下避雨、聊天。我和他说起东门大汉，告诉他这几天临走时大汉还要丢下一句话，貌似是在数日期。孔伯伯抬起头，问："数日期！数什么日期？"老人眼中有恐惧突突地跳，像是蜡烛的火苗。

"他每天临走的时候，都要说还剩几天。今天……我想想……嗯，还剩三天。"

孔伯伯的嘴张得可以放进一只拳头，眼睛瞪得溜圆，皱纹仿佛都要撑开了，这应该是极度恐惧极度不安的表情。我被他吓到了，呆呆地望着他。

过了一会儿，老人脸上的惊恐退去，取而代之的像是忧虑和悲伤。他叹了口气，说：

"该来的还是要来啊。"

四周极静，除了雨打在伞上的声音什么也听不到。我和老人沉默着。

"孔伯伯——"我怯生生地说。

"嗯?"

"……三天以后,是校庆。"

"校庆?嗯……那应该只是凑巧……"

真的只是巧合吗?

"东门……哦不是,那个人……"

"他姓冯。"

我终于知道了他的姓。"那,他跟您到底……"

老人缄默不语。看着他忧伤的老脸,我不敢往下问了。

静默了片刻,他主动开口跟我说:"小伙子,你着急回去吗?"

"我?哦,不急……"

"上我家吧,雨下得这么大,到我那屋避一避。家里没人,孩子都回去工作了,咱爷俩聊聊天。"

我起身帮他收拾摊子,冒雨跑进不远处的职工宿舍。他的屋子朴素但稍显凌乱,墙上挂着全家福,电视上摆着去世老伴的照片,一位看上去很和善的中年女人。老人坐在客厅唯一一张沙发上,我找了个马扎,在门边坐下。沉默很快就被打破了,孔伯伯先开的口。

"过去你老问我老冯的事,我不愿回答,不是因为我跟他不熟,也不是因为我老糊涂,忘记了。实话跟你说吧,我和老冯当年是最要好的……朋友。前些天生病,其实也是因为他。既然你也这么关心他,我就跟你讲讲他的事。"

老人起身,从抽屉里拿出一盒烟,抽出一根,点上。我从没见他抽过烟,看这烟的牌子,似乎也有些年头了。

"我俩年轻的时候,"老人吸了口烟,咳了两声,"是H大车床厂的工人。车床厂就是现在的工程训练中心,如今只有学生在里面实习。当初全都是工厂,我俩都在那儿干活。我在一车间,他在二车间,后来被分到了一起。

"那时候老冯还叫小冯，是车间里的风云人物。一米八的大个儿，体育全能，踢足球晒得一脸黑，掰手腕能把车床都掰服了气。人也热情，爱开玩笑，干活劲头足，一个顶俩，没多久就当上了小组长。他跟谁处得都不错，但跟我尤其好，我也愿意跟他在一块儿，当时别人都说我俩好得跟一个人似的。"

这么说他的确是H大的职工，而不是别人所说的学生。这印证了我的猜测。我没打断，继续听他说下去。

"老冯千好万好，但有两个缺点，一是大大咧咧，玩笑容易开过火；二是一根筋，爱记仇。唉，这第二个缺点尤其不好，这年月，一个平头老百姓记仇能得什么好？有一次，他笑话钳工组一个人头上有癞疮，那人不高兴，上去给了他一下，两人差点儿打起来。当时老冯就不乐意了，说他小气，没肚量，要是不愿意听他开玩笑，那就一辈子都不跟他说话。那人说有种你就试试，他说试试就试试。结果从那以后真的再没跟那人说一个字，厂长来劝都不好使。我们当时都惊了，没想到他是这样一个人。现在想起来，这不就是命吗！

"就因为他这个性，后来得罪了一批人，'文革'可就惨了。H大当时有个红旗队，全京城都有名，当年干过一件事，坐火车去四川把彭老总抓了回来，关到当时的八号楼里，那座楼现在已经拆了。就是这么一帮人，当时把他给盯上了——你想想那还有好？——硬说他家里藏着半麻袋美金，带了一帮人去抄家。

"那时候H大乱糟糟一片，大字报糊了一层又一层，大喇叭二十四小时响，没一刻消停。可老冯一点儿都不关心，还待在厂里干他的活。有人跟他讲，还干活呢，快回去吧，你家被抄了。他一惊，拎着扳手就跑回去，进屋就见家里被翻了个底朝天，红旗队把他的奖状撕了，体育比赛的奖杯砸了，还抢走了他的手风琴，正准备往里屋闯，那是他母亲住的地方。老冯一个箭步蹿过去，拦在门口，跟黑铁塔一样。那帮人喊，冯黑子，你让开，他说凭什么让开，那帮人喊快让我们进去，他说凭什么让你们进去，那帮人说，老实交代，你是不是窝藏了半麻袋美金？他想了想说，美金有啊，就在屋里，有本事就进来拿啊！

"这下那帮人可来劲了，疯了一样往里闯。老冯用扳手放倒两个，拿膝盖顶翻一个，还是敌不过他们人多，被扑倒在地，四五个小伙子坐在他身上。这下问题严重了，他被定了个现行反革命的罪名，游街的时候走在最前头，跟那些被打倒的大官搁一堆儿批斗，就在现在的东门口，搭个大台子。当时我站在下面，看见他头上戴着铁帽子，上面写着那个吓死人的罪名，耳朵里听着他脖子里的骨节喀啦喀啦响，可看那样他还是想梗着，我眼泪唰地就下来了，赶忙扭过身擦……"

"那半麻袋美金呢？"我忍不住打断他。

"他哪有美金啊！"孔伯伯放大了声音，"那是他故意气他们的！他家祖上三代穷得叮当乱响，到他这辈儿，一个兄弟姐妹都没有，只有个老娘，一个农村小脚老太太，怎么可能有美金？可那帮人不管，游完街了还不算，还要把他单独关起来。就是现在北楼那实验室，当时也是教电学的，里面都是电线之类的玩意。有五六个人看着他，全是厂里和他有过节的，他们用电线抽他，从早抽到晚。关了不知多少天，总算把他放了出来。我一听说就上他家里去了，瞅见他趴在床上，背晾在外面，一块好地方都没了。我见了，哭得跟什么似的，赶紧给他敷药。我忙前忙后折腾了一小时，他一句话都没说，我进来的时候他也没跟我打招呼。后来我累了，在他床头坐下。他突然对我说：'小孔，你知道他们关了我多少天吗？'

"我想了想，只知道时候不短，具体多少天还真说不清。我说我不知道，他就一字一顿地告诉我，他被关了七十四天。声音平静，就好像念叨别人的事一样。可接着他嘴里迸出来一句话：'你等着，我要还他们一百倍。'

"说完他就睡死过去，也可能是晕过去了。我想他太累了，就悄没声儿坐在一旁。他睡了整整一天一宿。"

"打他的都是谁？"我问。他说了几个名字，我发现我在东门都听到过。

"后来他进了监狱，临走前把老母亲托付给我照顾。其实就算他不说，我也会主动帮忙的。'四人帮'倒台以后，他被放了出来，学校也宣布要给他平反。我很高兴，去把他接了出来，见面之后大吃一惊。他瘦得跟猴子似的，眼眶发青，一条腿已经瘸了，这还是当年那个足球健将吗？一开口他先问母亲身体如何，然后问当年打他那几个人怎么样了。我说老太太身体还行，那帮人后来插队被集体发配到北大荒，七四年的时候被洪水冲走了。老天算是给你报了仇了，我跟他说。他听了没说话。我看他身体虽然毁了，精气神儿倒还没垮，一路上不停跟我聊天，那样儿让我稍稍宽了心。现在回想起来，我觉得他兴奋得有些不正常。他开了一路玩笑，却对牢里的事只字不提，而且说实话那些笑话也不好笑。后来我才觉出来他那是做给我看的。

"平反委员会的人让他去校党委'说明情况'，他去了，不知道为什么让他在门外等了一个小时。他拖着一条残腿，坐也不舒服，站也不得劲。领导让他进来，他一看还是那些老面孔，劈头就问：'听说你们从我家搜出来半袋美金，能还给我吗？'

"领导说你不要闹情绪，当年冤枉你的我们一定给你补偿。他说不是冤枉的，美金真的有，他就是来要美金的。领导脸色变了，说我们正在积极为你恢复名誉，你不要无理取闹。他说恢复什么，一摔门走了。

"学校拿他没办法，就把他晾在一边。后来分房子，给他分的是一间最小最破的。我和他做了邻居，三天两头上他那儿，照顾他母亲，也照顾他。他身体恢复得挺快，毕竟过去是个体育健将，老太太可是一天

不如一天了，没多久得了中风，卧床不起，生活不能自理。我俩就一起
伺候老太太。到了九〇年冬天，老太太病情恶化了。那些日子我几乎住
到了他家，帮他给老人喂饭，端屎端尿。元旦那天，我跟他忙了整整一
白天，晚上歇下来开了两瓶酒，正要喝，突然听见里屋有响动。我俩冲
进去一看，老太太休克了，大小便弄得满床都是。我们赶紧把人往医院
送。半夜十二点，我和他蹲在医院的走廊里，听到外面有人放鞭炮。我
抽着烟，感觉累得要死，一句话都不想说。这时我发现他脸上的表情很
奇怪，好像挺高兴的，就跟我当年接他出狱时候一个样。

"我问他怎么了，他一开始没说话。想了会儿，问我，你还记不记
得当年我从电学实验室里出来，你照顾我那天。我说我记得。他问我还
记不记得他被关了多少天。我回答说，记得，七十四天，你告诉我的。
他问我记不记得他说过，他准备还他们一百倍。

"我就不说话了。

"然后他就站了起来，焦躁不安地来回走。我问他你想干吗。他
说：'小孔，念在我们朋友一场，我今天就跟你掏掏心窝子。'他说照他
估计，老太太是挺不过这个冬天了，等老太太一走，他就要开始他的复
仇计划。我吓坏了，赶紧劝他冷静下来。我问他你找谁报仇？那帮人早
就死了，尸首都找不到了。他说，他不找那帮人，他的仇人是整个H
大。我说那你准备怎么办，炸学校？他说，炸学校没意思，我已经立下
誓要还他们一百倍，炸一下能顶多少？何况我不打算有人死。我问他那
你要怎么办。他露出了一个诡异的笑容，说：'骂他们'。

"他看我不明白，就给我解释。他说：'我不要求什么恢复名誉，也
不要谁来道歉，他妈的我受的罪能是一句对不起就能抵消得了的吗？我
要骂他们，骂得这个王八蛋学校名誉扫地，让他们成为全京城第一大笑
柄。骂一次不管用，他们当年关了我七十四天，我要还他们一百倍，就
是七千四百天。我要骂他们整整七千四百天，天天早上去东门喊、嚷、

吼，让他们的干部老师学生，连扫卫生的出门都抬不起头来。'说完他很激动，眼睛直勾勾盯着我，手抖得都点不上烟了。我有点儿蒙，好半天才说了一句：'他们会抓你的，你还得蹲监狱。'他说不会，没有这个必要，他们会把我当作疯子，疯子抓了有什么用？我哆嗦了一下，问他，那你真的疯了吗？他说，也许吧，说完又笑了，笑声瘆人。"

说到这儿，孔伯伯停了下来，又点了一根烟，看起来似乎很疲劳。我等着他把这根烟抽完。他继续讲：

"没几天老太太就在医院去世了。安葬完老人，他开始实施他的计划。起初门卫很紧张，整来一帮人过来抓他，可校领导看他那副疯样，觉得抓他也没意思，就把他放了，跟他之前预测的一个样。从此能影响到他复仇的就只剩下他自己的毅力和决心了。一开始他觉得自己身体有些弱，喊起来没力气，就天天锻炼身体，跑步、举哑铃、练双杠，很快变得和年轻时候一样健壮，腿也不瘸了。这简直是奇迹，我看了很惊讶，觉得他的精神头好得不可思议，比他二十几岁的时候还要好不知多少倍。这跟我完全相反，我那时候已经成老头了，他却越活越年轻。我一有机会就劝他：'何必呢，让人看了多丢人。'他却回答：'要丢人，也是和Ｈ大一起丢人，我乐意。'我哑口无言，慢慢地就不去劝他了。后来甚至都不愿见他的面，看他那疯疯癫癫的模样，我心疼。我觉得我俩已经走上了不同的路，再也不可能像过去那样了。

"就这样，二十年过去了，最近几年我甚至都没跟他说过话。我都以为我不再关心他了，直到有一天……"

他突然开始猛烈地咳嗽，我赶紧起身，给老人拍背，从暖瓶里倒了一杯水递给他。他喝了两口。咳嗽终于停了下来。

"直到上个月，"老人声音开始发抖，"一个晚上，我躺在床上，翻来覆去怎么也睡不着，突然想起来一件事：当初他跟我说是要骂够七千四百天，如今二十年过去，期限马上就要到了。

"这念头折腾了我好几天。终于，我壮了壮胆，天刚亮我就在他家门口等。我看他出来，就一把抓住他手腕，说：'走，我有事问你。'

"我跟他进了他家，虽然就在对门，却已经好几年都没进去过了。起初他有些木讷，就好像很久没有说过话一样。我不敢直接说，就不停暗示他，他好像根本听不懂。我发现他的眼珠子已经不怎么会动了。于是我直接问他：'你说你要骂够七千四百天，如今还剩多少天？'他一听眼珠立马就动了，立刻回答：'十七天。'几乎是不假思索，脱口而出。我问他，等这十七天完了，你还准备干啥。他不说话了。我问他好几次，他还是不肯说。最后我怒了，一拍桌子站起来，双手抓住他的肩膀，冲他大吼：'你说不说！你说不说！'这时候他笑了，还是那个笑容，我的妈呀，到我死都忘不了！

"他说，告诉你又能怎样，你还能拦着我吗？我说我得知道你要干什么，然后才能知道能不能阻止你。他笑得更欢了。我冷汗直冒，哆嗦成一团。他看我这个样子，就说：'好吧，我告诉你，我准备最后一天骂完以后，一头碰死在那门上，你信不信我说到做到。'"

这时我感到手心疼，是我双手不由自主地攥拳，指甲扎进了肉里。

"从他家回来后，我就病了。从他那眼神里，我就知道阻止不了他。通知学校我不愿意，报警那是我出卖他，我不干，再说了，一个二十年来一直决心想死的人，谁拦得住？"

说完孔伯伯低下了头，拿烟的那只手不停地抖。房间很暗，唯一的光源——一盏台灯——被他的身体遮住。我看不清他的脸，我猜此刻它应该是一片惨白。我不知道该说些什么，心里五味杂陈。

离开孔伯伯家时，雨已经停了。一路上我都在想，三天之后的早晨，东门将会是怎样的景象。我没法不想它——二十年，七千四百天，那双野兽一般的眼睛。我等不及了。

该收尾了。他的命运，和你此时正在读的这个故事。

那天阳光出奇的好。我和孔伯伯在东门对面并肩而立，太阳把我们的背烤得暖烘烘的。抬头看，天被雨洗涤一清，蓝得耀眼，没有一丝云。

他来了，推着那辆自行车。支上车之后，他倚在栅栏门上，摸出一支烟，点上。他看见了对面的我们，但视而不见。我们等着他这一生的最后一次骂街，心情复杂地等着。可是他连个响动也没出。一口一口嘬着烟，一支完了又点上一支，在他头顶的烟雾中，校园的国旗微微拂动，音乐声响起，人声也渐渐嘈杂，校庆的喜悦难以掩饰。

时间在移动。我沉不住气了，跟孔伯伯说要不要上去捉住他，带他回家。"你这身板，捉得住他吗？"老人说。奇怪，他的语气也少有的平静，如同正在大汉头顶缓缓升腾的烟。

九点半就快到了。他还没有开口。依然倚靠在栅栏上。但他的头开始偏移，目光转向那面花岗岩墙。

九点三十分。准时。他扔掉烟头，脚尖碾了几碾。猛然弯腰、弓身，向那堵墙撞去。

我闭上了眼。孔伯伯发出一声细弱的惊呼。

再睁开眼时，他已经看不到了。那个健壮的身体被一群灰制服掩埋。不知何时，一辆救护车停在东门侧面，保安们喊着"一二三"把那个沉重的身体抬起来，他的胳膊和腿在空中挣扎，口中却没发出一点儿声音。

救护车开走了。我注意到那是一辆精神病院的车。

我和孔伯伯对视一眼。他摇了摇头，一绺花白的头发被他摇了下来，他抬手拢上去，眼里不知是高兴、难过、解脱，还是别的什么。

我想，我的眼神一定跟他一样。

易寒说：我们的小说不为别的，只为唤起这个庸常世界的英雄梦想。

他生了下来，他受了苦，他死了。
via 福克纳《明天》

+

蓝 色 海 岸 之 夜

+

理查德·耶茨/孙仲旭 译

+

　　贝蒂·迈耶斯把在野外用过午餐后吃剩的东西收拾好，把双胞胎放进婴儿车，然后张望了一下，寻找鲍比，那是她五岁的孩子。她在阳光下眯着眼，最后终于看到他在远处的海滩上，在跟几个法国小孩玩。"鲍比！"她大声叫，可是他装作没听到，她就开始去找他。因为累，她走得慢，同时也感觉到沙滩上那些几乎一丝不挂的外国男女在盯着看她。

　　鲍比看她过来就跑掉了，她只好笨拙地跑着追他，心里也知道她的便装之下臃肿的身体抖动得成了一景。最后她抓到他，狠狠揍了几下。他扯着嗓子号啕起来，但是一旦贝蒂抓住他的手腕，他还是很听话地跟着走了。跟他一起玩的那几个法国小孩用手捂着嘴，腼腆地往后退。她不想打他——事后总会让她后悔得要命——但是整个下午，他都在讨打。等他们回到海边散步道上时，他不再哭了，但还在大声抽鼻子，不过她看得出最糟糕的阶段已经过去。"好吧，你给我听着，"她说，"你不想走是吗？如果是这样，现在就讲出来，我不想让你在回去的一路上都烦我。你不想走吗？"

　　"没有，妈。"

“那就好。走吧。”她推着双胞胎坐的婴儿车，鲍比走在她旁边，他们开始踏上回家的漫长路程，路过棕榈树和街边咖啡馆，经过游艇区的小酒馆，那里的招牌上写着“欢迎美国海军、海军陆战队”。

对贝蒂·迈耶斯而言，法国人可以留着他们的里维埃拉①，就此而言，他们明天就可以把他们整个破国家都交到共产党手里，她会说一声“总算摆脱了”。她只想回到新泽西的贝约纳，她属于那里。哦，她知道第六舰队按说挺好的等等。别的海军家属提起这件事的样子让她感到厌恶——“你是说你不喜欢这里？你难道不觉得这里很漂亮？”——可是你总是有把握这样说的人根本没养孩子。她们可以穿着性感的比基尼小泳衣，给自己全身都抹上防晒液，巴结军官的家属，自得其乐地生活。她们甚至可以学法语，至少能跟人们交谈，也许能够避免每次去商店时都被骗，可是她又能做什么呢？

“嗨，妈，给我买个冰淇淋。”鲍比说。他无疑很快就忘记了悲伤。“给我买个冰淇淋，妈。”

“走吧，”她告诉他，“走吧。我们这会儿不能停下来。”

他们绕过市政厅，穿过路口。那些人开着破摩托车和样子滑稽的小汽车横冲直撞，让她经过路口时总是心惊胆战。他们穿过市里相对萧条的地段，爬上小山到了大路上，那里有卡车和公共汽车穿梭来往，那是回家的最后一程。她总是必须一只手为婴儿车掌握方向，一只手拽着鲍比，因为有次他在前头跑到了人行道，而卡车正开过来，吓得她差点犯了心脏病。

“嗨，妈，你把我的胳膊弄疼了。”

“你要是不表现得像个大孩子，我会把你弄得还要疼得多。别抓着婴儿车！”

---

① 里维埃拉：指法国东南部及意大利西北部沿地中海的假日旅游胜地。

"嗨，妈?"

"又怎么了?"

"我们不想走，妈。"双胞胎这时也开始大叫大闹。

最后，她终于拐进那座公寓楼的安静的花园。那是座巨大的白色而厚实的楼房，不靠路边，周围有几棵王棕。它在战前应该是座豪华旅馆，可是就算它是法国国王的城堡，贝蒂也无所谓——她讨厌这里。首先，她住的公寓太小——就连现在艾迪不在家时也是这样——另外，她从来没见过有谁像这座楼里住的那些人那么势利。甚至门房——她到底以为自己是谁?——每次打招呼时，也表现得像是要花她的钱似的。这好像根本不是针对她个人，因为在那里住的另外一位海军家属玛丽露·史密斯也是被这样对待的。他们就是对美国人有成见，也不在乎让别人知道。

在电梯里，贝蒂跟鲍比又像平时那样费了番口舌——电梯笼在移动时，他总想把手指伸出电梯笼——等她把婴儿车推进公寓时，她真的差不多要坐下来哭了。直到她把门摔上时，她才注意到有人从门下面塞进一张纸。一开始，字体看着很像外国字，她还以为写的是法语，后来她还是分辨出了那些单词:

请让您的孩子安静一点。我收到很多投诉。

门房

好了，效果达到了。她在炉子前面弯腰给双胞胎准备奶瓶时，滚烫的眼泪淌下她的鼻子，她不得不转过身去，好不让鲍比看到她被泪水冲花的脸。这些该死、该死、该死的人们啊——这个该死、该死、该死的国家啊。她这一辈子，还从来不曾像现在这样孤独。

"嗨，妈，你干吗哭?"

"我没有，跟你没关系。请你走开好吗，鲍比？"

门铃响了，她很快擦了一把脸，急忙去开门。

"嗨，贝蒂。"玛丽露·史密斯用她那种睡不醒似的美国南方口音说。像平时一样，她精心打扮之后才过来，拖着她六岁的女儿布伦达。

"哎呀，我真高兴见到你们。"贝蒂说，滑稽的是，她说的是真话。她根本不怎么喜欢玛丽露，不过她们的丈夫在同一条军舰上，自从她来到海外，玛丽露可以说是最接近朋友的角色。"说实话，我在这个国家再多待一分钟，就会疯掉。看看这个！看看那个卑鄙无耻的门房往我的房门下面塞的是什么玩意儿！"

玛丽露慢慢地大声读了一遍那张纸条后，把它放到桌子上。"噢，那个呀。这是你第一次收到？我们整天都会收到。我只是不去管它了。"

不管怎样，那不简单。至少并不是只有她一个人。

玛丽露踱到一面镜子前面摸了摸自己的头发。"你一天都去哪儿了，贝蒂？我到处找你呢。"

"哦，去了海滩。"

"是吗？你应该跟我说你要去，我会跟你一起去。不怎么想一个人去。"事实上，玛丽露干什么都不怎么想一个人去——那是她惹人烦的一点。她就像是一个无助的孩子，得有人一天到晚陪着她。"哎，贝蒂，我们今天晚上一起吃晚饭好吗？我有一大块烤猪肉，我们可以在你家做，好吗？"

"好啊。"贝蒂说。换个时候，她也许会找理由拒绝，但是这天晚上，那样却似乎是个好主意，至少可以有人跟她说说话。

"那我去把东西全都拿来。"玛丽露说完就朝门口走去，留下一溜香水味。贝蒂不明白她干吗总是那样精心打扮——尼龙袜、高跟鞋、紧身裙——却只是串门而已。也许南方的女孩不一样，不过好像挺滑稽的。"你留在这里玩吧，布伦达。"玛丽露说，一边晃着手指。"我不在的时候，我看你敢不老实，听到了吗?"可是布伦达已经开始不老实了。她拿起鲍比的一个玩具——一个破了的帆船，鲍比过来抓，她推了他一下，让他坐到了地上。挺坏的，这个布伦达。"你规矩点，听到了吗?"玛丽露说。她一巴掌抢过去，没打到，她自己穿着紧身裙尴尬地弯着腰。

布伦达飞快地躲得让她打不着，手里还拿着那艘帆船，她开始闹起来了。"我要跟爸爸告你的状。"她极为放肆地跟她妈妈说。

"你要跟他说什么?"玛丽露把手放在臀部问她。看她们俩在一起挺滑稽的——就像两个小孩子。"你这么聪明，你要跟他说什么?"

"说你的男朋友。"布伦达说，这次玛丽露打中了。她穿着高跟鞋的脚快走了两步，制服了那个小女孩，狠狠地打她，那艘帆船掉在地上。"我看你敢说谎话，你这个小骗子!"布伦达号啕大哭，玛丽露的声音更大，"你敢撒谎，我会教训你的!"

嗯，真是的，贝蒂想，另外也难免不去盯着看，艾迪回家了要跟他讲讲这件事——他的确总是说玛丽露看上去像是个小浪货。倒不是贝蒂对玛丽露有什么成见，玛丽露也根本不检点还是怎么样，但是毕竟，当她自己的孩子说出那种话时，真的会让你有想法。

"不知道她那颗小脑瓜中了哪门子的邪，让她那样说自己的妈妈。"玛丽露说，"现在你给我闭嘴，布伦达，我看你能不能表现得好一点。听到了吗?"

到头来，是贝蒂一个人做的饭。玛丽露只是坐在厨房里抽烟，根本没说帮忙布置餐桌，不过贝蒂真的不介意：至少样样都是她亲自动手，可保证做得正确。晚餐本身乱成一团，孩子们从头到尾互相扔面包、泼肉汁，大嚷大叫。饭后有好多个盘子要洗，玛丽露负责擦干，算是帮了点忙，不过贝蒂得一再停下手里的活，去跟她解释各种盘子放在哪里。等到最后她们终于收拾完了，将孩子们全都哄上了床——她们安排布伦达睡双胞胎的床，让双胞胎睡在婴儿车上——她们就在客厅里喝咖啡放松一下，还可以隔着王棕高大的树干瞭望夜色中的大海。

"你这里景色很棒。"玛丽露一边说，一边在沙发上心满意足地扭动身子，"和我们那儿比起来，我更喜欢这里得多。"

"是啊，挺好。"贝蒂说，"可是我说不好。我现在对它已经习以为常了，几乎不怎么再留意。也许倒不如说是墙纸还是什么呢。"艾迪回来时，他的航母锚泊在那里，从窗户就能看到，躺着就能看到它巨大的影子投射在海面上，可以说挺好的——让人放心，似乎它在那里看着她。这时在港的，是舰队的另外一部分，海湾里停满了小一点、样子滑稽的军舰——扫雷艇吧，她想。"再过六个星期。"她说，"对吧？"

"就那么久，六个星期？我还以为是七个星期呢。不，让我看看"——玛丽露数着她红色的指甲——"对，你说得对，六个星期。"

"天哪，我几乎等不及了，你呢？"但是甚至在她自己这样说时，贝蒂就知道那并非全是真话。无论他是不是孤独，她可根本不是个傻瓜，上次休假她记得很清楚——艾迪抱怨："你难道不能把这里收拾干净吗？"他担心孩子们会把他的破海军军装弄脏。还有那些个夜晚：打扑克，吵架，吵架，打扑克。"听着，玛丽露，这次他们回来，我们多出去一下你觉得怎么样，我们四个人，而不是每天晚上都坐在那里打扑克。上次艾迪休假，我跟他只出去过两次。我是说你需要时不时出去一下——哪天晚上打扮好去市里的哪间夜总会——至少离开公寓，感觉自己像是人类。"

玛丽露脸上的笑容一闪即逝，那让她跟布伦达一模一样。"你难道不喜欢跟一个女友一起出去吗？因为我正想说，咱们俩干吗不今天晚上就出去一趟？"

"呃，我不知道。就我们俩，没别人？"

玛丽露耸耸肩，她的眼睛又大眼神又温和。"干吗不呢？"她说，

"有很多好地方可以去。有这么一家很有趣的小地方，店名叫'好莱坞'吧，每个人都很友好，你很可能也看到过。很多水兵带家属去，我是说它不像你到处看到的那些地方。你在里面看不到妓女，就是他们所说的做生意的女孩，也没有任何那种——"

"呃，我不知道。"贝蒂说，"你看，我不想说话像是个假正经，玛丽露，可我是说我有三个孩子，有很多责任。就那样出去，我感觉有点怪怪的。"

玛丽露又耸耸肩，把一点烟灰从她苗条的大腿上扫下去，她显得有点受伤。"好吧，"她说，"可是照我看，只是坐在那里喝一杯，也许跟一个男孩聊聊，那根本没什么不好。我知道我的丈夫就不会介意。"

"嗯，对，我丈夫大概也不会。只是我会感觉这件事有点怪怪的，别的没什么。"

"为什么?"

"嗯，只是因为——噢，我想如果只是聊天，那没问题。我是说——"她感觉自己傻傻的，担心自己的脸都红了。"我是说，我希望那不会显得我以为你——"但是不管她这时说什么，都会越抹越黑。她笑了起来。"哎，别管我，我想我说话听起来好像是个假正经什么的。对不起。没错，你说得对。"

这一次，玛丽露耸肩就有了别种意味。"我根本无所谓。你想出去吗? 好吧，你不想? 那也没关系。"突然，贝蒂知道自己不能不去，似乎这个念头一直深藏在她心里——整个夜晚，整个白天。"好吧，我们去。"她说，"可是听着，我们别待得太久，因为我们不想撇下孩子们，好吗? 得等到我们肯定他们已经睡着了再去。"

"那当然。"玛丽露说，"我根本不赶时间。"她往后靠着坐，露出微笑。"你不是要穿这件衣服，对吧，亲爱的?"

贝蒂看着自己皱巴巴的短裤笑了起来。"天哪，不，那我可不成了一景？我还应该洗个澡，既然我们要出去。哎，帮我决定一下穿什么，玛丽露，好吗？来衣橱这边。"

玛丽露懒洋洋地站起来看着贝蒂找衣服，把衣架弄得乱响。"我喜欢那边那套。"她说，"那套很漂亮。"

"这套？"贝蒂说，"你不觉得它有点太——我说不好——太正式了还是怎么样？"可是她已经想好了要穿这套。那是她最好的衣服，是价钱不低的缎子料，艾迪喜欢，从他上次休假以来，她都没有再穿过。那天晚上，他带她去看一部加里·格兰特主演的电影，当时市里正在上映。他们已经计划了好几天，他们买了票坐进电影院后，才发现是法语配音——整部电影他们一个词都没有听懂，她失望得差点哭了。"好吧，"她说着把那件衣服拿出来，"那我就穿这件了。"

她很快洗了个澡，换上新内衣，穿上尼龙袜。自从艾迪上次休假以来，她就没有再穿过尼龙袜，拉到腿上感觉怪怪的。后来她刷了一下绒面鞋，穿上裙子，收拾了一下自己的脸和头发。准备好之后，她站在镜子前摆了个姿势。"好看吗？"

"很可爱。"玛丽露告诉她，可是贝蒂知道并非如此——特别当玛丽露过来站到她旁边时，贝蒂会第一个承认自己长得并不怎么样。她才三十岁，却显得老很多，特别是身体上——生完双胞胎后，她一直没有恢复体形。她的牙齿也长得滑稽，这时她的前额因为最近被晒伤而脱皮，扑的粉只是让情况变得更糟糕了。她把几根乱发捋好，无奈地转过身。"好了。现在我们去看看孩子们，然后就走。"

好莱坞吧的事玛丽露说得没错——它真的能把你带回美国。里面长长的，光线阴暗，有真皮座位和黑色镜子，甚至还有一台自动点唱机。她们进去时，收银台处那个男的跟玛丽露打招呼，跟她叫名不叫姓，亲热得不得了，但是他的口音更多带了点英国味，而不是美国味，身上一点法国味都没有。她们坐在靠墙的一张桌前，要了啤酒，往周围看。那里全是美国水兵，正好隔着过道就有四个——两个一脸厌烦样子的军士长和两个很年轻的小孩——其他人都挤在吧台那里。别的女人几乎一个都没有。玛丽露似乎满足于只是安静地坐在那里，贝蒂却觉得自己必须说话——只是交谈，以避免往这里那里盯着看。所以她就说话，紧张地转动酒杯，几乎没去听玛丽露的答话。她心里涌起一种古怪的感觉，奇怪的是，那也是种熟悉的感觉——胸口发紧，身上发暖，差点想咯咯笑起来——后来她想起来了，这跟多年前她还在贝约讷时，在米勒杂货店里有过的感觉一模一样，当时她跟她的女友放学后，经常在那里待一阵子。这个想法让她警觉，接下来的事让她感觉更糟糕：过道对面那两个年轻的水兵站起来上卫生间，路过时，他们低头看看她，然后又看看玛丽露，眼神怪怪的——有点粗野，又有点害怕，她不喜欢。"玛丽露，你知道我怎么想吗？"她悄声说，"我觉得他们以为我们是两个法国妓女什么的，做生意的女孩或者不管你怎么称呼的那种人。"

"别傻了，亲爱的。他们干吗要那么想？"

她觉得那样的确挺傻。过了一分钟她又抬起头时，知道的确是这样。那两个军士站在那里，脸上带着世界上最和气、最让人放心的微笑。"你们这两位姑娘，美国来的？"

贝蒂咧嘴一笑。"你怎么知道我们是美国人？"

他们俩都笑了起来，笑声也很和气。"噢，听着，"第一位说，"我隔着一个街区都能认出谁是海军家属。你们是海军家属，对吧？我就知道。美国哪里的？"

他这次问玛丽露，当她说"加利福尼亚北部的罗利市"时，他哈哈大笑。"真的呀，加利福尼亚北部，"他放声大笑。"没错？嗯，我要闭上嘴了！"[1] 这段时间，另外那个男的自始至终只是站在那里微笑，贝蒂

---

[1] 这几句是模仿黑人说话。

想好了自己很可能更喜欢他。虽然他不如那个更爱说话的男的长得帅，可是他看上去更和气，她喜欢腼腆的男人。

"哎，"那个爱说话的说，"我叫艾尔，他叫汤姆。你们不介意我们坐下来，对吧？只要我们全都是已经结婚的老人儿？"

贝蒂和玛丽露往一起挤了挤，给坐到她们一边一个的那两个男的腾出地方。安静的那位——汤姆——在贝蒂旁边坐好后终于开了口："你也是南方人？你还没告诉我们呢。"他说话声音很低，说话时，他的嘴唇翘着，露出羞怯的笑容。他脸盘大，长得一般，蓄着颜色黄中带红的小胡子。

"不是，"她告诉他，"我是新泽西州贝约讷人。对了，我叫贝蒂，贝蒂·迈耶斯。"

"很高兴认识你，贝蒂。我叫汤姆·泰勒。贝约讷，呃，路过贝约讷两次，从来没停过。我家在巴尔的摩。"

"你的家属也跟着舰队来这里了吗？要么她待在家里？"

"哦，没有，她待在家里。我们有三个小孩，你要知道，她觉得要让她来这里生活，会有点辛苦。"

"哎，那才是个聪明的女孩。"贝蒂说，"你的家属真的很聪明。我吧，我也有三个孩子，可是我丈夫跟我描述得天花乱坠，有海滩什么的，还有他会经常回家，我们会交到很多朋友，我像个傻瓜一样说好吧。现在要是明天就有一条船回国，我就会搭这条船，相信我。你的孩子都几岁了？"

在暗淡而烟雾缭绕的光线下，他的钱包一下子打开了，她弯腰去看那几张快照。能看到一个三十五岁左右的大块头女人愉快地笑着，那是汤姆的妻子，另外还有两个穿着 T 恤衫、头发蓬乱的小男孩，在阳光下做着鬼脸。"大的是小汤姆，现在十岁了，小的是巴里，他六岁。然后我们还有个小姑娘，十五个月大——这儿，我指给你看。照这张照片的时候，她才半岁左右。"

"噢！"贝蒂说，"她真可爱！"

"好吧，好吧，消停一下吧！"艾尔的手从玛丽露面前伸到他们面前打了个响指。"消停一下吧，两位。想喝点什么？"

他们就又点了一轮，玛丽露和艾尔离开桌前去跳舞，就在自动点唱机旁边的一小片空地方那里。"想跳舞吗？"汤姆问。他们站起身时，贝蒂注意到那两个水兵在看着他们，咧着嘴笑，互相捅着肋部。她感到恼火，到了跳舞的地方后，她说："那是你的朋友吗？那两个？"

汤姆笑了。"他们？不，他们只是军舰上的两个小孩，刚才我们只是在跟他们聊天。"他又用那种温和而轻松的方式笑了一声，然后胳膊伸过来搂着她跳舞。"现在海军里招进来的这些破小孩啊，全是一个样。你跟他们不带架子聊两句或给他们买杯啤酒还是怎样，他们马上就觉得跟你是哥们儿了，你懂我的意思吗？他们觉得自己有头有脸还是怎么样，因为头儿请他们喝啤酒。"一开始，他动作僵硬地搂着她，让她离自己的身体远远的，手几乎没有碰到她的背部。"右边那个可以说让我开心。"他又说，"大耳朵、红头发的那个，我们在军舰上叫他'小子'，哦天哪，那可真的让他火冒三丈。所以今天我有一两次叫他'红仔'，我几乎觉得他要舔我的手还是怎么样，像只小狗一样。"

她笑了起来，看了一眼红头发那个男孩。那个男孩红着脸垂下眼睛，显得像是十四岁左右。

"没有，可是挺滑稽的，"汤姆说，"我跟他说话时，几乎好像是跟我自己的孩子说话一样——他好像也不比我的孩子岁数大嘛。我是说真的，现在海军里招进来的小孩啊！就好像回到了以前打仗的时候。"

她随着音乐而转动，由着他把自己拉得更近，放松了下来，她心里在想：他可真好啊，我敢说他对他们和气时，他们的确觉得这件事挺不简单。我还担心他们看我的眼神呢，那不是挺傻吗？还只不过是些小孩子。

那首曲子放完后，玛丽露和艾尔回到桌前，贝蒂却想留下来再跳几首。她好久没跳过了，汤姆是个跳舞高手。那些歌曲全是法语的，不过没关系——歌曲节奏缓慢，音色醇厚，女声唱得令人落泪，歌曲也适合跳舞。

他们最后回到桌前时，贝蒂发现啤酒旁边还有小份的威士忌。"嗨，这是什么？我们没点这个。"

"嘘！"艾尔盯着玛丽露说，"圣诞老人带来的。"

"嗯，我不知道。"贝蒂说，"喝了这么多啤酒，再来这个没事吗？"

艾尔伸出一只手指严肃地引用别人的话："喝了威士忌再喝啤酒——挺冒险。喝了啤酒再喝威士忌"——他晃动那只手指——"绝对不用怕。"

之后的事就记得不清楚了。他们在好莱坞吧肯定又待了一个钟头，也许还要更久，跳舞，喝酒，聊天。她没喝醉——她知道自己没喝醉——但是一切都模糊在一起，因为她过得很开心。之后发生了什么，就难以记得清楚，只记得离开时，艾尔不知道从哪里叫了辆的士——一辆车体宽宽的大的士——她和汤姆坐在活动座椅上。他们的车沿着海边散步道开：一边是灯光辉煌的酒店门面，有些酒店的外面有桌子、穿着无尾礼服的弦乐队和穿着漂亮的晚礼服的漂亮的女孩；另外一边是棕榈树、灌木丛，其周围的草丛中藏着泛光灯，再远处是黑色的大海。"咦，"贝蒂说，"他们这里的夜景弄得真好看，真漂亮。"她转身问玛丽露是不是也这样看，可是玛丽露和艾尔在后座上已经分不出彼此——她只能看到艾尔的背部是模模糊糊的一大片，玛丽露的白色胳膊斜着搂在那里。

后来他们就回到了公寓，每个人都在笑，艾尔放好了酒杯倒酒，不知道他从哪儿弄来的威士忌。贝蒂把客厅里的灯全打开，可是有人又把大部分的灯都关掉，然后在收音机上调到了舞曲。

"嘘!"她说，"声音关小点好吗? 我得去看看孩子们。"她踮着脚进了没开灯的卧室挨个查看: 那对双胞胎躺在婴儿车里睡得正香甜，她为鲍比掖好被子时，他略微动了一下，布伦达的头深陷在枕头里。

她又回到客厅时，只剩下汤姆在那里。"玛丽露怎么了?"她问他，"还有艾尔呢?"

他从沙发上站起来，手里端着一杯酒，面带微笑。"我想他们去了她家，去看看她的孩子。"

"可是她的孩子在这里啊。"

"嗯，"汤姆轻轻笑了一声说，"我想他们只是过去——看看她的公寓还是怎么样。来吧，坐下来。"

这时她知道那都是要发生的。走向沙发时，她喉咙发紧，整个房间像是在微微波浪中的一条船那样摇动。

"这儿，"汤姆说，"你的酒快走味了。"他的脸红红的，递给她酒杯时，他带着腼腆的嘴角在胡子下面稍稍抽动了一下。"你这套衣服很漂亮，贝蒂。"

"你喜欢吗?"她把大腿上的缎子裙弄平，坐到了他旁边。"这是艾迪——也就是我丈夫——上次休假以来我第一次穿这套衣服。当时我们去看了电影。"

"噢，是吗?"他目光烁烁地看着她。

"我们去看当时市里正在放的加里·格兰特的大片，我忘了片名。只是我们到了后，才发现是法语配音。"她说话的声音听起来又高又有点哽咽，她呼吸不畅。

"噢，是吗?"

"配音全是法语的，整部电影我们一个字都没听懂。"

"噢，是吗?"收音机上传来一曲柔和的钢琴华尔兹，外面的棕榈树发出沙沙的响声。他们同时把酒杯放下，她知道该来的还是要来。他的手一开始表现得畏缩，后来就开始显得自信——温柔，却又自信。"别，汤姆。"她说着转开自己的嘴巴。"别，求你了。"然而此时世界上，再也没有什么能阻止这件事发生。"他们会回来的。"她悄声说。

"不，他们不会。"他贴着她的嘴喃喃说道，"我了解艾尔，他们不会的。"可是她并没有真的屈服——没法屈服——直到她听到他说："而且不管怎样，我把门锁上了。"

然后她就屈服了，她在接吻之间呼吸时，发出就像呜咽一样、动物般的喘息声，这让她感到吃惊，她用胳膊搂着他温暖而结实的脖子屈服了，屈服了，放下了所有的顾忌。

全都结束后，他们没说话躺了很久，直到呼吸重新恢复正常，她等待着内疚的感觉涌上心头，然而没有——她没有感到不安。这件事完全跟艾迪无关。她用手指抚摸着汤姆脸上的皱纹、笑起来时的胡须、粗糙的下巴。"汤姆，"她说，"噢，汤姆。"她又开始感觉出不上来气。"我只是躺在这里想到了我的丈夫，你知道吗？我不在乎。除了我们，别的我都不在乎，汤姆。"

"是啊，我知道。"他说，"就应该是这样，我也不在乎。"

"你是当真的吗？你是当真的吗？嗯，可是汤姆——我们该怎么做？"

他叹了口气。"这只不过是我们必须考虑的一件事，亲爱的。我们只是得琢磨出来。你会想我吗？"

"你不是要走——"

"我必须走。贝蒂，我真的得走了。可是我很快就会回来，我会尽快回来。"

"噢，先别走。请再待一会儿。"

可是他站起身，过了几分钟，他就准备好了，扣上他整洁的褐色衬衫，拉平，梳好头发。然后他们把酒喝完，又抽了一根烟。他们都写下了自己的全名和地址，写得很认真，然后交换。他吻了她，又调笑了一会儿，她想尽办法想让他留下来，但是没用，他一再说他得走了，一边跟她悄声说话，抚摸她，安慰她，一边往门口退去。"我会尽快，亲爱的，我们会商量一下这件事。现在给我个笑脸吧。"最后一吻后，她又是一个人了。

　　重要的是要保持忙碌。她把酒杯、烟灰缸全都收到一起，清洗干净，把客厅收拾好。她关了收音机，然后又打开。她穿上睡衣、睡袍，梳了好久头发——每边一百下——就像她结婚前做的那样。如果她会后悔，就从这时开始吧；如果她不后悔，那好，就不后悔吧，就那么简单。她踮着脚又去看看孩子们，他们的被子都没蹬掉，门口照进来的柔和光线照在鲍比的脸上，他睡着后看着很可爱，像个婴儿一样，想到那天下午那么不一样，让她微笑起来：脏，嗓门大，毫无睡意，还有那句"嗨，妈，你干吗哭"。她在床上很温柔地弯下腰吻他时，她的眼睛有点刺痛。她又回到客厅，走得很优雅，她有种被爱和安全的感觉。她可以今天晚上就给他写信——"我亲爱的汤姆"——但是她太累了，明天晚上也可以，也许明天上午会收到他的一封信——也许他明天夜里还会回来。她在高高的窗户前面往外看，站了很久。月亮在海面上投下一大片银色，军舰使其变得不规则——哪艘军舰是汤姆的？棕榈树叶光滑的叶面闪闪发光，好像上面有一层冰。"平和"这个词掠过她的脑海。一切都平和。

　　汤姆去码头附近一家深夜小餐馆要了杯咖啡。他看着吧台处的镜子，他所做的第一件事，就是用手帕擦掉嘴上的口红。没法擦干净，得用香皂和水来把残留的粉红色清除掉。后来他在镜子里看到那个小孩在一张餐桌前——"小子"和他的朋友。他们把小小的白色帽子拉得遮住眉毛，想要显得成熟。他们笑得咧着嘴，一边起身走过来。

"看看谁在这儿。""小子"说，"怎么说，头儿？"他像个年轻的新娘那样急切。汤姆看了看周围，仍然绷着脸。"你们这俩小孩，他妈的怎么在外面待到这么晚？好孩子不应该待到这么晚。"

"你那位伙计怎么样了？""小子"问，他笑得咧着嘴，"找到一个家了吗？"

汤姆眯眼看那个小伙子，端起咖啡。任何一个孩子都应该知道，不能这样跟头儿讲话。你那位伙计怎么了，岂有此理。不过没关系，回到军舰上，很快就会收拾他一顿。"我他妈怎么知道？"他说，"别自作聪明，'小子'。"

这样说让他闭嘴了，可是另外那个小孩马上又来了。"唉，怎么样啊，头儿？你搞定了吗？"

汤姆把杯子放在小碟子上。"孩子，"他说，"不管是谁，如果他搞不定，都应该把制服交上来。"

他们两个人都拍着大腿哄然大笑。汤姆把贝蒂给他的那张纸摊开，掏出通讯录。"你们谁带笔了吗？"

两杆自来水笔马上塞到他面前，笔帽也拧开了，马上可以写字。他选了一杆，仔细地把地址抄到通讯录上。"贝蒂·迈耶斯太太……"写完后他递回那杆笔，把那片纸丢到地板上，合上通讯录前，把它在空中挥动几下，好让墨水尽快干。

"哎，不管怎么样，我看你留着她的地址。""小子"说，"不可能很糟糕嘛，既然你留着她的地址。"

"当然，"汤姆说，"干吗不呢？"

"她拿到你的地址了吗？"

这个问题蠢得让汤姆顺着说下去。"当然，"他看着那个小孩，脸上慢慢露出微笑，把杯子端到唇边，语气柔和地说，"干吗不呢？"

那个男孩再也忍不住了。"噢呵呵呵！你可得小心点儿，头儿——你可得防着这种事！她丈夫最近就会回到这里！"

汤姆仍然面带笑容，他把杯子放下，把头摇来摇去。难以相信啊，现在海军招进来的小孩啊！"噢，天哪，'小子'，你什么时候才会长大？你是怎么想的——我跟她说了我的真实姓名？"

冯内古特为耶茨的《革命之路》写的推荐语："我整天夸那些我根本看不上的书，这是病。谢谢给我机会让我总算干点正常事——来鼓吹我们这代人的最佳作品之一。"

但是人会容易满足得像猪，我们是常看见的。

via 钱锺书

那 个 地 方 只 有 你 能 去

张二/IT民工

这是第三次了，他们等着那团黑影从油灯里飘出来。

村主任和书记坐在东墙那边，下手坐着德旺，那个矿主，他皱着眉头，和谁生着气的样子，脸色在油灯下忽明忽暗，有些吓人。他是一个强有力的人，胡子像铁一样硬，黑得发亮。他的眼睛能放光，可以把一只鸟从树上打下来。肖会计站在厢房门口，瘦瘦的，像一棵松树。

灯光突然涨起来，越来越大，变成了一朵花，然后那条影子就出现了。它轻轻抖动着，仿佛随时要散开，不停地摇晃。我们紧张地看着它，手心直冒冷汗，我觉得心跳得厉害，陶大婶紧紧抓住我的胳膊，另一只手按住我肩膀。她不停侧过头来看我，我才知道自己一直在剧烈颤抖着。

直到那影子稳定下来，我们才稍微好了点。父亲坐在凳子上，小声念叨了两句什么，开口说："国强，是你吧?"

"啊，是，是我。"影子说。

墙角里国强的媳妇忽然惊叫了一声，影子便又抖了一下，身旁的两人赶紧抓住她。

"秀兰，你来啦?"影子语气平静地说。

"是，我，我来了。"那女人小声哭起来。

我们听见那影子好像叹了一口气。

"家里怎么样，小军这个礼拜没逃学吧？对了，赔偿金他们给你们了吧？"

德旺重重"哼"了一声，沉声道："给了。"

"哦，您也在这里。"影子说。

"是，我们都在这。"父亲说。他说话的声音很奇怪，和平时完全两样，像个皇帝。

影子又是一阵跳动。

"你也知道为什么叫你回来了吧？"父亲说，"我们时间可不多。"

"哦，是吗？我不知道。"影子说。

"我们是想问问你，那天在矿井里，到底发生了什么事情。"父亲说。

"你说出事的那天？那天什么事情都没发生。"影子说，"井没有塌，虽然它早就应该塌了。你下去看过吗？那条隧道，很多地方都已损坏，支架早就不管用了，你不碰它都随时有可能掉下来。我已经跟他们说过很多次了，需要加固一下，这样太危险，有些地方已经漏水了，比如说弯道那里，可他们都不大乐意听。你知道他们怎么说吗？他们说井是平的，坡度不大，不会有什么大问题的，我不知道他们怎么会说出这种话来，他们什么都不懂……"

德旺咳嗽一声，打断了它的话："问你那天的事呢，那些绿雾是哪儿来的？"

"绿雾？哦，你说的是那些毒气吧。不知道。没有人知道那毒气是从哪里来的，它从井的最深处飘出来，我们刚刚看到它们，还没来得及躲开，就已经摔倒了，老实说，我们没有感到疼痛。你看，其实这挺好的，谁都知道我们终究会死在井底，不是今天就是明天，和其他的死法比起来，这个说不定还是最好的，既不痛，也不煎熬，不用像之前死掉的那些人那样，被困在下面慢慢等死——你们知道那有多痛苦吗？我不知道那些毒气是从哪里来的，如果可以，我倒是愿意相信这是老天在帮我们。"

"国强，话可不能这么说。"书记说。

"呵呵，是，开个玩笑呢。我是真不知道。我是最后一个下井的，走在最后，如果发生什么事情了，也是前面的人先知道，我没有听到他们说什么。什么都没有，事情发生得很快，我们看到那团绿烟，转眼就栽倒了，都不知道是怎么回事。"

"那地方怎么会有那种东西？"书记问德旺。

德旺又是重重地"哼"了一声。

"走在最前面的人是谁？"一直坐在厢房里的村主任媳妇忽然开口。她说得那么突如其来，我们都感到吃惊。

"你不知道吗？是那个寡妇，春桃啊。"影子说。

我的身体又开始不由自主地颤抖起来，陶大婶奇怪地看着我。

"哦，对了。"影子又说，"那么深的地方，肯定不可能有那种东西，说不定是谁带下去的。"

"谁会带那个下去呀，不想活了？"村主任媳妇说。

"这谁知道，也许他就是不想活了呢，很多人都这么干过。去年，岩镇的井里，就有人自带炸药下去把井给炸了，你们都还记得吧？还有上岗那边，那个矿主不就是故意找人制造矿难害死了十一个人，直到后来给他发赔偿金的时候才查出是他自己干的吗？抢矿，泄愤，或者故意谋杀，都是有可能的，保不齐咱们这边……"

村主任突然嚯地站起来，一阵风吹过，油灯被吹灭，那黑影烟一般散去，国强的声音也便戛然而止了。

"这样没用。"他说。

"什么没用？"书记说。

"得先把那毒气源找着，不然那井就没法要了。而且如果不尽快找着的话，等那毒气漫开，整座山都只怕进不得了。应该找个人下去看看。"

"谁能下去？"书记说，"他们不是已经试过了吗？防毒面具都没用……"

他让我们都回家去，等他们先商量商量。村主任、书记，还有那个一直阴沉着脸的德旺。

我们从屋里出来，抬头就能看到山头那些烟雾。它们弯弯曲曲地从井里冒出来，盘旋在山上，连风都吹不散，像一条黑龙。

这几天已陆续有一些鸟雀从天上掉下来，烤得发糊，散着焦臭。有时候甚至还有蛇，身体紧绷着，像一张弓，也已完全变成了黑色。谁也说不准那毒雾什么时候才能散去，前天下过一场雨，照样没什么用，反倒是让那雾气更浓了，像洇开的水墨。父亲说那雾有些蹊跷，他愁苦的脸上打满了结。他永远都是那副模样，谁也不知道他到底在为谁发愁。

我们走过一片空地，然后是甘蔗地，天上蒙着一层毛玻璃似的云，也是黑色的。人们在我家门前的赤练树树盖下停住，因为听见后面有人在叫。

会计远远跑过来。之前我们走的时候只有他和村主任媳妇等在门口，所以现在大家说他肯定是传达"圣旨"来了。

他应该是有话要对父亲说的，所以看到有这么多人等着他，他自己反而吃了一惊。

"哦，你们都在呀。"他结结巴巴地说。

"是啊，什么事啊？"陶大婶说。

"没，没什么事？"

"屁，有话直说，什么就没事啊，没事你屁颠屁颠跑过来！"陶大婶说。

"哦。是这样，刚才书记他们开会商量了一下，说这事，照现在这样子，估计问也是问不出个所以然来。所以呢，他们就想跟老邱说，不用再招魂了，招来也没什么用，他们自己想想办法，先把矿井里的烟给除了，争取早点复工。"

"屁，什么叫早点复工，人还死在井里呢！这都多少天了，你们有没有想想，这里有多少家属等着呢，你们这就不管了？就只是早点复工？"

"不是，不是那个意思……总之吧，这个事情咱们会想其他办法的，肯定让大家满意，好不好？至于老邱那个，这就停了哈，今后，这事要不是大家开会定的，自己就不要私下再做了，啊？"

"什么叫让大家满意，你们怎么让大家满意？"陶大婶说。

会计不理她，只是看着父亲。

"行。"父亲想了想说，朝会计摆了摆手。

会计看了看父亲，又看了看跟着的这些人。他像是在拣豆子一样，一个接一个地数过所有人，最后回过头来，朝父亲点了点头，转身离开。

人们跟着父亲来到屋里。他们七嘴八舌地说话，变成了一群鸭子，我的脑袋开始疼。我在桌边坐了下来，陶大婶又坐到了我旁边，其他人围在父亲周围，有那么一会儿，我几乎都看不到他了。他在人群里显得很瘦小，像个落水的人，双眼凄惶地望着他们。他透不过气来了，看上去一点也不明白那些人为什么那么激动，他们的声音震得房梁和窗户嗡嗡直响。

他们要求父亲再招一回魂，把他们的男人、儿子或者兄弟招回来。他们死得太不明不白了，没人为他们申冤，指望书记村主任那些人肯定是没戏的，他们和德旺都是一伙儿的，只关心矿厂能不能早日开工，死的人跟他们没什么关系，如今只有靠父亲了。

国强的媳妇在哭，还有其他几个女人，外面有小孩听到了哭声，也进屋来，跟着自己的母亲一起哭。

"你们放心，我一定想办法把这事弄清楚。"父亲最后大声说。

他的声音那么大，以至于他刚一说出口时，所有的人都被他吓住了，差不多有半分钟，大伙儿一句话都说不出来。

后来他们都走了。父亲变成了一条空麻袋，跌进了椅子里。只有陶大婶还坐在我旁边，低着头抽烟，她的烟熏到我了，我咳嗽了两声，她便笑起来，用手拍了拍我的脑袋。

"你的头发很久没洗了吧。"她说，"女孩子这样可不好，头发得好好收拾，洗干净。一看就知道你爸平时不怎么管你，真是个粗心的人。"

她笑起来时脸色变得柔和，像一条旧毛巾，粗糙，却很舒服。

"你打算怎么做？"她转头问父亲。

"还没想好。明天我去山下看看，也许能找到点办法。"

"那可得小心，别沾上那雾。那东西连防毒面具都能透过去，碰上可就没救了。"她抽着烟，嗓音沙哑，有时候我觉得她是一列火车，有时候又是一头黑猩猩，这会儿她变成了一个好人、菩萨。

"行，你去吧。蓉蓉你就交给我，我一定替你照顾得好好的。"

"不用。"

"什么？"

"她跟我一块儿去。"父亲说。

"你有病啊，太危险。"她看上去有些生气，"她身体本来就不好，你又不是不知道。"

"她跟着我就行了。"父亲说。

他总是带着我，从来没有例外，我以为陶大婶会明白这一点，没想到她会故意来挑战父亲。不过父亲似乎一点也不在乎她的想法，他的意志可不像他的身体那么单薄。所以他们突然间都不说话了，一个使劲抽烟，另一个闭目养神。他们倒没有像斗牛那样呼呼出气。我很少看到父亲生气，虽然他总是看上去那么愁苦，生气可能还是跟身体有关系，身强体壮的人就特别容易生气。

第二天天还阴着，这样的天气已经持续了快两个礼拜，我们觉得这可能跟山上那绿雾有关。村外飘着许多白的灰烬，像一些小花瓣，混杂在黑色的空气里，我能闻到一种淡淡的油腥味，路上总有一些雨水一样的东西落在我们身上，我担心衣服会湿掉，不过这事一直没有发生。

我们来到山下的一个小屋跟前，父亲停了下来。屋里走出来一个上了年纪的老头儿，稀稀拉拉地长着一些胡须，眯缝着双眼，从我们身上扫过。他有一把枯草似的长头发，黑白相间，在脑袋后面扎了一个马尾。

"嘿，来啦?"他说。

"嗯，来了。"父亲答。

老头儿又盯着我瞧，脸上甚至露出了笑容。

"真难得。"他说，"能这样安稳，可不容易。"

"嗯，她还没有想起来。之前还挺不稳定的，这几天才慢慢好起来。"

他们说的是我失忆的事，之前父亲和陶大婶也说起过。差不多是和矿井出事同时发生的事情，我爹刚把我从城里带回来，我就摔了一跤，父亲说，我是从草垛子上掉下来的。我还能隐约记得有一团绿雾。一团绿雾，只有这些，有可能这还是我做梦的时候看到的，我的脑袋一片空白。人们总会好奇地看我，也许他们从来没见过一个失去记忆的人，而且他们也没见过我，他们说："哟，没想到老邱还有这么俊的一个闺女"。

"你们现在就要进去?"老头儿说。

"嗯，先进去看看。那些人也挺可怜的，没办法。"父亲说。

"嘿嘿，这种话他们也说了好些年了，你不觉得，其实他们自己也需要这矿井吗？即便总是被那些人利用，到头来都会死在里面……"

"我不知道。"父亲摇摇头，"应不应该被人利用这事跟我没什么关系。"他盯着老头儿瞧了一会儿，重又摇摇头，说："那，我们先进去了。"

老头儿点点头，临了又说："你想好了，要带她进去？"

"想好了。"父亲说。

我们从他身边走了过去，沿着那小屋跟前的一条石子路，石子在我们脚下发出嘎嘎的声音。我觉得那老头儿一直在背后看着我们，但我没有回头去看。

我们进入山地，最先是一片草地，零星点缀了几棵大树；过了一会儿，树木便越来越多了，山林在我们面前缓缓打开，像一扇虽然老朽但还算灵活的大门；绿雾离我们也越来越近了，我们抬起头来就可以看见，绿得发黑的一团，遮盖了天空。

忽然有人在后面叫起了父亲的名字，听上去有好几个人，我只能分辨出会计的声音，他的叫声比较特别，尖细而古怪，他们应该是开车过来的，因为那声音来得很快。父亲做了个手势，让我躲到旁边的树丛里，我刚刚藏好，那辆浑身都在嗡嗡响的车便出现在了父亲跟前。

车上下来两个人，是村主任和会计。他们责备父亲，怎么说好了不管这事的这会儿又跑来这里？他们看上去有些气急败坏，或者说，因为父亲的自作主张，他们感到权威受到了挑战，也有可能是其他的原因吧，总之看上去来者不善。

他们把父亲带上了车，就像对待一个不听话的捣蛋鬼一样。我看见父亲朝我躲的地方瞧了一眼，他没有叫我出去的意思，我想他可能是想让我留下来，他在给我布置一些任务，我想，虽然我还不是很清楚那到底是什么。

车在路上掉了个头，嗡嗡叫着开了出去，一路蹦蹦跳跳地带着父亲，最后就只剩下我一个人在林地里，在那条通往矿井的路上。

我从树丛后面出来，突然看到山脚那个老头儿不知道什么时候站在路边的一棵树旁。

"他们走了。"他说。

我不知道他要说什么。

"知道你爸为什么把你留在这儿吗？"他说，"嗯，看来你明白了，他要让你继续去矿井那儿，有些事情，他没办法去做，也许你可以帮他做到。嘿嘿，知道怎么走吗？"

我摇头。

"从这里去井上，有两条路。一条，就是沿着这条大路走，还得往里走大概五里地吧；不过那里现在是出雾口，你去了可能也进不去。"他指了指天上的那条绿龙，它们就是从那井口出来的。"还有另一条路，你知道在哪儿，你可以从那条道走。"

他看着我，一脸神秘莫测的笑容，那样子我仿佛在什么地方看到过。于是他也不再说话了，转过身，缓慢地沿着来路返回，末了消失在了一棵大树后面。

我想不起来他所说的那条路。我站在路上有点失望。也许我过去曾经来过，那倒不是不可能，但也没什么用。

我沿着山路往前走，努力想回忆起一些事情来，我只能想到父亲那张脸，还有他那瘦小的形象，这应该是我醒过来之后首先看到的东西。还有一团绿色的雾，是我所能回忆起来的。它绿得发黑，蠢蠢蠕动，如同一条巨蟒；但这个形象也不完整，只有那么一点点，像水面上掠过的一条影子，稍纵即逝，然而时时又能浮现，你越想看清楚越是什么都看不见。

山林在变暗，头顶的绿雾离我越来越近，我的呼吸也变得越来越沉重。我走得并不快，因为我有多得数不清的时间，没有打扰，没有催促。我猜想着父亲的意图，让我独自去找矿井，是什么意思？他从不会这样，在我能记得的这半个多月里，他从没让我独自一个人外出过，也许他在试探，毕竟我不可能永远跟在他身边。是的，我会长大，就是这样。

我走上了一条岔道，所有的地方看上去都一个样，除了那一条主道路，但我现在走出了那条主路。我相信我的双脚不会没有缘由就这么做，它们熟悉这土地，那些斜草横枝什么的，我的脚能灵巧地避开。我突然想，也许我闭上眼睛都能继续往前走，这也不是没有可能。"事物之间总是有各种各样的关联的"，父亲曾这么告诉过我，他说的话自有其道理，比如说我的脚和这片山地，它们熟识如亲密的朋友。

我不记得我走了多久。起先是向上走，大概有十来分钟，然后便是往下走，一条陡峭的山道，被树枝合理地保护着，只能通过一个人。我微微弓着腰，每走一步都会有一根枝条跳出来正好成为扶杆。这样又走了差不多半个小时，来到一个小石潭跟前。绕过石潭，有一个小洞口，这又是一个熟识的地方，我不费吹灰之力就爬了进去。

我来到一个小房间里，大概只有十尺见方，没有窗户，看不见房门，只有一盏青幽的灯，冷冷地燃烧在房屋中央，我正飘在那灯焰的上方，父亲坐在前面的一张凳子上，这会儿正睁大了眼睛看着我，他的表情紧张又不安。

"到了吗？"他问我。

"到什么地方？"我说。

"矿井里。"

"我不知道。"我说。"我在石潭上游找到一个洞口，我刚进来。"

"嗯，那你知道矿井在什么地方吧？你知道怎么走吗？"他说。

"我也不清楚。我可以往前走，我觉得这里可以通到矿井里。"

"行，那你去吧。"

"好的。"

我感到惊慌，这些对话，包含着什么东西？我不知道，我觉得这里面肯定藏着什么神秘的事情，我不知道。

"爸，你这是在给我通灵吗？我死了吗？"我突然想起了什么。

"没有，你没有死。"他说，"现在你不用多想，回头我会告诉你的。你只管看路——现在怎么样？"

"这里很湿。到处都在滴水。有几只死老鼠，却干得像枯木头一样。"

"你再往前走。"

"嗯，是。爸，我看到有个人了。"

"什么人？"

"一个女人，瘦瘦的，缩在通道里。她坐在一辆小推车上，不，不是坐着，是倒在那上面。"

"不要发抖，听着，蓉蓉，你尽量放松，不要发抖。"

"我忍不住，我不知道我为什么要发抖，我忍不住。我为什么会发抖？"

"你先坐下，坐一会儿。好，就是这样，你可以控制它，是不是？现在你告诉我，你能看见她的脸吗？"

"能看见，是我的脸。"

"你？能确定吗？"

他的嗓子在发抖。

"嗯，我能确定，是我的脸。为什么是我的脸？其实你知道是不是？这个人是谁？"

"是春桃。"他叹了一口气，说。

"春桃?"

"是，春桃，你已经到井底了。你现在就在矿井的最深处。"

"那我是谁?"

"你是蓉蓉。"

我看见他的脸也在发抖，我觉得他在撒谎。我感到头疼，后脑勺有些发热，仿佛有火焰在烧着我。

"为什么是这样，这张脸是谁的? 她的还是我的?"

"她的。"他说。

"那我的呢?"

"你的脸不是那样的。"

"不可能。"

"是的。"

他的回答确定不移，我能看出来他没有骗我，如果他那副表情是表示愧疚，那只能表明他说的确实是真话。

"我不信! 那不是我。"

他沉默地看着我。

"你真的是我爸吗? 我不是春桃对不对?"

"你不是。"

他的回答稍微让我安心。我想了想，觉得事情可能有另外的解释。

"你让春桃住了进来吗?"

"是。"

"为什么?"

"我没有别的办法。"他说，"她一直在山里游荡，她忘了自己是谁，但是她不肯离开，她有一些未了的心愿，但是她自己又忘记了。"

"她死了吗?"

"死了。你现在看到的就是她的尸体。"

"我不明白。"

"我只能先把她留下来，我们必须找到那绿雾的源头。"

"那我呢？"

"你就是她。"

"什么？"

他又不说话了。

"你是我爸吗？"

"是。"

"那，我不是她是不是？"

"是，不是，你为什么……好吧，这件事情咱们待会儿再说，好不好……我现在需要你的帮助。我们时间不多，你看，如果这盏灯烧完了，我们就联系不上了。"

"我不是她是不是？"我继续问。

"嗯。不是。"

"那我是你的蓉蓉吗？"

"是，你是蓉蓉。"

"那，你想让我做什么？"

"你帮我找找，那绿雾是从什么地方出来的。"

"嗯，好的。"

他紧张地看着我，脸上都快渗出汗水来。

"她死之前在井壁上写了几个字。'小舟，好好学习'，小舟是谁？"

"小舟是她儿子，和你现在一样大。"

"是吗？他现在在哪儿上学？"

"在镇上的中学里。"

"那我为什么没有上学？因为我生病了？"

"不是。"

"哦，那是为什么？——上面还有几个人，也躺在地上，身体都干了，像一些枯木头。"

"你能看到那绿雾是从哪儿出来的吗？"

"在井壁上，有一个圆筒，钢制的。"

"它还在喷吗？"

"它还在喷。啊，我想起来了，那东西是我放上去的。"

"什么？"

"是我打开那个圆筒的，是我放上去的。"我忽然感到身体发软，几乎要倒在地上。

"不要抖，蓉蓉，不要晃动，对，冷静，冷静一下。行，现在你坐下来，好好想想，是怎么回事？"

"那个圆筒，是我挖出来的，在我脚边，它其实差不多全部都露在外面，我只是把它捡了起来，放到了井壁上，但是那东西轻轻一磕就破了一个口，然后那团绿烟就冒了出来。"

"它怎么会在井里，你之前见过吗？"

"没有，上次下井的时候都没有，肯定是有人扔的，肯定是。可是，是我，是我打开了它，是我杀死了那些人……"

"不，不是，你别哭，不是你，那只是一个意外，存心杀人的人绝对不是你，知道吗？不是你。……你可以把它捂上吗？或者把它取下来？"

"我试试。"

他的表情有些奇怪，仿佛在忍受着某种煎熬。

"我把它拿下来了。它就搁在那上面。"

"绿烟呢？"

"还在冒。"

"你能堵上它吗？"

"能，我能堵上它，但我不能放手。哦，好像还是不行，我堵不上，不管我怎么堵，它总能够冒出来。"

"那你先把它带出来吧。你能出来吗？"

"能。是不是从上面走就行，我还要从石潭那边走吗？"

"从上面走就行。"

"好的。那我就出去了。"

"好，尽量慢点走，不要让那烟飘得到处都是。"

"好的。"

他脸上终于显出一些放松的神情。

"对了，爸，为什么我不怕这些绿烟？连防毒面具都对它没有办法不是吗？"

他忽然有些发愣。

"我是不是已经死了？"

"不，不是。"

"那我是活着的吗？如果春桃没有住进来，我就是蓉蓉吗？"

他又不说话了。

"蓉蓉是谁？还是说，我原本就不存在？我是不存在的，对吗？"

他只顾着看着我。

"我从来就不是个活人，对吧？蓉蓉根本就不存在，是不是？"

他不说话。

"我还能回去吗？"

他眨巴了两下眼睛，嘴唇又开始发抖，我看不出来那是什么意思。

"你是蓉蓉。"他的眼眶竟然有些湿润，虽然屋里的光线并不明亮，但我还是能够看见。"你是你，春桃只是借用你的身体暂时住一段时间，过一段时间她就会离开了。"他说。"你就是你自己。虽然开始的时候你只是我们用橡胶做出来的一个人偶。但是，蓉蓉，不要惊慌，对，不要晃动，好，好，你确实是蓉蓉，你知道吗？你就是我的蓉蓉，知道吗？"

"好吧，我知道。"我说。

"你看，现在你都已经能够怀疑我了，你都能够意识到你自己了，所以，你看，你已经不再仅仅是一个人偶了。总有一天，你也能变成真正的蓉蓉的，一个货真价实的蓉蓉。"他的声音一直在颤抖。

"那，为什么要让我来这里？"我说。

"因为那个地方只有你能去。只有你，还有春桃，她知道怎么走。"

"哦，好的。"我说，"这样的话——您放心，我会把这个东西带出去的。不过我想知道，如果我能找个地方把它放好了，我是不是还能回去。我还能回去吗？"

他点点头，却不那么确定。也许他也拿不准，我就呆呆地看着他，他没看我，可他看上去很悲伤。

张二说：很显然，失败是成功的奶奶，他们之间隔着两代人的时间。

我只担心一件事，我怕我配不上我所遭受到的苦难。
via 陀思妥耶夫斯基

赵 红 霞

黄孝阳/作家

"五十年前，梨桥县无人不知赵红霞；今天，还记得她名字的人或许不超过五个。而我就是其中一个。"陈元庆表情诡异。我们在梧桐树下停住脚步。空气真好，装着蓝天白云，是只属于初夏的蓝与白。街对面是家多福超市——不是家乐福。超市旁边是牛尾巷。巷口摆着一排闪灯的投币木马。一个短发小女孩骑在木马上咿咿呀呀地哭。几个年轻人望着小女孩嘻嘻地笑，其中一个喊道："叫我爹，我给你钱。"

小女孩的哭声更大了。

她没有叫爹，穿白球鞋的年轻人还是把一枚硬币塞入木马里。

世界继续摇晃起来，伴着令人恍惚的童谣。"两只老虎谈恋爱，谈恋爱；它们都是公的，真变态，真变态……"

陈元庆吐痰。午后的风把痰甩到我们身后，甩到一个步履匆匆的男人衣襟上。这块痰怕有半两重。男人抬起头，左额有一小块月牙状的青斑，可能是胎记。他的目光比捅来的刀子还要快。我都以为他打算在我脸上割出一个红字。

我为陈元庆不文明的行为羞愧难当。

"对不……"我没说出这个"起"字。这倒不是一直深谙它们的虚弱乏力——用陈元庆的话来说，如果"对不起"有用，那还要警察干什么呢？男人不给我机会。男人的目光已疾速移至陈元庆的脸上，瞬间柔和，腰呲当一声弯下去，是一道漂亮的弧，有着神奇能量的弧。男人被这条弧弹到陈元庆跟前，一脸谄媚地伸出手，"啊，陈局长啊，您亲自出来散步啊。"

没错，就是"一脸谄媚"，这张皱巴巴的脸是对这个成语最生动的注释。我狐疑地望向陈元庆。陈元庆的手指尖在男人掌心碰了下，带着鼻音哼道："老曹啊，这么着急是要赶去哪儿呢？"

"去前坪的女儿家。她生了细伢崽，还没满月。我送胎盘汤去。"男人脸上的褶皱犹如绽放的菊花。他高高举起手中的不锈钢餐盒，"胎盘汤，托人从市一附院搞来的。带医院检验科的证明，不带菌。"

"市一附院还做这生意？"

"大补之物。"男人干笑着，"这东西补精血肾气。女人吃了男人受不了，男人吃了女人受不了……"

陈元庆哈哈大笑，脖子扬起来，与这个头发斑白的男人一起高声念道："男女同吃床受不了。"说是一起也不够准确，陈元庆的声音要大，要快，是主旋律；那男人的声音是伴奏。

我颈脖处起了一层鸡皮疙瘩。

陈元庆这时候的尊容也太猥琐了。我都想去摸出裤兜里的手机，给他摄影留念。可男人的眉毛突地一跳，瞥见了什么，眼神涣散，嘴里还赔着笑，"陈局长，你忙，你忙。"他把头缩入肩膀里，侧身拐入旁边的水井巷，一边走，还一边回头挥手致意。

男人的样子比电脑游戏里的怪物还要古怪。

"奇怪。他女儿住前坪，从水云巷过去，反倒是绕了一大圈。唉，陈元庆，你说他现在会不会在巷子里一边擦痰一边骂你的娘呢？"

"你说呢？"陈元庆笑眯眯地又点燃一根烟。他的脸一下子遥远起来。烟雾给他罩上了一个青色的头盔。我们有三年没见，其间一个电话没通，一封邮件没写，但昨天我们在街头邂逅时，他的样子好像找了我整整三年。

"你是不是想说我陈元庆若不是县工商局局长，刚才这一口痰，就得值几百块钱与一记耳光？"陈元庆干笑起来，"或者，你陈元庆太缺德了，愣是把一个普通群众逼成了川剧中的变脸大师？要不，就是你陈元庆咋这般无耻下流？"

我们一起笑了。我们笑的东西肯定不一样。

我笑了两声。他笑了几声我没数过来，但笑了起码有半分钟，笑到后面不停地晃脑袋，还拿手使劲儿地在空中拍来拍去。

空中还真有一只苍蝇。

陈元庆的手拍晕了它。苍蝇掉在我脚下，我踩死了它。

陈元庆没有发现这个事实，咳嗽了半天，这才直起身子，狠狠地吸了一口烟，望着我笑道："望长城内外，大河上下，三尺童子亦知官威之重。你说，哪个中国人在权力面前没一点斯德哥尔摩综合征？"

陈元庆说话的腔调太古怪了。这不能称之为人话，太别扭了。毛泽东《沁园春》里的词，加《古文观止》里的句子，再加西方舶来的一个心理学术语——麻花辫子也不是这样拧的啊！他中了什么邪？从我昨天见到他开始，他就一直散发出诡异。这种诡异感并没有因我们的交谈消失，反而在不断增加。怎么说呢，好像有一只鬼在他身体里，把我原本熟悉的那个"陈元庆"变成它所操纵着的一具傀儡，并以这种方式来提醒我，我即是下一具傀儡。

这种感觉真不好。

一大团青色的烟雾从陈元庆嘴里冒出来。他的样子又有点像戴着头盔的牛头人。不是克里特岛上那只死跑龙套的牛头怪，是我在梦里常看见的那个勾魂使者。"狱卒名阿傍，于世间为人时，不孝父母，死后为鬼卒，牛头人身。”

我的联想是不恰当的。陈元庆是梨桥县出了名的孝子。在我还与他是同班念初三时，因为"他妈的"那句国骂，他就敢拿着两块砖头与高二学生打架；还敢对在气恼中口不择言的体育老师大声喝道："刘永丰老师，你必须向我道歉。"

我看着他，目不转睛。

他看着我，又咬着腮帮子，把刚才说的这句话用力重复了一次。我相信就算这句话是枣核，此刻怕也多半要被他嚼碎了。但，根据我有限的经验，一个人讲话越用力，心里多半充斥着无力感。

我笑起来。这回，他没笑，掐灭了烟头，没看我，眯起眼往街道上看，过了约半分钟，才感慨道："舒坦啊。"

这话我能理解，是对斯德哥尔摩综合征最生动、最具有特色的表述。他为什么不说女贼爱衙役，又或者生活就是强奸犯要学会闭上眼享受？他原本是一个多有文艺范的青年、中年人啊！

我用脚踢树。踢了一脚，又踢一脚。

陈元庆瞟了我一眼，一脚猛端上去，树影晃动。光，从树叶间隙掉落到地上，仿佛是马路大大小小的伤口。其中几个，分别呈现出红橙黄绿的色彩。光被分解了。我不无诧异地抬起头。一根细树杈上挂着一条透明的水晶项链。

"老曹不是因为我绕圈，是赵红霞。看见没？牛尾巷口，那个推着小车出来的，卖盐水蚕豆的老太婆，她就是你要找的赵红霞……"

父母过世后，我回梨桥县的次数少了许多。在中国三十年的现代化浪潮中（用陈元庆的说法，是三十年的圈地运动），梨桥出现了翻天覆地的变化。它是日新月异的，与我脑海里的那座记忆之城相比，每天都会多出不少东西，比如喧嚣的霓虹、贴满招工广告的墙壁、超市门口穿露脐装的少女；也要少一点东西，比如带天井的祠堂、逼仄的老巷、静止的时间。又或者说，它是会生长的，是逆着长，犹如电影《本杰明·巴顿奇事》，从一个老者，长成一个中年人，一个青年。

要从道德上评价这种变化是困难的。但这确实容易令人感伤，自己在故乡仿佛也成了一个游子。而一念及此，就感觉自己的魂魄又被某种怪物多啃去了几缕。自己还心知肚明：这种晕眩与不适感，是多余的，是不合时宜的。

我这趟回乡是专门来寻访赵红霞的。前些日子，我欠了省城一个朋友不大不小的人情。人情这种事一向是按复利计息。所以我老有意无意地问这个朋友，有什么事需要我办。他被我问毛了，就说："行啊，你是梨桥人，就替我去打听下赵红霞吧。看看她是否还活着；若活着又是否愿意接受我的采访。"

朋友看我一脸不以为然的样子，补充道："六七年，你们梨桥刮起了一阵乱杀风。知道不？"这事发生于我出生前。我隐隐约约听人说过，语焉不详。我与陈元庆念书时，他还吓过我，说河里有一种名叫猫食儿的长不大的杂鱼，就是当时被扔在河里的死人精魂所化，梨桥人都不吃这种杂鱼——这都是二十年前的事；现在的猫食儿已经是一种难得的用来招待贵宾的佳肴。

我说："听过。"

朋友反问："听过多少？"

我把猫食儿的事说了，朋友看了我半天，确认我不是在说笑话，叹气道："连你都不清楚啊。"朋友的失望之情溢于言表。我很尴尬，如坐针毡，又说不出什么辩解的话，就厚着脸皮打听赵红霞是一个什么样的人。朋友说："我就不传谣了。五十年了，赵红霞或者已经过世了，但我相信，那段历史肯定还在那里。就看我们是否有勇气、有这个智慧去打开它。"

朋友说到勇气时加重了语气；说到智慧时，眼里有微光。这不大吻合他一向"斯多葛式"的冷静做派。他一向宣称：人是激情的分泌物，是观念的产物。我弄不懂，便向他请教。他用了一小时零七分钟让我认识到分泌物与产物之间的不同，又用了三个小时让我认识到激情与勇气、观念与智慧之间的关系，再用了十秒钟让我对他的观点心悦诚服。当我都快要对他顶礼膜拜的时候，他哈哈大笑，取来纸与笔，把他刚才的论证过程重新在纸上勾勒出一遍，指出了其中逻辑的缺陷与数次偷换概念——而我对这一切毫无觉察。

他现在说的"勇气与智慧"又有什么样的外延与内涵？

陈元庆终于说完了赵红霞的事。说完后，人像一个倒空了的麻袋，大半个身子斜靠在梧桐树上。他一直刻意不去看街对面的老太婆。也就是几句话，他说得是结结巴巴，但比他刚才乱拧的麻花辫子好。至少我能听明白。大意如下：

赵红霞是梨桥县仁义乡坪上村人。当时的乡叫公社，村叫大队。赵红霞亲生父母是雇农，死得早，她是姨娘养大的。姨娘待她真好，当时抱来养时，说是童养媳，没干过重活，还跟着姨娘唯一的儿子松崽去念书。松崽不喜欢书本，读完小学就回来牵牛耕田。按说，她也没书念了。姨娘还是缩衣节食把她送到公社中学。乱杀风刚刮起来的时候，她念初二，十八岁，明眸皓齿，花样年华，还学会了把老三篇从头背到尾，又把《毛泽东语录》从尾背到头。

她姨娘的成分不好，土改时划成地主，一向低头做人，老实做事，几十年没与人红过脸。大队开会研究杀人名单时，就她姨娘形成争论，一边说她是地主婆，都埋着变天账的，必须杀，不能手软；一边说，她是地主婆不假，但养大了贫下中农的女儿，杀掉她儿子就算了。

民兵连长去公社找到她，征询她的意见。她把杏仁眼一睁，说了六个字："亲不亲，阶级分。"大家不好再说什么，把她姨娘与松崽都绑来了。

松崽孝顺，提建议，说我替你们砍人，砍完，再自杀。这样死了的人，就算变成怨鬼，也不会来纠缠你们。只求你们把我娘放了。

大队革委会默认了，毕竟大家都是乡里乡亲，是拜着村头那个已被当成柴火烧掉的观音菩萨长大的。按说事情到此结束了。赵红霞却不愿意，当即从公社中学赶回来，用麻绳把躺在床上数日滴水未进的姨娘捆到大队。她姨娘走不动，一迭声地唤："女崽，你这是要把娘带哪里去啊？"

她一言不发，腕上用力，就拖着走。碰到沟渠土坎，就背。

到大队，民兵连长问她怎么了。她说："革命不是请客吃饭，不是做文章，不是绘画绣花，不能那样雅致、那样从容不迫、那样文质彬彬、那样温良恭俭让。革命是一场暴动，是一个阶级推翻另一个阶级的暴烈行动。"

民兵连长没话说了。可那时松崽已死，谁来下手呢？她把衣袖一卷，抄起屋角的梭镖，扎入姨娘的胸脯。

可怜的姨娘总算明白了她要干什么，眼泪汪汪地问："女崽，娘哪里对不起你，你要下这样的狠手？"

她二话不说，就这样一梭镖接着一梭镖，把她姨娘捅成一个血窟窿。

我真没想到卖盐水蚕豆的老太婆就是赵红霞。

我在她手中都买过多少包盐水蚕豆啊。

每次回梨桥，我都要带几包盐水蚕豆给同事与朋友，大家都说好。一位女同事抛洒着被蓝色的兰蔻梦魅单色眼影装饰过的媚眼，向四面八方宣称，这个盐水蚕豆能有效刺激多巴胺的分泌，有一种震撼灵魂的香，一旦公司倒闭了，她就要去做它的总代理，让它走向世界，所谓越是民族的、乡土的，就越是世界的。

必须承认：在很多个独自静坐的夜晚，我还一直觉得手中这包盐水蚕豆，就是一把打开我脑子里那座记忆之城的神奇钥匙。

喉咙发苦，干，好像有石灰在里面。

我默不作声地看着街对面这个慈眉善目的老太婆，努力地让喉结滚动。

　　我已经看了她二十多年，从半老徐娘到人老珠黄，再到满头白发。我以为一个普通人的一生原本就该如此，犹如枝头青叶，遵循着自然的规律。

　　我怎么也不能把陈元庆口中的赵红霞与眼前这个熟悉的陌生妇人联系起来。

　　"陈元庆，还记得吗？有一年，我买了包盐水蚕豆，你从家里弄了一包韭菜田螺。"

　　"记得。她告诉我们盐水蚕豆不能与田螺一起吃，会生疮疖的。我不信，偏要吃，还当着她的面吃得津津有味。我以为这是看她的笑话，结果反而被她看了笑话。第二天疮疖发了。还是她弄来几张木芙蓉树叶敷好的。"陈元庆翻起白眼，纵身跃起，抓下树杈上那条水晶项链，对着光晃动了几下，长长地吐出一口气，开始用力地扯那根细长的链条。"赵红霞杀了她姨娘后，成了县里的先进；原本抱着'杀一儆百''杀鸡给猴看'心态的杀人风，因为这个事骤然升级。县里还指派赵红霞到仁义公社当革委会的副主任。你说说，这安的是啥子心？"

　　"一个公社成百上千个人的生死就取决于一个十八岁女娃的一念之间。你想想看，这事恐不恐怖？赵红霞还真有本事，当然，这肯定是后面有人指点。她在仁义公社搞起一个贫下中农最高法院。荒唐不？一个公社就搞最高法院？再荒唐的是，这个法院还贴出布告，说：'只要是四类分子，一律杀；四类分子的子女也是四类分子，也必须杀。'赵红霞还把几个女同学组织过来行刑，号称是铁姑娘战斗队。铁姑娘队你肯定晓得吧。有人下不了手，她亲自做示范。我们现在抗日电视剧看多了，以为砍头很容易，一刀下去，身首分离。其实不然，砍头是需要很大的力气与技术，要不欧洲人也不会发明断头台。

　　"后来，'文革'结束。上头追查这股杀人风。她坐了牢。放出来后，成了老姑娘。没人敢娶她，连瞎子驼子瘸子，宁愿断子绝孙，也不娶她。再后来，她嫁到外省。过了一两年，那边可能听说了她的过去，也不要她了。她带着孩子回了梨桥。刚才那个老曹，就是赵红霞的儿子。老曹高中毕业后再没认他这个娘。"

陈元庆的话终于说利索了。

我吸吸鼻子。

陈元庆把水晶项链抛向马路中间，转过脸看我，"你是不是觉得奇怪，我怎么对这事这样清楚？"

我下意识地点了下头。水晶吊坠在午后的街道上散发出异样的光泽，是一个极细小的黑洞。我都有点难以转开目光。幸好那个骑木马的小女孩发现了这个闪闪发光的玩意儿。她飞跑过来，把它紧紧地抓在手里，一蹦一跳地离开了。她看都没看我们一眼。街对面，赵红霞弯下腰，在印有"大海航行靠舵手"的旅行袋里掏着——这个旅行袋我太熟悉了。尽管看不清楚上面印的字，但我能确信这面一定印着这七个字。穿白球鞋的年轻人踱到她摆在木马边的小摊前，随手抓起一袋蚕豆，抓了几粒扔入嘴里用力咀嚼。然后他鼓着腮帮子走开了，没有付钱。赵红霞一句话没说，连腰也没有抬，好像没看到年轻人的行为，继续在旅行袋里掏着。

她想掏出什么？

"年轻人是超市的保安。赵红霞在这里摆摊，他若不答应，她就摆不了。虽然她在这里摆了二十多年。"陈元庆好像看出我心里的疑惑，解释两句，又哈哈大笑起来，"我那个媳妇，你也见过的。温良恭俭让，算是中国传统女人的代表。我也不是有了小三小四，就觉得腻了。上个月，我正式与她谈，说想离婚。她不肯，嘴里只反复地说，'你说我做错了什么，我改还不成？'这事谈不下去。谈不下去那就凑合着过吧，大城市多少对夫妻还因为国家出台的房市政策一会儿结婚一会儿离婚。我本来是这样想的。可她妈……"

陈元庆说到这里停顿下来。我以为他是要说"他妈的"。

他尖叫起来，是一个经常被虐待终于不堪忍受奋起反击的小媳妇的那种尖叫声。然后他开始跑，朝着小女孩离开的方向跑，速度都快要赶上博尔特了。几分钟后，他回来了，气喘吁吁。

"怎么了?"我问。

"没事。刚才鬼使神差，把假项链装裤兜里，把真项链扔街上了。靠。昨天上午买给我媳妇的。"他嘟哝着，用衣袖擦了下额头上的汗水，把项链递给我，"你猜，花了我多少钱?"

"猜不出，也不想猜。"我皱皱眉。那个小女孩在哭，抽抽咽咽。她失去了她捡来的惊喜。他后来强塞给她的，她不喜欢。

"你丫还是这种德行。对了，刚才我说到哪儿了?"

"她妈。"

"对了，她妈看到以泪洗面的她，就提着菜刀破门而入。你别笑，看到她妈当时的那个样子，我才真正理解了啥子叫'杀气腾腾'。"陈元庆露齿一笑，"她妈说:'你这个陈世美，你若敢抛弃我女儿，我就敢把你的头砍下来当球踢。'我最早以为她妈说的是大话与气话，结果她把她当年参加铁姑娘战斗队的光辉事迹讲了一遍。我不信，以为她在编故事，说人命大过天，再怎么乱，也不至于这样胡来，杀人起码得有一个理由。结果她告诉我:'上头叫我杀，我就杀。现在，上头叫我杀你，就算你是我的女婿，我也会杀。'嘿嘿，我岳母，人才，余则成啊，心理素质不要太好啊。改名换姓参了军，再转业回了梨桥，谁也不知道她手中有过十二条人命。这要是她不说，谁知道?"

陈元庆顿了下，语速缓慢下来。

他没再看我，用脚去踩那个被我踩烂掉的苍蝇尸体，"我老婆是杀人犯的女儿。当然，这个不重要。重要的是:我若不离婚，倒显得我是个屄货了，怕了她妈手中那把刀，你说是不是？"

我没有回答陈元庆的话，我没法回答。

陈元庆走了。他的手机响了，是一位县领导打来的。他难为情地看了我一眼。我明白他的意思。我拍了拍他的肩膀，让他去忙，改日再聚。

我没有马上回家。我沿着梨桥县的两条主街走了一圈又一圈。

我一直没法鼓起勇气走到赵红霞面前。

太阳落山的时候，我决定回家。没吃晚饭，也没洗脚，就和衣躺在沙发上睡了一会儿。大约九点钟的时候，手机响了，是一个陌生来电，不知道是谁打来的。

我没接。我看着它响，不知道自己应该想什么。又发了半天呆，我还是给那个省城的朋友发了条语音微信，把赵红霞活着的事说了一下。那边沉默半晌，问她现在过得怎么样。我如实地说了。那边又沉默了一段更久的时间。我心里都出现了一块毛玻璃。我说："要不要我去问下她是否愿意接受采访？"

又隔了好长好长一段时间，朋友回复道："算了，不去打扰她的平静。"

月亮出来了，毛茸茸的。

我的手指在手机屏幕上反复划过。手机屏幕晶莹剔透，一点儿也不毛糙。我蓦然发现：这个朋友的微信头像与街头遇到的老曹几乎一模一样。而且这个朋友的额头也有一块月牙状的胎记。他们是双胞胎兄弟？一个诡异的念头从脑里伸出手，在心脏处捏了下。我咬住了自己的手指头，下意识的。

黄孝阳说：我是我的敌人。

此刻，两个孤独的情人正在末日的时光里逆水行舟，那蛮横的、不祥的时间徒劳地想把他俩推向失望和遗忘的荒漠。

via 加西亚·马尔克斯 《百年孤独》

地 下 的 白 虎

郑小驴/作家

一

白虎是冬天出现的。丈长的一只白额大虎，吼叫着腾空而起，从石门的青蜂峡一跃而下，沿着河边往青花滩方向奔去。作为白虎的唯一目击者，毛孩一直在我们耳旁小心地提醒着。但是除他，谁也没有看见过这只白虎。

毛孩咬着小手指，一言不发地离开对此持怀疑态度的人群。他全身都长满了毛，黑乎乎的，牙齿稀少，下颌宽大，鼻孔朝空，看上去像极了一只尚未进化成人的小人猿。毛孩远远地朝我走过来，靠在一株苦楝树上，苦楝树上挂满了青色的果粒。他朝我指了指枝条说："你给我摘一颗下来，我就告诉你白虎在哪里。"天空除了几朵阴云，一无所有。

"根本就没有什么白虎！"我有些愤怒地嘲笑着他说。

"我真的看到白虎了，"毛孩瞪着那双毛茸茸的大眼睛朝我说道，"总有一天它会载我而去的！"他的样子像在和我打赌。

我是青花滩唯一和他说话的人。所有人都不敢和他搭话。有长者曾经警告过母亲："别让罗华和那个毛孩在一起玩了，小心他身上也长出一身毛来。"我没把母亲和他们的话放心上。

毛孩坐在一个稻草垛上，眼下已经是冬天了，一场纷纷扬扬的大雪刚刚融化，天阴沉得可怕，像一个巨大的旋涡。那天夜里，雪下得紧时，毛孩尖锐的长啸又在青花滩上空响起。只要天气变坏，他就会对着阴霾的天空长久地长啸。第二天早上，青花滩都白了，往昔奔腾不止的清江也被冰封。万籁俱寂的清晨，毛孩赤着双脚立在河面上大喊道："白虎来了，白虎昨夜又来了!"

人们纷纷往河边跑，松软的白雪上，隐约可见一行海碗般大的梅花脚印。毛孩赤脚立在雪里，只穿一件背心，看见他的人，背脊都在发凉。但他一点也不冷，头顶上还冒着丝丝的热气。"我又看到白虎了，我说了它会回来的。要不是那双可恶的胶鞋害我滑了一跤，我就骑上它了。"他指了指挂在树上的那双破胶鞋说。

"我要是能骑上它，说不定就能离开青花滩了。"后来他无不惋惜地向我抱怨。

人们四目相对，私下里叽咕着，脸上布满了怀疑和惊恐。可谁也没有兴趣向毛孩打听白虎的事情。毛孩摸着一个个"梅花"足迹，不停地往前蹦跳着，像一只笨拙的猿猴。

快到中午的时候，旺家的女人生下了一个死胎。男孩一出来就死了，脸色紫青。傍晚的时候，旺垂头丧气地扛着锄头到荒茶山，把他刚出世的儿子埋了。

晚上，阿宁家的女人也生了。那个怪胎惊呆了青花滩：男婴一生下来就是个小老头，满脸皱纹，嘴巴上满是银白色的胡须，甚至残留着几颗虫牙，看上去足有七十有余了。他一落地，便咧开嘴笑，随后叫了声爹娘。

妖怪! 青花滩人开始人心惶惶。冬天北风怒号，冷风一阵一阵地刮着，空气中全是雪粒和风沙的味道，让人喘不过气来。皲裂的树皮被风刮得扑哧扑哧响，一块一块地卷入空中。

他们终于下定决心要把这个怪胎埋了。"老头儿"被装进笼子，他仿佛已经预感到了死亡的降临，所以在路上，他站在竹笼中开始用阴毒的字眼诅咒起阿宁来，罗巫师随后跟着，他抓了一把黄泥塞进"老头儿"的嘴里，使他作声不得。途中有人发现这个怪胎的胯下竟然长了漆黑的阴毛。他被活埋在荒茶山，与旺家的死胎做了邻居。

第二天，天还没亮透，毛孩就坐在茶山上，远远地喊："我又看到了白虎啦，它把死婴带走了。"

他们赶到荒茶山时，发现昨晚埋葬的坟堆被刨开了一个洞，胎儿已经不翼而飞。

"是不是你干的？"阿宁阴着脸逼问。毛孩分明有些紧张，却显得很无辜地说："昨夜白虎来了，我看到白虎从河边一路奔跑到茶山上，三下两下就将他们刨出来了，然后他们就骑着白虎去了。"

周围的人都将信将疑，毛孩伸出毛茸茸的手指着坑说："要么你们也把我埋了吧，就埋在这里，今晚白虎也会来接我走的。"他的表情那么真挚，让人对他深信不疑。

"真是见鬼了。"阿宁怨恨着说道。那年冬天，往昔的年味被这种恐慌的气氛冲散得无影无踪。

"你为什么要让人把你埋起来呢？"后来我好奇地问毛孩。

"埋起来，白虎就会将我带走，那样我就可以离开这里了。"

"你讨厌这里吗？"

"我讨厌这里的一切。"毛孩说。

冬天最寒冷的那几天，毛孩一直光着脚在河边走，他在等着白虎来接他。饿的时候，他就偷偷爬进人家的地窖里拿红薯吃，有时甚至钻进人家的厨房。人们装作视而不见，生怕他又提出白虎的事情。他一直光着脚，既没有生冻疮，也没见感冒，头顶上还常常冒着丝丝热气，仿佛是热得不行。终于有一天，他在河边脱掉了所有的衣服，开始赤裸着身子在清江厚达三尺的冰面上行走。远远看去，就像一只黑乎乎的小猿猴爬在冰面上。

那天有人从砸开的冰窟窿里捞出了一条怪鱼，一场可怕的灾难就毫无声息地降临在青花滩了。那是一条长着人脚的鱼，足有二十斤重。更可怕的是，它还会发出婴儿一样的哭泣声。它的哭泣声令人心碎，充满了绝望。青花滩没谁见过这种怪鱼。毛孩远远地盯着这条鱼，脸上挂着嘲弄的目光，脚丫子有一下没一下地踢着地上的积雪。"这怪鱼肯定是妖精，赶紧放生吧。"他们惶惑地请求。

打鱼人脸色惨白，这条怪鱼把他给吓坏了。他提着网兜，将怪鱼重新放回了河中的冰窟里。怪鱼在水中摆动了几下，突然高高跃起，在空中翻腾了一个筋斗，"哇"地怪叫了两声，又钻进水中，从此再也没人见过。

二

灾难让每个生活在青花滩的人无一幸免。那年冬天，我们慢慢陷入一种莫名的恐慌之中。我们把很多东西给忘掉了。

以我家为例，某天早晨，父亲起床的时候，他找不到牙刷了。后来我们得知牙刷昨夜被老鼠拖到灶房去了。父亲急得团团转，他握着那只刷牙的水杯在堂屋里走来走去，目光焦虑。母亲问他："你找什么呢？"父亲挠着脑袋，朝母亲苦笑道："那个，那个，漱口用的……叫什么来着？"

"牙刷，你找牙刷对吧？"

父亲感激地点了点头说："对，叫牙刷，我怎么给忘记了呢！"最后我们在五斗橱下面找到了那只牙刷。父亲接过牙刷，一脸的茫然。

这样的事情已经不是第一次发生了。事实上，母亲在前天早晨站在大门口和往常一样正准备梳头发的时候，突然蒙了。她举着梳子，足足站了几分钟，梳子依旧没有落到头发上来。她转过头来朝我喊道："你知道怎么梳头吗？"她也显得很诧异，说："我该怎么梳头呢？"

这两件让人百思不得其解的事在青花滩其他人家里同样上演着。喜满家有部彩电，冬天夜里的时候，我们总爱去他家看电视。电视里经常放香港的武打片，我们都很喜欢看，并且爱模仿里面的动作。但是后来我们去的时候，喜满颓然地坐在火塘旁边，哭丧着脸。"怎么啦？"我们纷纷问道。

"电视怎么才能打开啊？"他显然已经失去了耐心，两道眉头挤在一块儿了。平日电视都是喜满放的，他碰都不让我们碰。他不会放，我们更加没人会放。我们研究了一番，依然没法让屏幕亮起来，最后只好快快地各自回家去了。

大家都开始抱怨起来，很多平日常用的东西也都渐渐记不得了。脑海中的记忆就像铅笔写在纸上的字迹，而眼下，却像给橡皮擦掉了一样。老农民忠垓抱怨不会抢锄头了，有天他差点挖掉了自己的半只脚；教师郑源有天私下里说，他教书的时候，发现好些字不会念了。有天我们看到他把"人"字当成"猪"来念，并且迫使我们大家都接受这个事实，很快我们也就人猪不分了。

冬季最寒冷的那几天，全青花滩都陷入了黑暗之中，我们已经没谁会使用电器了，连电灯都成为摆设。以往每到最冷的那几天，总有人偷偷地用电烤火，弄得常跳闸，村里人意见很大。现在好了，睁开眼和闭上眼一个样，谁也不占便宜，绝对的公平。北风怒号，冷风将河边枯了的芦苇刮得呼呼响。青花滩的人早早地吃完晚饭，就缩进被窝里睡觉了。没有光明的夜里，大家什么也不能做，只能眼巴巴地等着往昔的记忆一点一滴地从我们脑海中流失。这并不是纯粹的失忆，却比失忆更可怕，没过多久，我们连一些最简单的东西也不会使用了。

青花滩最聪明的人应该数教书匠郑源了。傍晚的时候，他神使鬼差地走进了我家，脸色苍白，鼻子冻得通红的，在火塘边坐了下来，搓了搓手说，只怕再过一些日子，情况会变得更糟，估计连亲人的名字也会忘记……

他的担忧使我家陷入了深深的恐慌之中。郑源走后，父亲一把揪住我，直直地瞪视着我说："你应该叫我什么？"我支支吾吾半天，才想起该喊他声爹。

父亲像是松了口气。这段时间以来，他的脾气愈发古怪，动不动就发火骂人。而母亲也开始变得疑神疑鬼起来，有天她面露忧愁地问我："我死了，你不会把我露天扔在外面让恶狗吃了吧？"我的心沉了一下，她怎么突然想起死了呢？她让我答应她，无论如何也不能把她扔在外面不管，还让我发毒誓。我答应了她。

这么说吧，这段时间青花滩全乱套了。不知哪个家伙散布的谣言，说用不了多久整个青花滩的人都将被活活饿死，因为大家都不会做饭了。这个谣言让大家人心惶惶起来，我们开始往地窖里储藏食物。玉米棒子、土豆、红薯和豇豆。储存得越多的人家，心里就越踏实。

三

我去地里拔萝卜回来，在河边又遇见了毛孩。他骑在河边的树上，叉着双腿，远远地朝我打招呼。

"你晓不晓得青花滩要出大事了。"我说。

他瞥了瞥我，带着一丝不屑的表情，"我早就知道了，因为白虎不见了，只有等白虎回来情况才会好起来。"

"那白虎什么时候才能回来呢？"

毛孩望了我一眼，哧溜着从树上滑了下来，走到我面前悄悄地说："你不要告诉别人，我已经发现白虎去哪儿了！昨晚我看到它从岸边扑通一声钻入了河中⋯⋯"

我有些紧张地盯着河面。

"河面的冰开裂了，露出了一道口子，它就从那道口子钻进去的，你瞧，就是那个洞口！它还没上来呢，我想冰块下面应该是个美丽的新世界。"我惊讶地望着他，"河下面不是泥土吗？"

他训斥了我一声，"呸，你怎么也跟他们那样想呢？我知道下面是一个崭新的世界，有花啊草呀的，有蓝空白云山川瀑布河流草原，还有各种野兽在奔跑。地下还有人呢！"他最后信誓旦旦地说道。

我被他的东方夜谭惊呆了。他见我将信将疑的样子，又说："他们肯定也是害怕孤独，才躲到下面去的。下面多好啊，哪像青花滩这样钩心斗角没完没了的。白虎就是受不了上面的世界，才跑去下面的。"

"要是你敢，我带你去走一遭如何？"

我摇了头，那个巨大的窟窿下面正涌出一股股浑浊的河水，河水漫过冰面，流溢开来。河边的苦楝树枝上挂着长长的冰柱，仿佛散发着森森的寒气。

他有些后悔告诉我这些，非逼着我发毒誓，才肯放我走。"白虎还会回来吗？"走的时候我问他。

"怎么会不回来呢？它说会带我一起去地下的世界的。"

回到家，我把毛孩的话告诉了爹。

爹浮肿着眼袋，好几个晚上没睡好了，堆积着一脸的疲倦。怕是世界末日真要来临了。他转身拿来了一本《新华字典》，哗啦地翻了起来。那天他开始用胶水给火柴、菜刀、筷子、洗脸盆等上面贴上了标签：

火柴：点火的用具，也可以取暖。使用方法：左手拿着火柴盒，右手捏住火柴棍在擦纸上用力划。

菜刀：切菜用的刀具，锋利，能割断东西，切记，也可以杀人！

⋯⋯

不能不说父亲具有高瞻远瞩的远见，没多久，青花滩的人纷纷忘记使用工具的时候，我家是唯一一户还会生火做饭的人家。母亲小心翼翼仔细地参照着上面的标签做事。腊八那天，年味已经很浓了，但是没人再提过年了，大伙儿已经把这事忘得干干净净了，仿佛从未有过年这回事。我家也没能除外。

　　毛孩不知从哪儿弄来了一挂鞭炮，挂在树上点燃，噼里啪啦地响起来。"白虎肯定会听到的，它已经好些日子没有出现了，听到响声，它一定会回来接我的。"每家每户都大门紧闭着，没谁再有兴趣来关注毛孩了。这场可怕的灾难唯一没能摧毁的记忆，就是饥饿。肚子咕咕作响，大家都知道得赶紧弄东西吃。吃是唯一存在的记忆。村子里中风卧床不起的五保户老牛汉给活活饿死了，死的时候他嘴里含满了棉花絮儿，棉絮被他啃掉了大半。

四

　　星期四早晨，母亲握着菜刀呆坐在厨房的门槛上，披头散发，表情木然。我和爹都被她吓了一大跳。爹问她怎么了，母亲突然泪流满面"哇"的一声哭了起来，她对我们说："我已经好几个晚上没有睡好觉了，每天的饭食都是我准备的，我天天握着这把刀……"

　　"这又怎么啦？"我说。

　　"上面不是写着，切记，也可以杀人吗？可是……人……人是什么东西呢？干吗就不可以杀呢？"

　　我和爹都冒了一身子冷汗，爹指着我对母亲说："看见了没有？这是什么？"

　　母亲迟疑地望了我眼说："这不是我的崽吗……"

　　"你崽叫什么？"

母亲摇了摇头。

"他是罗华啊!"

"罗华是我儿子吗?"

爹点了点头。

爹说:"你能杀他吗?"

母亲摇了摇头,丢了菜刀,一屁股坐在地上,颓然道:"我记不住名字了,你赶紧给罗华也贴上标签吧,我……我几乎要崩溃了……我已经不知人是什么了……"

很快我们三个人的脸上全都贴上了标签:我是人,不可以吃,也不能杀。

才过一天,父亲又不得不在标签上再加上几个字来区分彼此。父亲的标签上加上了"爹爹",母亲的加上了"妈妈",而我的则是"儿子"两个字。

"你以后就按照这上面的来念。"父亲叮嘱道。

但是他们显然忘记了彼此之间的称呼。起先,谁也没在意,但是等他们发觉的时候,已经来不及了。

那一刻,父母亲尴尬地互视着。"你……你……你……"他们指着对方,但是再也没有说出下面的字眼。

爹指着母亲向我求助道:"儿子,她是什么? 我也应该叫她'妈妈'对吧?"

我木然地点了点头。而母亲也跟着叫了父亲一声"爹爹"。一种很奇怪的氛围笼罩在我们三个人心中。但是谁也没有察觉出来哪个地方不对劲儿。直到晚上睡觉的时候,我们才隐隐感觉有些别扭。爹叫我"儿子",但是叫母亲为'妈妈',所以他对我说:"你应该叫她为'奶奶'。"

但是母亲很快反对起来,她指着我对父亲说:"我叫他'儿子'没错吧? 而你应该叫我'妈妈'也没错吧? 那你和他岂不是两兄弟了?"

这席话让我们三个面面相觑，不知所言起来。他俩为两人之间谁是爷爷奶奶争吵不休。所以晚上睡觉的时候，因为各不相让，"爹"和"妈"破天荒地分开来睡了。

五

毛孩怯生生地敲开我家的门，唤我出去。他耷拉着头，一脸落寞的样子。

"白虎还没有来吗?"我问。

他点了点头。

我们在雪地上漫无目的地走着，脚下咯吱地响个不停。我看到毛孩的脚已经变成了一种奇怪的绿色。

"你冷吗?"我说。

"我早已忘记冷是什么感觉了。"他说，"如果白虎还不出来，我就去河里找它。"

"你要跳河吗?"

"是的。我一定能找到它的，它在那里太安逸，已经忘记孤独，所以也忘记我了。"他说。

"你会冻死的。"我警告他说。

"我不是刚说了吗? 我已经忘记冷的感觉了。你跟我一起走吧!"他殷勤地邀请道。

"我怕冷。"说完我下意识地打了个寒战。

我掏出火柴，背着寒风划了一根，温暖的火焰在手心中持续燃烧着。"这样暖和点了。"我说。

"我真鄙视你们，一群懦夫!"他冷冷地说。

"所以你不合群，你比我们都要孤独!"我回应道。

"那是因为白虎还没来接我，我走了就不孤独了，在地下的世界，是没有孤独存在的。"他口气坚定地说，"你要是回心转意，我还会考虑带你一起走。"

我没有回话。河面起雾了，雾气在冰面上氤氲而起，眼前一片白茫与灰暗，而将目光再放远点，整个世界仿佛全被一种灰蒙蒙的色彩所取代，被寒冷和灰暗笼罩，了无生气，包括我再熟悉不过的青花滩。

"……白虎来接你的时候，能告知我一声吗？我想看看白虎的样子。"我说。

他答应了我的要求："我会骑着白虎经过你家的！"

"你晚上睡哪儿呢？"

"睡那里。"他指着远远的茶山说道，"我就睡阿宁埋他儿子的那个土坑里。那里虽然算不上地下，但是远比在地上舒服。"

"你把阿宁的儿子怎么了？"我说。

"他被白虎接走了，"毛孩有些愤愤然，"如果不是他，白虎肯定会先接我的。"

回到家中，我又向父母提起白虎的事情。"真的有白虎吗？"我问他们。父亲挠了挠肮脏的头发，他起码有半年没有理发了。"这段时间，我也好像梦见白虎了。"他说。

"那么白虎是真的了？"母亲有些质疑和不屑地嘲笑说。自从为彼此的称呼而争吵之后，他们几乎形同陌路，很少搭话。

"毛孩说白虎会载他去另一个世界，他说，清江下面还有另外一个地下世界。"我忍不住，还是说漏了嘴。

父亲走到门外望着阴云笼罩的天空，久久没有说话。

饥饿是笼罩在所有人心头的一块阴云。可能吃的东西早已经吃完。我们啃地窖里的生红薯都一个礼拜了，因为吃那东西太多，害得每个人都在不停地放屁，满屋子臭屁味儿。我们走到哪里，都是面黄肌瘦的人，脸上都大同小异地贴着标签，上面写着一个醒目的"人"字。因为有了这个字，"人"与"人"之间才没有发生多大的冲突。我们是同类，他们相互拍拍肩说话，然后走开。而那些没有贴上标签的动物，都被大伙儿打死了。同样的厄运很快也降临在鸡鸭鹅狗等身上。他们满腔怒火，仿佛失忆是那些没有被贴上标签的动物带来的。恐慌并没有因为它们的死亡而终结，反而令所有人更加不安起来。

有人悄悄地打听，人是什么东西？为什么要叫人？为什么人不可以杀？

这些问题让其他人伤透脑筋，没谁能回答得上来。我是谁？我从哪来要往哪儿去？为什么要活着？如果不是出于本能，很多人可能会跳入冰冷的河中或者杀死自己家中的同伴。不知什么时候起，那只白虎成为所有人最后的希冀。他们表示，和我父亲一样，都梦到了白虎。

那是只一丈长的白虎，光滑的毛皮，锐利的爪子，凶猛的眼神，上面还骑着一个人。几乎所有人都声称骑在白虎身上的人便是自己。然而谁也说不清它到底将他们背到哪儿去了。

六

我们仿佛生活在了一个各不相干的世界中，彼此的交流和联系日渐疏远。除了那只谁也没看见过的白虎之外，所有的事情都渐渐远离于人们的记忆之中，包括曾经在我们记忆中留下深刻印象的往事。而我家的情况变得更加微妙起来，因为父母叫我"儿子"的时候，再也不饱含深情，而是带着某种冰冷的模式化在叫我。终于有一天，我听见母亲在悄悄地询问父亲："你知道'儿子'是什么吗？"

"不都这样叫吗？儿子是……"父亲也显得一脸的茫然。那天晚上，他们坐在我的床沿上打量着我。在他们冷漠而陌生的目光中，我渐渐体验到了一种被世界抛弃的感觉。我看到阿宁的儿子躺在土坑里，仰面迎接的是漫天的黄土，他们露出憎恨和遗憾的神色喊道：

"我要再生一个，再生一个！"

而青花滩的其他人家，日子也不大好过起来。这年出现了罕见的冰雪灾难，连续两三个礼拜的雨夹雪天气，紧接着又遇到了强有力的降温，大伙儿的屋檐下都挂满了手臂粗的冰凌，像一把把锋利的长矛朝人们头顶上倒刺下来。

就像印证阿宁家生下的那个怪胎是个不祥的预兆一样，青花滩的很多人渐渐表现出了强烈的返祖倾向。起先是有户人家脱下了衣服，改穿褰衣，有的人家干脆穿起禽兽的皮毛缝成的"皮衣"挤在猪圈里取暖。大家开始学会生吃。有的人甚至也和毛孩一样，身上也开始长满了茸毛。大家都学会了吼叫，夜晚的时候，吼叫声显得格外响亮。男人用吼叫声来维护自己的尊严，而女人则爱用尖叫来吸引男人来与之性交。

毛孩作为唯一一个没有参与进来的异类，遭到了人们的攻击。人们和他一样光着脚，拿着木棍沿着河边追赶了他二十余里，以至于好几天，我都没有再见到他的影子。每当我想起他的时候，就偷偷摸一下口袋中的火柴盒。

那天夜里，毛孩悄悄地把我从牛棚里叫醒，我跟着他偷偷溜了出去。

"我又看到白虎了！它终于出现了！"他极度兴奋中又带着紧张不安的心情。"它从地下世界的出口一跃而起，一下子就奔到了河岸，朝西边去了！"

"这次会接走你吗？"

"当然啊！"他瞪了我一眼说。

"你不是喜欢孤独吗？地下的世界那么温暖安定，你会习惯吗？"

他没料想我谈到了这个，有些痛苦地思索了半天："……我也不确定……就像白虎有的时候和人类，其实……其实也没什么两样……孤独的时候，它向往热闹，而喧嚣久了，又会跑到地上的世界去透口气。只是现在地上的世界实在糟糕透顶了，我一天都不愿多待了。"

"白虎驮我走时怕没时间和你告别啦！"他有些伤感地说。

七

我随身携带着一盒火柴，这是我的一个秘密。在无边的黑暗中，只有我依然还携带着火种。我总是走一段路，便擦亮一根火柴。温暖的火焰小心翼翼地被我捧在手掌心，就像一个小灯笼。火焰灭了，世界又重新回到了漆黑的黑暗中。

时间在推移，随着气温的回升，冰封许久的清江也开始渐渐解冻，夜里听见从河边传来冰面破裂的声音。再过几天，天气再暖和点，冰面融化得就差不多了。但是白虎依旧没有出现。这两天，毛孩不吃不喝，整天游荡在河边。他的目光渐渐显得有些木然而空洞。而关于白虎的传说，人群中正处于白热化的争议中，大伙儿各执一词，声言白虎夜里又进入了他们的梦境中。不得不说的是，我得老实承认，我从未梦见过白虎，甚至连它具体长什么样，都是道听途说来的。

"我梦见白虎驮着我走了。"有人说。

"载的不是你，而是我！"有人抗议道。

"你们身上毛都没长出来，怎么会驮你呢？"有的人骄傲地拍了拍自己的屁股，他的屁股上长满了茸毛。更让人羡慕的是，屁股上长满毛的人开始学着用"四只脚"走起路来。尽管他们弓着腰的样子实在不大像只白虎，比起猿猴来，也难看多了，但是无疑让很多人都嫉妒不已。于是很快有人疯狂地模仿起来。

更有甚者，以打手势替代了语言，大家交流时不再说话，仿佛成为一种时髦，并且得到了众多人的效仿。一时间大家都学会了用手语来代替说话，更多的人选择了用表情和眼神来交流，因为这样比手语更加快捷和准确。

毛孩出事的那天，我的内心一直有某种不安的预感。青花滩所有人都学会了用"四只脚"走路。他们咆哮着，焦躁地在河边等待着白虎的出现。大家脸上的标签也都撕掉了，没人再往脸上贴上"人"字的纸条。"我们不是一类了！"我终于听见母亲低声嘀咕着说了一句。父亲在地上爬着，回过头来吼了一声，表示赞同。

或许我早就该让毛孩保持警惕，但是后悔为时已晚。作为青花滩唯一一个用两只脚走路的"人"来说，毛孩成为人们同仇敌忾的对象。他们趁毛孩在树上睡觉的时候，悄悄地靠近他，将他拉了下来，随后用绳子牢牢地将他捆绑在树上。毛孩紧张不安地搜寻着河面，他的目光有些悲愤和恼怒。他看见我了，朝我喊道：

"白虎马上就要来了！"

人群中出现了短暂的骚动。很快有人立起身子，抽了他一记耳光。我看到他吐出了一颗带血的牙齿。但是他没有呻吟，反而朝我叫得更厉害了："白虎马上就要来了！白虎！"

很快我也成了他们的焦点。我假装低下头，决定暂时不理他。他显得格外的焦急和失望。

"白虎"这两个字眼像针一样刺激着每个人的神经。大伙儿都显得兴奋不安，紧张地搓着手掌。有人提议在白虎到来前，先杀了毛孩。但是他们的注意力显然都被即将到来的白虎牢牢吸引住了。直到夜幕降临，白虎依旧没有出现，大伙儿的情绪显得焦躁起来。但是谁也不甘心走，生怕错过这千载难逢的机会，于是都坐在那里继续等待着。第二天是个阴冷的雨天，淅淅沥沥的冷雨滴在身上，刀子割似的痛。人们终于等得不耐烦起来。

"骗子！这是个骗子！"

"压根就没有什么白虎！"

有人抡着木棍和石块，劈头盖脸地朝毛孩招呼而来。毛孩凄厉的惨叫声从河面远远地传了出去：白虎！白虎！

……

我闭着双眼，一种别样的情绪久久萦绕于心。我伤心地想，以后再也没人和我那样对话了，我失去了一个朋友……无尽的黑暗里，潮水般涌来的寂寥像冰雪一样让我感到寒冷，我像是行走在一个陌生的世界中。我想起去年春天，毛孩独自一人在盛开的油菜地里行走的情景，很多只五彩斑斓的蝴蝶围绕着他翩翩飞舞着，他罕见地笑了，那是我第一次见到他笑。我摸出火柴盒子，想划燃一根火柴，可是盒子里空空如也了。

我睁开眼睛，看到的是一群疯狂的野兽，他们扭断了他的脑袋，挖走了他的眼睛，有人拖着他肚里的肠子激烈地争夺着……那个冬天，我亲眼看到青花滩最后一个人被一群野兽分食掉。而毛孩一直坚信会出现的白虎，终究没能出现。那年的时间过得很慢，直到开春，那只白虎依旧没有出现。

郑小驴说：我想像我一样没用的人，也只有靠文字能重拾一点信心，沉浸于文字的想象世界中，调兵遣将，天马行空，这个世界于是也就好些了。

教书很难——又要做戏，又要做人。

via 张爱玲

+

归　去　来　兮

+

林戈生/医生

+

一　刘四爷有两件宝

刘四爷中等个儿，颧骨高而红，头发和胡茬生得又短又硬，远看像只大胖刺猬。看长相，谁也料不到他竟能娶十九房漂亮姨太太，儿女们凑齐可以唱一出锣鼓喧天的大戏，更不用说他的金山银山、公馆洋房。尽管被那些自诩有家世的人讥笑为暴发户，但刘四爷的日子自可以过得很滋润。

外头现在乱得很，拿枪炮的，耍刀棒的，替外国人跑腿的，花钱向新政府疏通门路的。刘四爷捧着紫砂壶泡一壶顾渚紫笋，看着外面今儿赵大帅剿了王将军，明儿个李局长参了郑秘书，他琢磨着，是得带着那两件宝贝回乡下老家躲躲了。

和刘四爷的性命同样金贵的那两样宝贝，准确地说，是一样东西和一个人。东西价值连城，刘四爷藏得极隐秘。那件宝贝，乃是赫赫有名的传国玉玺，也就是那块由和氏璧雕成，汉高祖刘邦珍藏在长乐宫，直传到五代隋唐的传国玉玺。相传汉末王莽夺权，他姑姑王政君气得把玉玺摔坏一个角，认为就是这东西害得血亲自残，国家崩离，后来王莽只得心疼万分地补上一块金子。

而那个人——那十九房如花似玉的姨太太们知道了准得集体气歪了鼻子——真是个毫不起眼，甚至有点土、有点难看的，男人。刘公馆里的主厨沈胖子。

沈胖子要知道刘四爷这番心思，大概也没什么反应，顶多就是伸出油亮肥厚的大黑手掌挠挠他光溜溜的秃脑壳："嘿，要这么着，我还得带上我那把刀。"

沈胖子做菜在北平城压根排不上号，但合刘四爷的口味。尤其一道香煎灌肠，简直成了刘四爷的仙药，甭管头疼脑热、腿软腰酸，或是姨太太们添了堵，只要一大盘沈胖子的小磨香油煎灌肠，用盐水蒜汁那么一浇，配四两老白干，就使刘四爷立刻眯起眼睛，颧骨越发红，头发胡茬也绵软不少。但这道小吃也成了其他人最看不上沈胖子的地方：别看他平日里憨厚木讷，只要一做这道菜，就像神仙附体，躲进他的单间小厨房，锁上门，叮叮咣咣噼里啪啦，不久香味飘出来，刘四爷看沈胖子的眼神就比亲儿子还亲。

刘四爷计划得很美：反正兵荒马乱雇不到许多车，他带着国玺、沈胖子先跑，其他人陆续分拨跟上。表面上这先头部队是给大家探路、布置，但瞎子用脚上的鸡眼都能看明白刘四爷的心思。所以刘四爷压根没准备昭告全家。他打算先斩后奏，只等天亮大家起床发现家主跑没影儿了，才在一楼会客厅大理石嵌片的花梨木八仙桌上发现刘四爷的《告刘氏家眷书》——管家章天保写的，刘四爷只认得汉字一到三。

日子一到，刘四爷趁着灰蒙蒙的天光就要迈腿，只听哗啦啦一阵乱响，所有刘家人都跑了出来，像一群刚捕上甲板的鱼，跳着、闹着、甩着大尾巴哭天抢地，一部分人死抱着刘四爷的老寒腿，一部分人唾沫星子喷在沈胖子和姨太太玉春身上，眼里的嫉妒和愤怒能烧十回圆明园——他们还不知道刘四爷包袱里传国玉玺这档子事。

刘四爷一口黑血呛在嗓子眼里：哪只狗娘养的王八羔子走漏了风声？我刘四饶不了他！

接下来几天，刘四爷的脸皱巴成一枚核桃，只觉得一脑袋扎进了马蜂窝那么乱：这回总共带了五个人，厨子沈胖子、老管家章天保、姨太太玉春、跟班小马、丫鬟双喜，消息到底从哪里飞出去的？

刘四爷在心里一个个盘算：章天保是老家带来的远房族叔，一个精干的小老头，为人谨慎，忠心耿耿，向来受刘四爷厚待；老实人沈胖子不必说了，要不是刘四爷，他至今还走街串巷叫卖他的灌肠呢；小马小鼻子小眼，跟了刘四爷快十年，贪杯好赌，这在刘四爷看来不算太坏，没误过大事；双喜是玉春的丫鬟，在玉春的央求之下才带上的；而玉春……想到这里刘四爷皱了皱眉，有点懊恼：她是刘四爷上个月才收进的第十九房姨太太，圆盘脸，大眼睛，红嘟嘟的嘴唇像颗肉樱桃那么娇媚，惯使小性子，像小狐狸一般讨些便宜，又懂得哄男人开心。她原是暗门子，刘四爷开的张，在她那儿住了三天，索性买回家来了。算起来，她比刘四爷最大的女儿还小五岁，刚满十六。

会不会是这小妖精向别人炫耀？还是她的丫鬟不慎说漏了嘴？

二　阎王驾到

像是天桥的杂耍玩意儿全挪刘公馆来了，闹了足足三天，直到第四天清早，刘四爷才迎来久违的清静——几声尖叫后，公馆一片死寂，玉春吊死了。巡捕营的白巡长带着验尸官和几个助手摁响门铃，刘四爷急着回乡，一百块银圆打发了他们，买个太平。

章管家躬身问："老爷，查查谁通知的巡捕营？"

刘四爷摇摇头："你把玉春的后事安排好，让沈胖子做盘灌肠，然后收拾收拾，咱们明早动身。"

"小马和双喜——"

"不带！"

刘公馆对面街上，刚入职不久的年轻助手擦燃火柴给白巡长点烟："白哥，咱们真不查刘公馆的案子了？"

白巡长大笑："老实跟你说吧小老弟，白哥我在这条街上混了二十六年，就没办过刘公馆的案子。"

助手一脸疑惑。

"清官难断家务事，瞎掺和什么？拿人钱财替人消灾，才是正理。"白巡长掂着清脆的银圆，压低声音，"都说刘公馆风水不好，邪门！每年甭管生病、投井，还是难产，至少得咔嚓——那么一两位。"白巡长在自己脖子上比了比。

助手不禁头皮发麻，正要接着问，一个身影忽然冲到他们面前，扑通跪倒，定神一看，原来是双喜。白巡长并不认识这丫鬟，听她哭哭啼啼说了一堆才闹明白，这是要替十九姨太申冤。干笑一声，白巡长试图打发她走，谁知这丫头有股疯劲儿，白巡长便不耐烦起来："你说你家太太是被人害死的，有什么证据？"

双喜闭上眼睛回忆，同时不胜恐惧地打了个哆嗦："我……我做了个梦……"

白巡长一伙人哄然大笑，不再搭理她。

他们走出一程后，白巡长教育新人的声音还源源不断飘进双喜的耳朵："亲爹算什么？人活着最要紧是有两个爹，官爹和钱爹。就说我吧，咱们巡捕营那大毛子督察，是我官爹，这刘四爷就是钱爹，没有他，就我这点薪水，全家喝西北风去吧。为这个你还得下点本，不然刘公馆死了人，谁来通知我呢……"

第二天清早，白巡长就又探望他刘四爹去了。

刘公馆这回"好事"成双：死了一个，疯了一个。疯的是七姨太，死的是她儿子。

门一开，章管家就笑容满面地递过来一袋银圆，门缝里，七姨太舞着银光闪闪的裁衣剪刀狂追刘四爷的景象一闪而过，那双三寸金莲把大理石地面踩得咚咚响。

白巡长打着哈哈走了。刘四爷恨不得一枪崩了这婆娘，他急赤白脸地大叫："拿住她，赏一根金条！"

话音未落，沈胖子灵活地绕到七姨太身后，拿准胳膊掐住脖子往沙发里一摁，膝盖顶住脊背，腾出手照着手腕劈下一掌，剪刀"哐当"落地。接着他接过小马递来的麻绳，将人绑了个结实。

四周都看呆了，沈胖子这才想起羞赧，低下头摸摸秃脑壳："这不和绑螃蟹一个样嘛。那什么，螃蟹比她还多只剪子呢。"

刘四爷忙叫章管家取金条，沈胖子一个劲儿推让。这老实胖子认为自己不过是捎带手，他其实是来送灌肠的。刘四爷正感动，姨太太尖锐的咒骂声响起："刘四！还我儿子！你这不长人心人肝的！"

一针镇静剂扎下去，七姨太闷哼一声陷入昏睡。从她的睡颜还能看出平日的娴雅尊贵：鹅蛋脸，丹凤细眼，像尊白瓷观音。给顾医生发了赏钱，刘四爷又让章管家带他给新斐验尸。等人散尽，刘四爷才一脸疲惫地靠在沙发上。

刘新斐是刘四爷一堆儿女里最出息，或者说唯一出息的一个。这得归功于其母七姨太。七姨太兰馨本是官家小姐，若不是光绪二十四年康有为那场变法，她父亲被牵连入狱，也轮不到暴发户刘四爷花五十根金条扮一回重义轻财的侠客，就俘获了小姐芳心。

刘四爷消沉地坐在客厅。新斐五年前去了英国剑桥，没有人告诉刘四爷儿子要在这么个节骨眼的凌晨回家来。冥冥中似乎有股邪劲儿阻止刘四爷回乡。

那是凌晨四点二十左右，天还黑着，刘四爷揣着玉玺，沈胖子扛着行李包裹，管家章天保刚把门打开，就意外地叫了一声，跑到刘四爷跟前，尴尬不安地指着门外："六、六少爷回来了。"

这时连通客厅和厨房的走廊上传来女人小脚走路的嗒嗒声，七姨太身后跟着手托漆盘的丫鬟晚香，景泰蓝茶盅里不知是燕窝还是鸡汤，还有几碟精致点心。三拨人在昏暗的客厅里瞪了眼。

还是儿子率先喊了声"爸"，对父亲这身行头则一个字没问。刘四爷拍拍他肩膀，想到这具结实硬棒的躯体里流淌着自己的血，不由动了点心。

"要不你跟我一起——"话还没完，新斐猛地打飞他的手，触电一样狠狠抽搐几下滚到地上，手抓胸口，呼吸又粗重又混乱。"哐当"，碗盘落地声惊了刘四爷，他赶紧让章管家去请顾医生，自己蹲下来解开新斐的衣扣好让他透气。而新斐在不太激烈地挣扎几下后，认命似的一声叹息，断了气。死前，他嗫嚅着嘴唇，在刘四爷耳朵边很轻地说了一句话。

据顾医生检验，尸体全身无明显伤痕，尸斑呈暗紫红色，主要分布在体位低下而未受压的地方，有些尸斑内甚至可见暗紫色出血点，这些符合猝死特征；颜面肿胀，口唇耳郭青紫，眼球结膜充血，也都和猝死吻合。结合刘四爷对死者濒死状态的回忆，顾医生认为猝死可能性最大，如果解剖，死因或可进一步明确。

刘四爷摇摇头。请顾医生尸检已是刘公馆破天荒头一回，要是把新斐开膛破肚，兰馨那把剪刀非扎他心口上不可。顾医生没有强求，却也不接章管家手里的银圆："为谨慎起见，我想抽点血回去做化验。"

"行。"刘四爷说。

"但是，"顾医生用只有刘四爷才听得见的声音说，"出了一件蹊跷事。四爷或许不清楚，六少爷过世到现在不到四小时，血液既未凝固，也没浸润，更不会变质。"

"我不懂你们医生那些话，有什么直说。"

"我在六少爷全身能抽血的地方都试过了，没能抽出血，便斗胆划开他小臂内侧查看究竟，结果——"顾医生顿了顿，"血管是空的，六少爷身上的血不知何时被谁抽光了。"

顾医生又推断，从六少爷死亡到血液被抽干应不少于两小时，也就是说，是早上六点以后干的。但这些刘四爷似乎没听到，他已经完全呆住了。

三　女人的武器

七姨太房里响起怯生生的敲门声。七姨太醒了有一会儿了，也已恢复神智，晚香正一口一口喂着丹参茯苓汤，看到来人，主仆都有些吃惊。

"请太太安，"小姑娘规矩地行礼，"我是十九太太屋里的双喜。"

七姨太不自觉地抓住被褥。

"听说，少爷是今天清早'过去'的，太太当时也在场，"双喜低着头，不顾旁人的抽气和喝止，"太太认定新斐少爷是老爷害死的——太太是看见什么了吗？"

七姨太支走旁人。"我并没有'看见'什么。如果双喜你有朝一日——也当了母亲，"七姨太眼里蒙上一层水汽，"你就会明白，儿子对于母亲是有魔力的。你不用眼睛耳朵，也能知道他很多事情。"

"那今天早晨……"

"按日程他该在那时候到家，我上个礼拜就接到他的信了，所以早早炖了人参鸡汤，等着他。"说着，七姨太不得不停下来，假装看窗外的鸟而偷偷拭去泪，"他倒在地上，刘四抱着他，我看不见他的脸，但有那么一刹那我突然感觉到——就好像他亲口对我说的一样清楚——他说：'妈，我爸害死了我。'"

房内陷入沉寂，浓重的悲哀吸走了所有动静。过了不知多久，七姨太叹了一声："双喜，你没有什么要告诉我的吗？"

双喜从怀里抽出一个手帕包，打开，是一块松墨和一枚梨形的和田玉扇坠儿。

"七太太，我们太太绝不是自杀，她是被害死的！"双喜的声音里带着哭腔，"一直都是我给十九太太陪夜。那天晚上我睡得很好——太太没叫我，我也没醒，只做了一个梦。梦里太太的喉咙被一根绳子勒住。太太一直叫我'快走，走得越远越好'，最后终于被勒死，地上落下两样东西。"

"就是这两样？"

"就、就是这两样。我被梦吓醒，那时天刚亮，我就看见太太吊在那里！床头柜上……就摆着这两件东西！它们一定是从梦里出来的！"

小丫鬟的泪水在惨白的脸上肆意流淌。

"恕我冒昧，十九太太恐怕不识字吧？"七姨太也听说过十九姨太的出身，刘公馆这种地方藏不住秘密。

她接过东西仔细查看："那这哑谜就不会太深奥。墨和梨，我想，谐音大概是'莫离'，这就怪了……"

双喜不明就里，七姨太解释道："你看，'莫离'就是叫你别走，但她又明明吩咐你'快走，走得越远越好'。是我猜错了？还是说，这哑谜不是给你的，她叫你走，而叫另一个什么人别走？"

仆人在门外打断她们："太太，老爷叫大家上客厅去，每个人都得到。"

刘公馆客厅里，两条腿的都聚齐了，双喜和七姨太一踏进去，人群就自动腾出地方，怕沾染晦气。

刘四爷捧着紫砂壶，呷一口茶："咳，静一静。"

接下来，章管家按刘四爷的吩咐，对早上六点到八点之间各人的动向逐一查问，也不说明原因。一丝隐隐的恐惧随之蔓延开来。

刘四爷自己、章管家、七姨太和照顾她的四个丫鬟、在厨房做菜的沈胖子，以及一些正好在大家眼皮子底下活动的人首先排除嫌疑。接着，费了一阵儿工夫，一些躲在房间里睡回笼觉的，外出跑腿买东西的，在烟馆窑子被现提回来的，也都找到了证人或证据洗刷清白。最后只剩大少爷昊祥、七小姐雅妍、小马、双喜和一个花匠。

昊祥少爷最先被审问，然而他的嘴巴闭得像蚌壳，一个字也不愿交代。刘四爷气得蹿火，叫章管家取来马鞭，照着大少爷的细皮嫩肉一通乱抽，大少爷和他母亲二姨太便一齐鬼哭狼嚎，刘四爷气哼哼地罢手吼道："你说不说!"

大少爷抽着气刚要开口，七小姐冷不丁一头磕到桌脚上，群情哗然，刘四爷的脸绿得早春三月似的。把这对孽障绑走后，一股异味让大家皱了眉，花匠"扑通"跪了下来，热腾腾的尿在他腿间淋漓："老爷，我该死啊! 今秋气候不好，我怕您的墨菊开不出好花，我……我……"

他支吾了半天，"咚咚咚"给刘四爷磕响头："您饶了我吧，我实在是怕墨菊开不好遭骂。早上那会儿工夫我给它屙了一泡屎，撒了三泡尿，谁也没瞧见我。我该死……"

刘四爷的脸从绿转成了紫，像是高高的颧骨下也开了两朵墨菊。

轮到双喜。她没什么可辩白的，这几天她都在给十九姨太守灵，没有任何人可证明。一个姨太太尖酸地说："这时节哪还有这么忠心的丫鬟? 不是别有用心吧，谁知道那会儿你干吗呢，说不定，十九太太怎么死的，都得打个大大的问号。"

小丫鬟挣了挣，豁然昂首："我为什么忠心? 我为什么忠心?! 十九

126

太太是我亲姐姐！你们问她怎么死的，我还问你们呢！"

　　所有人目瞪口呆的时候，小马从人群里悄悄溜了，除了刘四爷，谁也没注意到。

四　怪事一箩筐

　　过了六天，在小马常出没的赌场，章管家终于把他逮了个正着。

　　刘四爷把人绑在后花园冻了一晚上。第二天大早，刘公馆众人聚集在花园，刘四爷坐在小马对面的藤圈椅里："说说吧，你干的好事。"

　　一开始他扯出一堆谎话，为自己辩解，但刘四爷认为他没有相声名角"万人迷"说得好听，赏了一顿鞭子。

　　小马老实了，但接下来他说的话让所有人都很意外：新斐少爷死的那天早上六点到八点，他给白巡长报信去了。他是白巡长的线人。

　　眼看鞭子又要落下来，小马这回是真哭了，恳求刘四爷放他一马，他这回说的可都是大实话，报一次信白巡长给十块银圆。他鼻涕眼泪地发毒誓，要不是赌债欠太多，他才不干这缺德事。

　　刘四爷把自己关进了房间里，除了灌肠什么也不吃。这时谣言在刘公馆内就像无数只窸窸窣窣乱窜的老鼠，搅得人心惶惶，大家又想起去年病死的用人，前年难产的姨太太，大前年投井的丫鬟，大大前年……这座妖异的公馆似乎每年都需要一条人命献祭，而最近不知被什么事触动，使它大开杀戒。

　　刘四爷想，难道这座凶宅不让我回乡？

　　门外传来说话声，章管家在门外请示："四爷，七太太和十九太太的丫鬟双喜要见您，说是有非常重要的事。"

　　除了例行问候，七姨太已经有十多年没和刘四爷好好说过话了，但她一开口，还和当年一样尊贵文雅："老爷，没记岔的话，新斐过世前曾和

127

您说过一句话。作为他的母亲，我想我有资格知道，希望您能告诉我。"

刘四爷看着这两个女人，她们很不寻常的表情让他生出了一丝亲近之感。

"没错，新斐确实说了，"刘四爷目光直接而专断，"我可以告诉你们，但你们有什么瞒着我的可不成，你们得先说。"

等七姨太把她和双喜的发现说完，刘四爷陷入了沉默。他由此想到一些事，由这些事又想到另一些事，这些联想让他冷汗直流。

"新斐那天对我说的是，"他费劲地从牙缝里挤出字来，"'别走'。"

在十九姨太过门前，新斐就去了剑桥，两人从未见过面，而遗言却一致，为什么？

七姨太还算镇静："老爷，去请白巡长？"

"等事情弄清楚再请不迟。你们出去吧，把章天保给我叫来。"

老管家进来时，刘四爷指着凳子："老章，你坐。"

章管家推了一回终于蹭着边坐下后，刘四爷问："老章，你跟我多久了？"

"二十三年零九个月。"

"二十多年，"刘四爷沉吟道，"也就是说，我二十一岁你就跟着我了。我印象里你一直都给我当管家，没错吧？"

章天保点头，刘四爷接着问："那会儿我就请得起管家了？那时候我有多少钱？"

"四爷您少年得志，当时就腰缠万贯。那时候的资产里有这间公馆，西山还有间别墅，银行里的钱我想想……八十七万多，没记错的话。"

"现在每年进账多少？"

"平均十多万，多时二十万，少时也有十二三万。"

"那……"刘四爷问了个很奇怪的问题，"我这些钱都是哪里来的？"

章管家愣了，然后他脸上每道褶子都涨得通红，拼命摆手："老爷，我二十多年来一直安分守己，您交给我的事我兢兢业业办妥，您没想让我染指的事我可——"

刘四爷不耐烦地打断他："别瞎猜。我只问你，我的钱都从哪儿赚的？"

老管家嘴巴张了张，摇了摇头："我可一点不知道，我敢对着祖宗牌位起誓。"

"说起祖宗牌位，"刘四爷又问，"我记得你是我族叔，可你又姓章，怎么回事？"

老管家茫然无知，盯着刘四爷看了一阵儿，过了一会儿，他才回答："我是您雇来的，您忘了？一年六百五十块，合同我还收着呢。您逗我呢，我算您哪门子族叔哇？"

刘四爷似乎早已预料到这样的回答，只微微苦笑："我的钱从哪儿来的，你真不知道吗？"

"真不知道，也没打听过。"

刘四爷摊开双手，像是开玩笑："老章，就算你跟我打听，我他妈也不知道啊！"

五　四爷在思考

刘四爷在想事。

这很稀奇。刘四爷常用到的器官是胃——吃喝，嘴巴和屁股——打嗝放屁，巴掌——给谁来那么一下，眼睛——物色姨太太。脑袋基本赋闲。刘四爷起点很高，不思则已，一思就直奔哲学去了。他的问题是这些：我是谁。我以前是干什么的。钱是哪儿来的。

他似乎一出娘胎就是住在刘公馆、腰缠万贯的刘四爷，发迹以前他在哪儿，做什么？天知道。那些钱哪儿来的，谁给的？鬼知道。他最近总计划着回老家，而老家在哪里，爹妈是谁，族里还有哪些亲戚？压根不知道。

这些问题想完，刘四爷得面对最后一个，也是最可怕、最扑朔迷离的问题：谁是凶手？究竟是谁呢？刘四爷掰着指头算，头一次回老家的知情人是：他自己、章管家、沈胖子、十九姨太、小马、双喜。第二回：自己、老章、沈胖子，还得添上七姨太和丫鬟，儿子新斐。这些人里除了他自己，死了的玉春和新斐，剩下章管家、沈胖子、小马、双喜、七姨太和丫鬟晚香。

晚香是七姨太从娘家带来的，主仆俩拴在一块儿。如果七姨太是凶手，或者主谋，让晚香替她下手——这得是多可怕的女人哪，自己儿子都不放过。那她为什么又要杀新斐呢？那是她儿子。不过，倒也是刘四爷的儿子，以此报复？或许她本来扮演着慈母，但当刘四爷要带新斐走，让她崩溃了？

接着，刘四爷记起外界的传闻，本来他对此从不挂心。外界传闻刘公馆风水不祥，每年必有人横死。刘四爷不信风水，但如果把那些死亡和最近的事联系起来，那么小马和双喜的嫌疑就不大了。双喜是新来的，小马也不过进来六七年，刘公馆少说也二十年了，那时候这俩人一个还没落草，一个正光屁股逗蛐蛐玩呢。

再看沈胖子。刘四爷的眼睛眯起来：如果老章不是他的族叔，那沈胖子的来历也不好说了。人倒本分，话也不多，但老实人不老实的例子可不少。他和小马一样，也是北平人，他死也不愿意离开这块土地？

算起来，沈胖子在刘公馆的年月和老章差不多。这个老章……刘四爷想起那个低头哈腰的老管家，不禁脊背发凉：这些年刘公馆的大小事务、银钱进出全赖他管，他说银行里还有那么多钱，事实上谁知道呢？如果他做了什么手脚，本以为万无一失，但刘四爷突然说要回乡，吩咐把钱全取出来带走而他拿不出，那这贪婪的老头子会做出什么来？况且他管着大小仆人，某种程度上，也管着姨太太和少爷小姐们，如果有谁妨碍了他，那么，将是个什么下场？

刘四爷像哮喘病人那样，狠狠喘了一气，握着茶壶发了一阵儿呆，拿定主意：不管是谁，刘四爷睁只眼闭只眼时他尽可以瞎胡闹，一旦爷动了真怒，嗬，那就等着瞧吧！

六　管家的结局

"陪我散散心去，"刘四爷拿着两张广德楼的戏票对七姨太说，"把双喜也叫上，这阵子那丫头也不容易。"

走之前，刘四爷把章天保叫到卧室，附在他耳边小声嘱咐了一通。

著名老生汪笑侬在广德楼演新戏《归去来兮》，讲的是陶渊明。刘四爷不懂陶渊明，七姨太倒听得津津有味，还不时低声给双喜和晚香讲解。双喜现在跟着她，主仆看起来挺投缘。

戏未过半，一个助手模样的人找到刘四爷，在他耳边唧唧咕咕一通，领走一个钱袋。袋里叮叮当当，听声音不像银圆，而像金条。七姨太耳边掠到一两个字眼如"全部尸体""检查"，她的眼睛在刘四爷脸上淡淡地停留一两秒，刘四爷只顾摇头晃脑地听戏。

汪笑侬是名角，戏园里三层外三层的人，七姨太不免觉得气闷而出去透透气，双喜陪着她。戏台上，"陶渊明"正脱去官帽扔在脚下。

顾医生派助手捎来的消息没出刘四爷预料：这些年死在刘公馆并找得到坟头的，所有尸体的血液都被抽干了。

汪笑侬唱完一段，戏迷们轰然喝彩，七姨太在此时回到包厢，刘公馆恰来了个报信的仆人：章管家死了。刘四爷拍巴掌的手定在半空。

没坐车，留下仆人伺候七姨太，刘四爷就这么慢慢逛回公馆。北平城的大路永远这么热闹，秋日的晴光洒在路面上，使得脚底、肩背、脸上都有些暖洋洋的，似乎这座城里永远都这么安闲自在，太平无事。

没有小马的报信，白巡长虽然晚了点，但还是出现在刘公馆门前。

刘四爷摆摆手："家里正乱，得闲了我拜访您去。"

公馆里已经炸开了锅。刘四爷被自己设的局摆了一道。他的设计是——交代章管家三件事：一、通知沈胖子，他们仨今晚走；二、请顾医生验尸；三、假称小马偷窃，交给白巡长扔进大牢。他自己带着七姨太去听戏。这样一来，刘四爷盯住了七姨太、晚香和双喜，借白巡长圈住小马，而知道他要走的只有章管家和沈胖子。因为在仔仔细细观察好些天后，刘四爷觉得章天保最可疑，为此他愿意牺牲沈胖子，冒着再也吃不上灌肠的风险。哪承想章管家发了狠，上阎王殿证明自个儿的清白去了。

洋车夫在前厅哭丧着脸：章管家捎完信回程，车夫跑得飘了些，一个绊子把人给颠了出去，脑袋不巧磕上一块尖石头，抬回来已经没气了。

刘四爷赶走所有人，吩咐沈胖子做一大盘灌肠后，独自坐在前厅，盯着章管家的尸体。那脑袋真像只烂番茄，还滴答淌血。现在已经得知，小马送到巡捕营后白巡长转手就把人放了，事发时，那小子正在赌场里两眼发红地抽牌九。但这只是下人从几个赌徒那里打听到的，未必可信。同一时刻，七姨太和双喜离开包厢出去透气。沈胖子是唯一让人省心的——那时他正帮花匠往花园里一趟趟搬花肥。但刘四爷的眉头因此更拧成个铁疙瘩：知道要走的消息的，只有章天保和沈胖子啊！

"老爷，老爷，灌肠来了。"

沈胖子叫醒了刘四爷——他不知什么时候睡着了。沈胖子放下灌肠走了，刘四爷心不在焉地吃着灌肠，忽地想起一件事来，便连忙找来剪刀，割开章天保的手腕——只有很少量的血流出来，静脉和深处的动脉略显扁平——血被抽干了。

刘四爷很确信，尸体抬进来时，脑袋还在流血。

仆人很快被叫来了，战战兢兢地回话："没有，老爷，按您吩咐，除了沈师傅，谁也没进来过。"

这话立刻给刘四爷添上浓重的戾气，他阴鸷地抿紧嘴唇，眼睛在室内一寸一寸移动，像要把那个来去无踪的凶手从空荡荡的室内搜出来。当看到灌肠时，那眼光闪了闪，定了一会儿，刘四爷低沉地开了口："我听说，沈胖子做灌肠时，有个单间，不许旁人进？"

下到厨房之前，刘四爷回了趟卧室，从一个不显眼的抽屉里摸出把手枪。

沈胖子做菜的单间小厨房锁着门，刘四爷的叩门声响起后，沈胖子颇意外地开了门："老爷？"

刘四爷抬手给了他一枪。砰——

一声惊呼，不是沈胖子发出的——他好端端地站在原地——而是刘四爷，他亲眼看到子弹从沈胖子腿上弹开，发出"叮"的一声脆响，钉入侧墙。

惊惧的神色堆在沈胖子脸上。当他顺着刘四爷的目光，低头看到裤子上的弹孔和完好无损的大腿后，那表情面具一下被摘掉了。这张木讷老实的脸有一两秒钟变得隐隐透明，底下浮动着一些模糊的图案。

刘四爷的手不禁有点颤抖，但很快镇定下来。他刘四爷是什么人？这辈子还没认得过个"怕"字。他有钱，有胆量，且没什么心肝，鬼神见了自己也得绕着走！沈胖子？管他是什么玩意，不管为什么杀人，至少，还不敢动他。

"胖子，四爷我自问没亏待过你，"刘四爷大大方方找了张条凳坐下，"你为什么杀刘公馆的人？"

沈胖子似笑非笑："老爷，您怎么就认定是我干的呢？"

刘四爷确实没太怀疑沈胖子。章天保死后，小马和七姨太看起来最有嫌疑。但小马年纪太轻，刘公馆二十年前开始每年死人，这说不通。而七姨太若是中途离开戏院去解决章天保，则时间上太仓促。现在回想起来，沈胖子几乎符合所有条件。他来刘公馆最早；每次都是回乡计划的知情者之一；顾医生说放血的手法很利落，切口整齐隐蔽，而沈胖子是个很有经验的厨子。新斐死后那段时间他一直都在厨房，但那盘灌肠提醒了刘四爷，沈胖子做灌肠时，向来把门反锁，谁也不许进，那段时间，其实没人知道他到底在哪里、干什么。而且，刘四爷进一步断定，章天保的血在他打瞌睡期间被抽干了，而那段间隙，只有沈胖子进来过，正是他抽走了章天保的血。

"时间拖太长，血浸到筋肉里去可就没法要了。"沈胖子说得理所当然，对刘四爷的推理还颇赞赏地微微点头。

尽管惊悚恶心，刘四爷倒还不乏兴致："抽人血干吗？"

沈胖子不答，转身从橱柜里拿出几个大玻璃瓶，里面装满红得发黑的黏稠液体，揭开其中一个，空气中立刻弥散开一股浓重的血腥味。沈胖子捧起瓶子喝了几口，畅快地打了个嗝："您也来一口？哈哈，估计您喝不惯，还是灌肠好，味淡，还香，一吃就上瘾。为这个我还得在小单间里单独给您做，教人看见可就麻烦了。"

刘四爷胃里一阵翻腾。他瞥见案板上做到一半的灌肠，血糊泡在盐水里，稀面汁还没下，旁边立着一个血迹斑斑的空玻璃瓶。

"一年一个人，够省俭的了，"沈胖子有点委屈，"紫禁城那会儿，哪个月没有三四个啊，坐着等就成！这里还得自己动手。"

"你就为这个每年杀人？怎么杀的？"

沈胖子笑了一声，这是一种刘四爷未曾听过的、诡秘阴险的笑："我这可全是为了您啊，老爷。"

"为了我？"刘四爷惊愕地问，同时他发现沈胖子的脸起了些变化，但又说不上哪儿变了。

"您想，金山银山，公馆别墅，一房房的姨太太，是谁把这些堆到您跟前？这些年您有过大病小灾没有，出门碰到过危险没有，是谁暗中保护您？就拿近的说，是谁从七姨太的剪刀底下救了您？这些，放二十年前，您可做梦都不敢想啊！"

"二十年前……"刘四爷的回忆雾蒙蒙一片。

"二十年前您忘了？大街小巷叫卖灌肠，您，一顶破风帽，冬夏无休，一天才赚几个大子儿？"沈胖子循循善诱，"我给您变出来天堂一样的好日子，虽然不用银钱回报，在您这儿吃一口喝一口总不过分吧？况且我就算吃喝也没落下您不是？"

他指指焦黄的灌肠，刘四爷几乎从条凳上滚下去。

喝空一瓶后，沈胖子有些亢奋："人血有什么用？人血的作用大了去了！就我来说，我得靠这活着，而我活着，您才能过好日子。就您来说，省得您多愁善感的，谁死了都得伤点心，喝点人血您就想开了，死了就死了呗，是个人都得死，您还得享受您的好日子。"接着，沈胖子挥舞起他的菜刀："怎么杀人？一点小法术就足够了。人多脆弱啊，心脏不好的爱犯点心脏病，心眼小的爱投个井，生孩子也不容易，章管家坐个车不还遇上车轱辘打飘吗？这些都是为了您的日子太太平平的。我好不就是您好吗？所以您可不能离开北平城，我这么为您，您也得为我考虑考虑不是？我可不离开北平城，这是块宝地。"

他指着窗外。刘四爷这会儿汗出如浆——他终于看出沈胖子的脸上有什么变化了，他正变得越来越像他自己，甚至慢慢地从秃脑壳和光下巴上长出头发和胡茬。

"你……到底是什么……东西……"刘四爷上下牙止不住磕碰。

几乎像刘四爷孪生兄弟的沈胖子爱惜地摸着菜刀："您看它像什么？它可是金子做的，可惜没人认得出来。"

菜刀随着他的话融化凝聚成一枚金角，和刘四爷的传国玉玺上补的那块一模一样。沈胖子掂转着金角："为了以后少操些心，我就给您透个底。"

七　故事来自于事故

二十多年前的隆冬，数九天气，卖灌肠的刘四收摊回家，怀里揣着伶仃的几个钱。

高卧胡同位于紫禁城西北边，胡同东口出去就是景山西街。入了夜，家家关门闭户，刘四的脚步伴着挑担里铲铛碗碟丁零当啷的碰撞声孤单地回响着。冷，累，饿，渴，使得刘四像是在梦游，当一团黑黢黢的东西冷不丁挡住道，他吓得险些跪在地上。

借着月光凑近看，是两个死人，太监宫女打扮，女的怀着孕。这俩人抱在一起，脖子上血肉模糊，身上的值钱东西早让人搜刮干净了。那年月清帝刚逊位，这种卷点值钱东西逃跑的事很多，而半道被人劫财害命的更不少。

刘四丧气地走开，没两步又踅回来——扒两件衣服也好。一面扒，刘四一面告饶："我一个月没吃饱饭了，您两位看在大家伙都是苦命人的分上，千万别寻我的仇。我就换俩芝麻酱烧饼，北平的冬天可真不好活……要是钱还有富余，我就给您俩——不，给您仨，上几炷香，您仨也早点托生好人家去……"

"可怜。"空荡荡的巷子突然响起这么一句。

刘四一屁股跌在雪地上，吓得乱爬几下。四下里连只老鼠都没有。他回头瞪住两具尸首，一股阴森森的寒意从尾椎骨直冲到脑门心。一把撕下死人的衣服，刘四想跑，但偏偏两条腿软如面条，站起来都难。他只得朝死人把头磕得咚咚响，嘴里爷爷奶奶佛爷观音的乱祷告。

"真可怜。"

又来了一句。这回可听清了，那声音来自——刘四费劲地咽了口唾沫，不敢相信自己的耳朵——这声音竟来自他面前的虚空里。

"妈呀鬼啊!"刘四蹿得像只兔子,然而不出两步就被灌肠挑担绊倒,结结实实啃了一嘴泥雪。

"哈哈,鬼能找你这样的?也就我善心大发。"那声音被刘四逗得挺高兴,"我说,穷鬼,你满脑子就芝麻酱烧饼?紫禁城的狗都得吃带肉馅的。"

刘四趴在地上,一脸污泥,嘴巴磕破了。

"我说,要不要跟我混?"那声音问。

"你……是什么东西?"刘四直打哆嗦,一半是冻的。

"你用不着知道。就问你,有钱花有芝麻酱烧饼吃——可怜,人都吃成了个烧饼——这样的好日子你要不要?"

刘四琢磨了一会儿,心里直痒痒,嘴上还装作镇静地问:"这样的好事凭什么落我头上?"

"一晚上就路过你这么一个喘气的,你以为我愿意啊!北平城内多少人哭着喊着把我请回去当爷爷供奉,我要能动弹还找你?你算哪个孙子!"声音有些气愤,"别废话,这票生意做不做?做,给点东西,那对你狗屁不值,我正好拿来捏个人形,方便走动。要不你滚你的,我等下一位。"

刘四被骂得一愣一愣,半晌才小心翼翼地问:"既然那么多人给您老当孙子,您怎么待在这穷胡同里呢?"

一阵穿堂风吹过。"还不是这对短命鬼害的。本想搭个顺风车出紫禁城来溜达,结果这俩不争气的双双翘了辫子。那伙儿强盗也真不开眼,不值钱的抢个精光,就一溜烟跑没影了!汉末隋唐也没人敢这么待我,唉,世风日下……"

最终,美好生活的愿景使刘四屈服了。他抖抖索索伸出手,也不知要给些什么,但神奇的,空气中聚出一个稀薄的人形,慢慢地,变得清晰实在,似乎空气从刘四身上吸收了什么养分。刘四手不抖了,体内某些东西的缺失使他突然觉得自己做得挺对,刚才那个拿不定主意的刘四真是傻透了——他成了刘四爷，面前站着沈胖子，很像他，然而没有头发胡茬，看起来更老实蠢笨。

沈胖子指指宫女的肚子，刘四爷伸手一摸，那肚子竟是棉胎填的。扯开棉胎，晶莹玉润的传国玉玺躺在里面。

有一瞬间，刘四爷有些惶恐，他发现自己似乎忘了许多事情。但当传国玉玺落入怀中，刘四爷就对此毫不在意了。他派头十足地拦下一辆洋车："去英租界，刘公馆。"

两具尸首拦住去路。

"愣什么？踢走踢走！"刘四爷高高地坐在车上，冷酷而暴躁，"死也不挑好地儿的玩意！"

记忆的迷雾散去，刘四爷仍站在小厨房里。沈胖子正在做灌肠，他像是刚同刘四爷拉完家常那么自然随意："老爷，灌肠炸好了，老规矩，盐水蒜汁再来点辣椒面，还是——您想来俩芝麻酱烧饼？"

广德楼的戏台上，"陶渊明"正驾着牛车奔赴村田。刘四爷回到座上。

"什么事去了这么久？"七姨太问。

"会会白巡长。"

刘四爷确实去了趟巡捕营。他朝白巡长抖落两下钱袋，五十根金条发出的清脆响声让白巡长一口答应"马上去泼沈胖子一身浓硫酸"——这样总能毁了玉玺。刘四爷是"爷"，绝不给人当孙子。别说沈胖子，天王老子也没门！

西皮二黄的声韵里，刘四爷惬意地展望未来：除掉沈胖子，变卖刘公馆，然后带上银行存款、仆人、一两个还顺眼的姨太太，挑个僻静地界依旧当他的老爷，过他的舒坦日子。

急于验收成果，刘四爷带着七姨太提早回家去了。洋车夫脚程很快，转过几条街，气派的刘公馆不远在望。刘四爷觉得整个人轻飘飘的，前所未有的舒坦。

洋车夫停下脚："这位老爷，到地儿了，没错吧？"

刘四爷一面掏钱，一面惬意地眯缝着眼往公馆的大门望去。猛然间，他双眼圆瞪，壮实的身体像风中秋叶那么摆动几下，倒退两步——高高的门廊上赫然写着"白公馆"！

刘四爷像当头挨了一闷棍。这时，衣着考究的白巡长捧着紫砂壶，走出富丽堂皇的大门，朝刘四爷这边笑迎过来："兰馨，戏怎么样？"

七姨太扶着丫鬟，根本不认识刘四爷一样经过他身边，极亲热地挽着白巡长进门去了。

"这、这……这怎么是白公馆……"刘四爷茫然地问洋车夫。

"这一直都是白公馆啊，刚才您说刘公馆我还纳闷呢，"洋车夫有点焦急，"我说这位爷，您的车钱还没给呢！"

"车钱……钱！"刘四爷突然一跃而起，发足狂奔。

天色已晚，他终于赶在银行关门前跑到一个窗口，一阵焦急的对话后，银行职员像看疯子一样鄙夷而不耐烦地瞪着他："没错，我全查过了，您压根没在我们这儿存一毛钱！您说的户头，那是人家白二爷的！您最好趁早走，不然我可报警了啊……"

刘四爷在银行门外瘫坐成一摊稀泥。

白公馆内，用人们正忙碌地准备着晚饭，主厨沈胖子提着一串刚买的猪大肠，预备着做白二爷最爱吃的"灌肠"——他现在长得有点像白二爷，但依旧木讷蠢笨。

广德楼里，戏到尾声，"陶渊明"沉郁苍凉的声腔传出戏园，扩散在这座历经沧桑却依旧动荡不安的古都，与夜色融为一体："归去来兮，田园将芜胡不归！既自以心为形役，奚惆怅而独悲……"

林戈生说：你看，故事的背后有一张故作深沉的脸。

目击众神死亡的草原上野花一片，远在远方的风比远方更远。

via 海子

你 将 来 会 知 道

唐棣/青年作家、导演

父亲来电话说："你妈，她走了。"等我从学校回到家里，他见到我，也只是把这句话又用那种平淡的语气重复了一下。对于参加葬礼的人来说，父亲是特别神秘的一个人。在他们的感觉中，没什么能让父亲停下奔忙的脚步，包括母亲的死。七八年时间，马州人很少见得到他的影子。处理完葬礼，他又要离开马州。临走前，他把我叫过去，对我说：

"没事少打电话！我那边很忙。"

现在是我不得不打这个电话。他在电话的那头说："想清楚！你不是孩子了。"

好不容易按他给的地址找到地方。出现在眼前的只有一对桌椅，我有点绝望，"晚上，你要我睡在这上面？"我觉得父亲根本没把自己的话当真，或许没觉得我真要来。他吃惊地从那把椅子上抖直了身体，站在桌边，手按在翻着木皮的桌面上，视线从桥摇向了房顶。当他的眼神看起来没那么尴尬时，他又坐了下来。椅子吱呀作响。他指了指二层，手又按回了翻着木皮的桌面上。这时，一层尘土缓缓落下，他的视线也从房顶摇向了桥。

父亲安排我在这栋楼的二层住了下来后，说："既然来了，你可要小心点。这里不同老家。"我看他走下了楼。和老家不同，这里的新鲜让我睡不着。有几条绒毛光线从那扇陌生的小天窗里，垂到了我的眼皮上。我这么想着，彻底放平了身体。楼梯吱吱的响声也停了。我抹了抹眼皮，有些痒，就这样到了第二天，阳光铺满了我打着赤膊的身体，眼前是亮堂堂的。我抹了抹眼皮。这时，才看清昨晚周围。"这里有什么吸引父亲呢？"我想着想着，又觉得头疼，"其实，这个不重要。"

　　胡姨说，和他们来根做了朋友，就等于和小城所有青年成了哥们儿。他们什么事情都要找来根解决。事实上，她说得不夸张。也就是说，几乎每件与年轻人有关的事件，最先赶到现场的都不是警察。后来，我几次想走过去劝她，来根一定会抓住那个人的，那人活不成了。可我没办法这么做了。

　　上楼免不了经过邸家厅堂。邸叔和胡姨还有两个女儿。大女儿的名字常被姐几个说笑。比如，你问她："老实交代——你有没有犯过案子？"她会愣上那么一会儿。问她第二遍时，她才会十分紧张地说："没有哇，没有哇。"安子说完话，便看见了远处的我。我刚慢悠悠地从二楼下来。现在，走在了一片明亮的阳光里。"这里只有一座桥吗？"我心想着，"新生活要开始啦！"走着，走着，我闭上眼睛，想让眼皮上的阳光一束一束地滑落过去。因为，我觉得眼皮上像搁着什么东西。当我在一声叫喊中睁开眼，才看见桥边站着一群姑娘小子。"呀，你好像住在我家楼上！"我站在桥上，"嗯"了一声，周围的人仰头，看了看我，又看了看安子。"那接着老实交代，你家楼上是不是案发现场？"他们哈哈大笑。一群人从桥边走上了石阶，他们朝我走过来。"老实交代！"他们的第二次问话没有落空。所以，他们的笑声更加激烈了。"你听见她说什么没有呀？"我点了点头。"她说，我家楼上是个仓库啊。"二女儿萍子和大姐一样，没什么可说的。

姐姐们出嫁后，楼下空了出来。有时，搬货路过邸家吃饭的地方，都听见胡姨在桌边织毛衣时口中不由发出的叹气声。而邸叔看起来也变得特殊了——他总是在清晨拎着一个小木桶去桥边，搞得我站在窗口前向外撒尿，总要左右看看。因为那天，我过桥时，他拦住了我说："我看见你了。"一时没反应过来，我诧异地看着他，问："看见我?""你的老二就像它。"邸叔匆匆跑下了桥。当他回到桥上，严肃地在我眼前拎着一个小黄鱼晃动时，我的脸红了。我跟来根说起这件事，来根笑着点头："他们，当年也这么干，河里的鱼越来越骚了，你没吃出来?"我很久没有从窗口向外撒尿了。一次，我在蒙眬中走向窗口，推开窗，风吹进屋子，几张报纸咔咔响。我掏出了"小黄鱼"，刚要出力，脑子忽然"嗡"的一声——桥下有个人在跟我挥手。每次从一楼经过，我都有些紧张。邸叔叫完我，他的孩子们又来了："快来呀，来啊。"从他们的桌边过去一点是厨房。我每天上楼的楼梯在厨房边上。那是一个简陋的厨房，小得可怜。胡姨的说话声便是从这片菜烟里传出来的。她看到我总是把长条形的眼睛一挑：

"一会儿下来吃辣子。"

我怕他们家的辣椒。可我的朋友来根的说法是，"你要学会吃，好比男人找女人要够辣，女人找好男人也要吃辣椒"。在他的话里，男人与辣椒的关系错综复杂。有一次，我们从桥边走过，他忽然拍着我的肩膀，神秘地说：

"你将来会知道的。"

一个炎热的夏天随着我的到来，也开始在这里蔓延。躺在小天窗底下，我心想，炎热来得可真快。事实上，我对着窗外的星空看了很久。即将开始的新生活的模样不断变换着。没想到的是，无聊也跟来了。

"你这样下去不妙啊。"

来根指的是我简单之极的生活——我白天窝在父亲的店里看生意。晚上，父亲不在，我在店里看旧杂志到大概晚上十点的样子，然后，抱一捆书回仓库。这不表示我喜欢看这些鬼东西。时间在我把书在小天窗下一本一本摆好的过程中流逝了。有一次，我遇上喝酒回来的父亲，他看着我的手，诧异地问："是什么？"

我低头看了看书，又看了看他，说："书。"

"你最近可有点奇怪啊。"

后来，胡姨卖废报纸，我在二楼朦胧中听见楼下的谈话——"唉，我们家老邸现在只喜欢钓鱼。"我没听见对方说什么，只眯着眼看了看地上散乱的书，赶紧爬起来绕到窗口，对着下面喊："胡姨，你让他等一会儿。"

我从二楼走了下去，胡姨站在门口被门板遮住的一道阴影里。"这都是你看的？"这么问是源于父亲曾跟她说过我在学校的种种不堪表现。

"你爸说你在学校，除了读书什么都喜欢。"她说时，手指在我的胳膊上轻轻游动。我低着头，掩饰红着的脸，努力伸直脚趾让它们挨到河水。那天，也是我来这里之后第一次和胡姨聊天。

二楼靠西侧的那个窗口装着一副小城的全景。我经常站在那里，看不远处的树影慢慢攀墙而上，灰色石砖上走过很多被影子跟踪的人。你一眨眼，他们瞬间不见了。东侧还有一条河，看上去风景不错。其实，到小城没几天，我便想下去游水了。跟胡姨聊天之后的那个夜晚，我实在忍不住，便浑身带着蓝色的火苗，从后窗一跃而下。

"我是说过前面的河水骚……"我点了点头，就像他说的一样，"你没闻到氨水味吗？"我能感到身体在水中像被胶水粘住了。

"早觉得，那些人不是淹死的。"他沉默了一会儿。我看了一眼，便没有再看他。这一会儿，我脱皮的胳膊越来越痒，我能感受到，炙热的目光爬过。

在某一个晴朗的下午，父亲的小店里没什么事，我翻完那本书的最后几页。门外的景物无一例外地蒙上了一层模糊的纱，我在门里看着看着，眼皮慢慢地聚拢起来。父亲轻微的声音吓了我一跳："小子。"我打了个激灵，把书合上放进柜台下的抽屉里。当我推上抽屉，父亲正好走进店里。我说："我要回去睡个觉。"我昏昏沉沉地走上了热浪翻滚的街头。穿过桥，过一楼时恍惚看见一个人，以为是胡姨，我加快了脚步。一个低沉的声音叫住了我：

"来，喝一点。"

我摸着头推托："我更想睡个觉。"

"我妈那天跟你……说什么?"

我有些紧张："没有没有……"

后来，他一边喝酒，一边说："你越看越像我一个朋友——最好的一个朋友。"

我和来根的关系也好像一下拉近了。他说："晚上吧，我带你认识几个朋友。"我来这里和父亲有约在先。这对我来说是一个陌生的地方。我说过，父亲做着很小的生意。他来小城好像有十多年了，除生意上的事很少与人交往。当我说晚上要出去时，他愣了一下。

"和来根，"我补充道，"楼下的来根，你知道吧?"

租下邸家的二楼好多年，父亲与楼下这家人并没什么交流。后来，听胡姨说，他来小城时像个特务似的躲着她。可我知道，他绝不是一个神秘的人。

来根的朋友陆续成了我的朋友。晚上，我们去体育场滑旱冰。白天，则在某个录像厅看武打片，或者找个公园躺在长椅上睡觉，剩下的时间也就不多了。邸家二楼恢复了父亲最初租它时的样子，灰尘沾满了小天窗的边缘，地上散乱的书被父亲卖了废纸。胡姨看到父亲卖书时问我最近在干吗，父亲微微一笑，然后低下头。每次，见到我便随意地说出早已在舌头上搁好的话："这才是你。"

天气太难熬了。整个小城只有体育馆里的人愿意手拉手，连起长龙，打起欢快的口哨。滑累了，我们靠在栏杆上休息。来根喜欢把矿泉水往头上一倒，而不是像我们一样喝进嘴里。然后，我们目光追着场上某个女孩的屁股飞速穿来穿去："快看啊。"

来根点了点头，把剩下的半瓶水倒在头上为的是让发丝上垂落的水珠得以连续。透过水珠看到的屁股是他一个人的享受。我舍不得买来的水。我们会看着那个屁股慢下来，越来越慢，然后一转，完全在我们眼前消失。

"看什么看。"这个姑娘忽然停在我们面前。

来根看了看我们，好像他自己没看似的，说："那就别看啦。"我手握空瓶子，看着刚才那个圆而挺的屁股旁，多出了一个毫不相称的屁股。

三个小时后，我们保持着生机勃勃的样子从体育馆出来。街边卖的炒冰，对我们来说已足够消暑。有时，来根还会请我们去吃夜宵（后来，我才知道那些钱都是他从姐姐那里借的）。那条街不长，在一所高中的边上。小城里的人叫它"红灯街"——这里开过温州商业街，卖冒牌衣服，后来商店关门，洗头房取而代之。后来，发现不适合周围的环境，很多洗头房搞起副业，在门外空场开起小吃摊。每晚来红灯街的，既有公交车，也有私车，既有打车来的，也有像我们这样，从体育馆边的一条街上蹲着吃完炒冰走过来的。记得在一个晚上，我们在体育场玩，来根腰上的传呼机忽然响了。他打电话回来和我说："我今天去办点事。对了，我给你们介绍下，这是小娜。"早知道，来根要给我介绍女朋友，可我不需要。因为，八月就有一种着火的感觉，我时刻能感

147

受到。我跟小娜滑了几圈，走出了旱冰场。我请她在体育场边的小街里蹲着吃了一份炒冰。不知道来根跟她说了些什么。她在我们分手前拉着我问："我不好吗？"

后来，我们还说了点别的，便散了。回到二楼时，我发觉身边一下站满黑影，好像有一群人将我包围。躺在地板上，被黑影压住身体，这种感觉似曾相识。这一夜，黑影不断走到我的眼前，注视我。第二天在体育馆见面时，来根好像也很困，他靠着栏杆和我讲到昨晚事情的神情却十分严肃。还没来得及问小娜的事情，他便说起来昨晚打架的事——一个朋友骑摩托车碰了一辆吉普，被车主抓住不放，车上几个人下车将他朋友拦了下来。对方有四个人，来根走过体育馆旁边卖炒冰的小街时，遇上几个朋友，便喊上他们一起去。

"这是警察的事。"我说。

"我之后才归他们管。"他从我手上拿过水，像平时一样，笑呵呵地往头上一倒："怎么样？"

我说："什么怎么样？

"我就说，女人是个好东西。"来根说完，看我愣住了，补充道，"和打架一样，都能打发无聊。"

刚来这里时胡姨都会跟我说话。我一时觉得很不适应。母亲去世后，我的性格变得有点孤僻了。有时，她追上来在楼梯边递给我一个苹果，这搞得我每次都很紧张。有段时间，父亲的店里没生意，我独自在二楼睡觉。天气太热啦。在胡姨眼里，我朋友来根倒像是个没长大的孩子。后来，她还一边扇着扇子，一边说到了来根。胡姨上米的次数越来越多了。"自由恋爱！"她瞪了我一眼说，"跟那个警校的女的结婚，我是不会同意的。"坐在身边的胡姨给我一种很奇特的感觉。

"我信命。"她抖了抖衣领，又说，"你不热？"

我死去的妈也一样。算命的说我命犯孤独。她从小便嘱咐我多交朋友。朋友多了路好走。来根经常说这句话。听人说，他还有些铁路上的朋友。那是我来这里的前后，他跟家里还为他从铁路辞职的事情大吵过一场。不久，他在父亲小店对面街上开了一家租碟店。门面很小，柜架上摆满光盘，靠窗户的地方有一张桌子，电视和影碟机摆在上面——影碟机是从姐夫新房里偷搬出来的。那时，来根的朋友们几乎定期都会拥向这个小店。我也是在那时和他们混熟的。我在那里认识了一个姓石的人，他为来根看店。我们总能见到。有时，他身边还会多出一个女孩子——这大概是胡姨说的那个女的。当时，她在小城公安局实习。现在，我们对付无聊的办法是去他的店里看电影。小石坐在那儿和一些闲人说笑。在我与他的接触中，他是个和气的人，看似和来根交情不错。有一次，来根跟我说店子的支出时，说要给他一个月四百，还要管烟。他说："朋友嘛。"来根转折了一下，说："前几年打架，这小子跑过一回，我们得对他留点心。"

在父亲印象里，邸家小儿子（他一直这么称呼）不是个好人，好人不会有那些狐朋狗友。其实，来根不是父亲想的那种人。后来，我听出父亲不愿我和他们往来的具体原因是因为，有一天小石风风火火跑来店里问我拿了一百块钱，后来再也没有提这事，我也找不到他了。父亲说："你看看这都是什么人。"我听他说完，忽然觉得，父亲的性格体现在这上面。来根的租碟店虽然没挣到钱，但是它却给了我小城之外的世界。除了在店里看武打片外，还找些毛片看。

"这就是火。"他说，"这女人，你觉得呢？"

我点了点头。

"啊，警察来啦！"

我被他吓了一跳。来根笑着示意我，向门外看。他自由恋爱的女朋友从桥上走了下来。平日里，在桥下钓鱼的邸叔提到这儿子总要气得在桥下走来走去。那座桥是适合约会的地方，可来根和他女朋友总离那儿远远的。因为，鱼闻到女警察的味道会吓跑。都是胡姨教邸叔这么说的，我想。

后来，父亲对邸家小儿子有了新看法。他真是个小生意人啊，说什么"她将来要是真在咱们这边管事的话，咱们的店也有人照顾一下……"我觉得他太世故了。他好像根本不管这些，非让我请来根到店里喝酒。尽管我不愿意这么做，但后来，我还是叫了来根。只是，我和他什么都没说，只说：

"来，喝点。"

来根悄悄对我说："你爸一直很忙啊。"

我点头。

后来，我们开始喝酒。到半夜时，我隐约听到他推心置腹地讲生意。

"我是太忙啦。"

父亲说时还碰了碰躺在地上的我。他的意思是让我们去搞一些电线。小城建设急需电缆，父亲早惦记着这个买卖了。

没想到来根这么痛快。第二天上午，我们来到火车站。远远看去，车站里没什么人。两组铁轨在阳光下闪闪发亮。我们慢慢走了进去。在门口，我抹了抹眼睛，转头看了看售票口，刚要走，来根忽然把我拉住。这时，两三个下车的人拎着箱子从站台上走来。火车进站时的风声响了一会儿，很快又听不到了。来根叫上我，逆着人径直往行李房走。我在行李房外等他出来。随着他出来的还有几个身穿铁路制服的人。我跟他坐上车，还看得到他们站在门口跟我们摆手。来根对着车窗跟他们摆完手，才对我说：

"朋友，都是朋友。"

火车再入站时，眼前出现了很多巨大的烟囱。看不到巡道员，但走上站台时，我还是被漫长而尖厉的口哨声刺了一下。车再次开动时，卷起巨大的风。来根看我向铁轨的另一个方向，挪了几步，不怀好意地笑了。短促而嘶哑的哨声越来越淡。从职工专用的出口出来之后，那么多根烟囱越来越近了，它们竖在田野上。

"喂，地址给我。"我愣了一下，再走到他身边，给他看了一眼纸条。他看完之后，停下来，四处看了看。

"应该是——这条，我觉得。"

等工厂出现在我们的视野里时，暮色和路之间，矗立着一根巨大的烟囱。挨着它的是一个工厂。来根看了看四周，说："大概是那儿。"

我们在工厂门外朝里面看了半天。来根忽然说："这也不像产电线的地方啊？"说着，眼睛从门缝移开。我也看到里面根本没有人。父亲的小算盘也有打错的时候。我心想，我们还没吃饭，饿着肚子，干脆下馆子去。

"咱们去个地方。"

"我饿了。"

"我们沿着那条路接着走吧。"

走过暮色和路之间矗立着一根巨大的烟囱旁的工厂。路旁的草哗哗响，走过一片树林，蝉叫得十分响亮。声音淡下来之后，我们也来到了一个偏僻的小区里。来根站在门口，愣了一会儿。我跟着他从一户人家的正门进去。直到敲门时，他才告诉我，是小石的朋友，我们试试看。结果是我们受到了很好的招待。然后，一辆车把我们送到了车站。这再次证明我们沿着一条路往小城的深处走，走过工厂、走过树林、走进小区，敲开一家人的门是对的。

我们吃得很饱，没有进站，而是在站外的一处墙上坐着突发奇想。火车的呼啸声传来。巡道员漫长而尖厉的口哨声响起来。我看不到巡道员。来根说："不如，就这么干。"轰隆声从远处擦着地皮越来越近。我们跳下去，我眼前一黑。坐在车尾铁栏上唱"大刀向鬼子们的头上砍去"时，巡道员出现在铁轨旁的一个小胡同里面，他离我们越来越远。我看着他，自己已随火车的隆隆声，穿越了野地，向更远的地方蔓延了。远处的几根烟囱在火车鸣笛时，微微晃动几下。我们的笑声被淹没了。火车越开越快。来根示意我进车厢——那是最后一节车厢，装得全是纸箱。往里走去，一个声音从角落里传来。来根这时说了话："哥们儿，是你啊。"工作人员看了一眼，把头从我的面前，转向来根。

"你怎么在车上啊?"他说。

来根说："这是我朋友。"

那人对我笑了笑。送走了他，来根忙叫我坐在没门的车厢边和我说话：

"刚才听他说，这车在白石庄停。"

白石庄是一个冷清的小镇，我们跳下车后随便在镇上走了走，实在无聊便又回到铁轨附近，我们坐在墙上回头看。

来根说："可不如我们小城。"

天快黑了，好像还听到了雷声。我问来根听到了没有。来根摇了摇头。

"还有最后一班车。"

听来根这么一说，我们只能等了。还好，火车赶在雨前从我们坐着的这面墙边开了过去。我们在前进的车厢里听到笛声，来根拉上我，看了看天空。

"你是说要下雨了?"

铁轨在我们屁股下嘶嘶响。一段一段枕木，急速闪过。我看了一会儿，头开始有点晕了。长长的火车风似的在一片晒煤的坑边经过，车厢顶上一时间被无数白色的颗粒砸得咚咚响。

这一年的开春，道士对胡姨说："过了春天就好了。"她跟我说了同样的话。"唉，躲过这次，我就不管他们啦。"女人又相信命运是可以改变的。最初的几天，胡姨让他跟我在二楼待着。我们趴窗台上向外看。

"我爸每天这么钓不烦吗？"

他看了看我。

我重复一遍那句话："过了春天就好啦。"

直到春天将尽时，来根才偷偷跑去外地，一度与邸家失去联系。他通过我和胡姨传一些"平安"之类的话。他并没有告诉我任何其他事情。胡姨却觉得我隐瞒了什么。他和另一个朋友开了一个垂钓园的事情，也是我听小石的朋友跟我说的。来根回小城是夏天，和我去年来时一样。朋友们都很想他。他很少在家，或者和我说话。那段时间，父亲的生意忽然忙起来。他总是匆匆忙忙地要去做什么事。有时，我会看到他跳动的背影，像个火苗似的在我眼前被黑夜熄灭。

夏天快过去时的一天，来根忽然跑到我店里来。我很久没见他了。当时，我父亲不在，他气喘吁吁地跑进门。我还没来得及说话。

"我得走一趟白石。"

我问："出事啦？"

来根说："小警察的事。"他沉默了一会儿，又说："不如就此道个别吧。"

我诧异地看着他。

"这次一去时间会很长。况且，不一定能找得到……"

我们来到车站时，他若有所思地看着刚开动的一列车发呆，轰鸣声渐远。

出事后，胡姨不得不去了一趟白石镇。小警察在镇上执行任务时被人杀死了。除了这个消息之外，她还打听到凶手下落不明。她怀着一种莫名的心情回到小城。也许，儿子并没有死？出事的现场只有一具四分五裂的尸体。虽然此去也一定离死不远。她回来走在河边小路上，远远见到我魂不守舍的父亲。他在店里来回走动是从胡姨去白石镇那天开始的。他记得从二楼走下来时，胡姨满怀心事地跟他说："你节哀。"事实上，这时开始，胡姨执意觉得死的人是我。可父亲在心里又不信，我可怜的父亲。天色不早了，邸叔仍在我家小店的对面不远的那座桥下坐着，手做托举状——其实，他手里什么都没有。

"什么都没有啦。"父亲停止走动，看着那座桥。

我孤独的灵魂在小城游荡。准确地说，来根的失踪也从我的死开始。我游荡到了桥下，一群人从另一侧走过来。吹鼓手十分卖力，声音久久不去。我闻见了一股檀香味。后来，听说道士用一种香木给死者擦身在小城是一种风俗——檀香净身，死者升天。所以，每年都会有一列火车运送这种檀香木来小城。没想到，来根所谓的"道别仪式"发生在了这列火车上。

来到车站后，来根问我：

"记不记得上次？"

我点了点头。

"再来一次吧。我们算是道别。对了，我今天都告诉你，我好不容易才做了这个决定……"

好久才找到一面墙。在这里蹲着，看得见车站里来回走动的巡道员。口哨声是我们信号。火车的呼啸声传来前，巡道员漫长而尖厉的口哨声响起来。我的浑身开始发抖，巡道员不见了。轰隆声擦着地皮来了。不一会儿，我听到来根说："准备好啦，一、二、三——"火车朝我们开动，我们跳下去了。我们跳进一节装满檀香木的车厢，只有一个小空隙供我们站着。眼前亮起来的幻觉都是被熏的。"这是给死人用的！"我大喊。车再次开动时，卷起巨大的风。喊声在风里被切成了一截呼啸。我被一车的檀香覆盖住。来根好像哭了，他的喊声我听不清。列车经过一片稻田，我被甩到铁轨上。另一道铁轨上迎面驶来的火车将我再次抛向天空。这时，我撑出皮肉的十条肋骨像一个破烂的鸟笼，与胸骨迸开。额骨在我回到铁轨上时被车轮瞬间碾碎了。还有嘴，可我无法喊叫，只能听到喊叫声越来越小。不知道下颌骨哪去了？手臂呢？难道，那根滑到铁路边水沟里的"木头"是肱骨断裂的后果……受够了皮肉崩断的感觉，好痒啊！四周开始湿润起来。在我刚落地时，像掉在了一片棉花上，还有水流的声音，滴滴答答。后来，天更黑了。现在，我觉得棉花上洒满了一层水。我落入水中，我想喊救命，我不会游泳，我觉得自己裂成了好几块，它们在空中你争我抢。我有点不舒服。滴滴答答的声音越来越小。骨骼不在，我的五脏六腑无处可藏，只能洒向黑暗。来根摇摇晃晃地跪在我破烂的脑袋前，为我合上眼睛时好像又笑了，就像胡姨把儿子的照片和衣物扔进火里一样，他们都有一种奇怪的表情一闪而过。父亲哭得瘫软在地。他看不见我，我却能看得到他。父亲是我唯一的亲人。我眼睁睁看着照片和衣物被烧得干干净净。胡姨和我父亲瘫坐在地上，看也不看对方。我跟着送葬的队伍从那儿经过时，看到邱叔在桥边钓鱼。他好像看见了我。我觉得有点害怕。

　　这一天是我和父亲商量回马州的日子。车票早订好了，我有点着急。来参加葬礼的人都是我认识的小城青年。我一个又一个认出他们的脸。他们脸上除了青春，什么也没有。

　　我在他们的脚步下穿梭，在他们漠然的表情里游弋。我看了好久，直到父亲在无数张脸孔的交错中浮现——他恢复了我记忆中的模样，神情严肃，灰风衣，手拎皮包。现在，他竖了竖倒下去的衣领，对我淡淡地说了一句：

　　"咱们走吧。"

一路上，天空灰白，像要下雪的样子。火车由远及近，停在我们面前的瞬间，巡道员朝我们走来。走着走着，他忽然又停了下来，嘴衔口哨，抬头看向了天。火车的隆隆声穿过渐渐白起来的野地，向着更远的地方开去。

唐棣说：语言是最苍白无力的，也是最值得怀疑的。

对于有信仰的人，死是永生之门。

via 弥尔顿《失乐园》

窟窿

+

双雪涛/写小说的

+

一

老蒋走进会议室的时候，就看见了小高。她坐在椅子上，会议室里有十一把椅子，她坐的是领导的位置，一副主持会议的样子。老蒋戴上手套，翻动了一下伤口，在胸前，血已经流干了，成了窟窿。他看了一会儿，向里面走，大会议室的里面，有一个小的休息室，放着一圈沙发和一个茶几，茶壶里还有茶叶的残汁。从里面出来，他又走到小高面前，她的脸很干净，没有血迹，眼睛闭着，嘴微微张开，看得见几颗整齐洁白的牙，好像在开会的时候溜号睡着了一样；头发很长，梳了两根辫子，这可不是现在流行的发型。

"老蒋?"一同勘察的法医老赵喊他。

"嗯?"

"看完没?"

"搬走吧，相片洗出来之后给我几张。"

"老蒋?"

"嗯?"

"我设想了一下,你看我说的有道理没?"

"说说。"老蒋把头转向他。

"如果她睁开眼,换个发型,应该不错。这发型像'四人帮'时候的。"

"查一下,除了胸口,还有什么致命伤。"说完,老蒋把手套摘下来,扔给他。

老赵和他同一年入的局,现在也和他一样,再有五年就退休了。不一样的是,老蒋是转业兵,本来能混个团级再走的,结果在老山的时候,擅自带新兵夜袭,负了轻伤,新兵则被一块弹片击中尾骨,瘫了。对方也死了人,老蒋还抢回一挺机枪。不过在领导看来,这还是一次性质恶劣的行动。在局里待了快三十年,一直在刑侦队,上上下下都倚仗他,但是他还是一直在刑侦队,原因不怎么复杂,"擅自"两个字好像于他不是贬义词,而是一种生活状态。在他的电话里,有"局长"这个名字,不过是在黑名单里。

老赵贫嘴,老喜欢找他聊天。老赵学的就是法医,科班出身。念书的时候,第一天上课,一人发一具尸体,背着跑,谁先冲线,奖励一个白瓷缸子。到了现在,用老赵的话说,就是老婆在睡梦里突然死了,他抱着她睡个三五天,也不是事儿。老赵退休之后的梦想,是想自己开个诊所,他想给活人动动刀,在人身上动了三十年刀,从来没打过麻药,也没人喊疼,他觉得人生好像麻木得太久了,应该有点声音。可是行医许可证是个问题,他想让局长帮着活动活动,他和局长的关系一直很好,逢年过节他都去局长家坐会儿,东西放下,瞎聊。局长答应他,在他退休之前,这东西一定帮他办下来,就是别到处乱说,可是老赵回头就跟老蒋说了,还问老蒋:"你退休之后,准备干点啥?"

老蒋想了想说:"休息。"

二

　　凶案发生在一家银行。这家银行的主营业务是和政府打交道，说白了，是政府的债主。因为这层关系，局里让老蒋低调点儿查，查出来就行了，不用弄得鸡飞狗跳，影响人家正常工作，耽误了几个亿的政府贷款，事儿不比人命小。他说知道了。

　　为了和政府对接方便，这个银行里的中层不叫经理，叫处长。张处，李处，王处，关系好的，带上儿化音，张处儿，李处儿，王处儿，听着像是鸟的名字。第一个发现尸体的，是国际合作处的白处儿，一个长了一张大方脸的中年人。据说过去是个学者，美国留过学，研究国际法的，在大学里是个爱发牢骚的新右派，美利坚合众国的细枝末节，闹得极明白，所谓国际法，是美国宪法的延伸，这么一想，国际上的问题就都有了办法。被挖到银行之后，据说话少了很多，车也很快换了，据他自己说，换车是因为胖了，屁股大了，好车是大屁股的衍生品。

　　尸体挪走之后，老蒋管保洁阿姨要了一个烟灰缸，坐在会议室的椅子上，让白处儿坐在他的正对面，烟灰缸的帮子上写着：海城市人民政府敬赠。白处儿穿着黑色的Polo衫，说自己不抽烟，戒了。

　　"我抽，行吗？"老蒋问的时候已经点上了。

　　"没事儿，您抽您的。"他摆摆手，手上戴着结婚戒指。

　　"你是什么时候发现小高的？"

　　"今天早上八点四十五。"

　　"记得这么清楚？"

　　"是，因为九点有例会，我一般都先到，习惯。"

　　"为什么要先到？"

　　"我们行长不喜欢人迟到，或者说，他喜欢他到的时候，该来的人都来了。"

"所以你想行长一进来，就能看见你。"

"差不多。"

"你是从哪个门进来的?"

"就是那个门，只有这一个门吧。"

"进来之后看见什么了?"

"地上全是血，小高坐在那把椅子上，"他指了指，"两只手交叉放在腿上。"

"手你也看见了?"

"看见了，我走过去了。"

"为什么走过去? 不害怕?"

"不害怕，我知道这么说挺傻的，但是我确实走过去了，我想看看她到底是不是死了。"

"哦，你是怕她没死还是咋地?"

"您别这样，我其实现在还抖着呢，但是当时确实过去看了一眼，咱俩是同龄人，你知道有时候人的心理是很奇怪的。"

这时老蒋的电话响了，是刘语，他的手下，刚上班没多久的刑警，但是和他很处得来，俩人整天没大没小的。刘语能力很强，人缘也好，相互不对付的几个人，都喜欢他，这让老蒋很佩服。他看见刘语，想起当年的自己，觉得自己这么多年混成如此模样，真是活该。

刘语的电话是从局里打来的。

"蒋哥，查了，杂物里比较有用的是一部手机，里面最后一个电话，是打给一个叫作'大先生'的，拨出时间是昨天下午四点四十二，通话时间是两分钟。她和这个大先生经常打电话，最近两个月通话次数有八十多次，从早到晚，各种时间都有。她的通讯录里，还有个叫'小先生'的，也经常打电话，次数和大先生差不多，最后一次给小先生打电话，也是昨天，下午三点二十五，通话时间三分半钟。"

"知道了，让老赵尸检的时候，注意一下底下，有精液的话，验一下。那两个电话查一下是不是实名制办的，除了这两个人，把她所有的通讯记录都拷出来，从头到尾打一遍，把对方的身份地址都记下来。打不通的画一个星号。"

"明白。五角星。"

他把电话放下，知道自己电话最近的彩铃是关于"礼义廉耻"的，移动公司默认的，很多朋友反映，每次给你打电话都要被上一课。好几次想改，老忘，索性不改了，在他看来，改成《最炫民族风》和"礼义廉耻"的效果是一样的。

"不好意思，咱继续说咱的。这个小高，是个什么人，说说。"

"小高是去年这个时候入行的，硕士研究生，她在财会处，和我们处的业务没什么交集，所以具体是个什么样的人，不了解。"他停顿了一下，说，"但是看着很活跃，今年春节的联欢会上，她跳了一个舞。"

"什么舞?"

"《Nobody》。她是领舞。"

发音很准，Nobody 的 bo，发的是"八"，不是"包"。

"跳得怎么样?"

"这我不懂，这和这案子的关系大吗?"

"跳得怎么样?"老蒋没有理会他的问题。

"我觉得挺好，有活力，到了我们这岁数，一般对活力的印象都挺深。"

"你说的'活力'，是'骚'的意思吗?"

"差不多吧。也许是两码事。"他把眼睛摘下来擦了擦，这也许是疲惫的表示，也许是自己看错人的隐喻。

"最后一个问题，她和行里的男的，有走得比较近的吗?"

"不知道。要不是她跳了一个舞，我连她姓什么都不知道。"

"行了，到这儿吧。"

"有什么需要，您再喊我。"他轻轻退了出去，像个绅士一样。

这个行的物业是外包的，因为不是自己的楼，租的酒店的办公楼。老蒋把酒店的物业经理找来，确认了一下这个会议室的使用权限。他告诉老蒋，因为会议室在十六层，和行长的办公室在一层，平常的用途主要是召开需要行长参加的会议，所以权限限制在四个行长和七个正处长，只有这十一人，才可以刷卡进入会议室。但是凶手把刷卡器砸碎了，没法调挡，这几乎在宣称，这事儿和内部人有关。还有比较讨厌的一点，十六层是这个银行里唯一没有摄像头的走廊，会议室里也没有，据说是行长们的统一要求。

"电梯有摄像头吗?"他问。

"有，二十四小时全天候的，我们是五星级物业，办公室里有奖杯。"经理说着，递给老蒋一张名片。

"楼梯呢?"

"楼梯没有。"

"楼梯晚上锁吗?"

"锁，这个银行五点下班，我们六点准时上锁。"

他让经理拿着钥匙，带他走了一圈，果然没有摄像头，十六层楼的锁也没问题，好端端的，跟新的一样，钥匙在楼层保安身上。他确定这把钥匙一直在他身边。他是个农村孩子，很珍惜这份工作，这串钥匙他上厕所大便的时候，觉得无聊都会数一数。

他找到银行的办公室主任，姓韩。韩主任是个大胖子，看着足有二百斤，目测没法穿带腰带的裤子，一张圆脸上长着一双不停转动的小眼睛，好像轮盘赌里的骰子。

"韩主任。"

"哎。"

"麻烦你点事儿，我想……"

"哎。"

"你听我把话说完。你跟各个行长处长联系一下，看看谁的门卡丢了。我在十六层的会议室等着。"

"哎，我这就去办。"

他刚把电话掏出来，想打回局里问一问，电话就在他手里响了。

"蒋哥，电话我都打了一遍，这姑娘的人脉非常广，有同学，有同事，有其他银行的朋友，有酒吧的调酒师，有健身房的教练，有卖盗版碟的，还有婚庆公司。"

"婚庆公司?"

"是，婚庆公司，她上星期给一个婚庆公司打过电话，寻价来着。"

"有日子吗?"

"没有，婚庆公司说问了，她说不急，就是问问现在什么行情，还有婚礼的细节，说是问得很细心，应该是新娘子本人。"

"婚庆公司你查没? 贵吗?"

"查了，不贵，属于中档的。这姑娘的家里我也顺便摸了，本地人，在北京上的大学。父母是个体商贩，卖手抓饼的，条件很一般，能把她供出来，算不容易了。他们俩还不知道她出事儿了，问我什么事儿，还把她手机号给了我一遍，生怕我找不到她。多余的我就没敢说。"

"做得对。大先生和小先生的电话呢?"

"都打了，都关机。俩电话都是无名的电话卡，估计是路边买的，没法查。"

"小子，你听我说，这俩电话不用管了，去电话公司，给我查她参加工作这一年，打给其他同事的电话，通话记录多的，男的。"

"查到了之后呢?"

"带着尸检报告来一趟。"

"好嘞，蒋哥，局长让我跟你说，上面有人说话，让你把动静降到最小。"

"靠，弄得我跟贼一样，挂了。"

几分钟之后，有人敲门，很轻微的三下，好像怕把门敲坏了。

"请进，门已经坏了。"

门开了，人没进来，站在门口。

"兄弟，我是财会处的处长老田，我的门卡丢了。"

"哦，进来说吧。"

老田个儿不高，红脸膛，腰弓着，穿了一件白色的长袖衬衫，袖口系着，汗把衬衫湿透了。

"兄弟，咱能不能换个地方说，这地方还有血呢。"

"就这儿吧，不碍事，几句话就说完。"

老田挪了进来，坐在老蒋对面，血迹离他有三四步远，看他的样子，好像能把他淹死似的。

"你的卡丢了?"

"是，刚才老韩问我，我才发现的。"

"最后一次看见你的卡，是什么时候?"

"昨儿下午用过一次，然后就放在裤兜里了。"

"以前你们处丢过东西吗?"

"从来没有过，我们工作的性质特殊，丢东西是大忌。"

"你的裤子，昨儿离开过你没?"

"啥意思?"

"你脱过裤子没? 或者裤子在你的视线之外过没?"

"我在单位脱裤子干吗?"他抬头看了老蒋一眼说。

"你上厕所不脱裤子? 开裆裤?"

"啊，对对，上厕所脱，啊，我昨天晚上在行里洗了个澡，裤子放在浴室的柜子里。"

老蒋看他的食指和中指的半截是黄的，扔了一支烟给他。

"别慌，我还有挺多事儿问你，稳住神，越着急越说不清楚。"

"是、是，越着急越乱，跟做账一样。"他自己掏出火机点上烟，手指把烟夹得很紧。

"小高是你手下？"

"是，去年来的。"

"说说小高，什么样的人？"

"很有活力，很外场的人，喜欢和人交流。"

"业务怎么样？"

"挺好，开始的时候犯了几个错，后来就好了，她现在是前台的半个负责人，客户都觉得她好沟通，别的年轻人有问题也愿意找她。热心。这孩子有前途。"

"男女关系方面呢？"

"啊？"

"我问你男女关系方面，你啊什么？"

"兄弟，我跟你交代点事儿吧，我其实进来就想说了，一直没找着机会。"

"不晚，说吧。"

"我对小高有非分之想，我媳妇得了癌症，拖了一年半了，我心里有点扭曲，我以前不这样。"

"得逞了吗？"

"没有，我暗示了她几次，发现她在这方面很成熟，我不是个儿。"

"什么叫很成熟？"

"就是，控制权一直掌握在她那儿，我帮了她很多，但是啥也没得

166

着。"

"老田，你得跟我说实话，这事儿不小，一个侥幸的念头就能让你他妈的彻底完蛋。"

"是，是，彻底完蛋。我的卡不是丢了，是我昨儿借给小高了，她问我借，说是要去会议室练舞，快国庆节了，她要出个节目。其他的我一点儿没撒谎，我真是连她手都没摸过，我就是一傻冒。您知道吧，中年傻冒。"他把烟碾在烟灰缸里，双手放在脸上。

"她还跟谁走得比较近？"

"我不知道，她在这方面捂得很严，能感觉到她有相好的人，年轻人，但是不知道是谁，到底是哪儿的。"他在手指缝里说。

"你这人还真不是傻冒。"

"啊？"

"你昨儿晚上下班之后，去哪儿了？"

"跟大行长去喝酒了，应酬。"

"就你们俩？几点从行里出发的？"

"五点二十分。我们行只有我们俩，因为对面也是行长带着财会部门的负责人。"

"喝到几点？"

"喝完酒，又去唱了歌，大行长喝多了，我先把他送回家，我到家的时候，应该有一点了。"

"喝的什么酒？"

"先是花雕，然后是白酒。到了KTV，喝的黑方和啤酒。"

"你们俩一直在一起？"

"一直在一起，厕所都是我们俩一块儿去的。"

"知道了，你先回去，把你昨天晚上到过的地方、参与的人员，写个材料，一会儿我叫人去拿。还有，以后见着我，别叫我兄弟，咱俩没交情。"

老田走后，老蒋在会议室里，又溜达了一圈，四处看了看。

"厕所都是我们俩一块儿去的。"有点意思。

"是我的卡丢了。"有点意思。

刘语到的时候，他正有点困，准备趴桌子上睡一下，实话说，昨天晚上他也喝了酒、唱了歌，被几个老战友灌得够呛。有人一说到打仗的事儿就哭，这让他很后悔参加这样的活动，其实过去也这样，每次都想，下回再也不去了，可到了下回，还是被人拉去。

"蒋哥，验尸报告还没出来，死亡时间还没法确定。不过我去问了，阴道里有精液，死亡的原因应该就是那一刀，刺中心脏，凶器应该是很锋利的水果刀。这一年来，接打电话最多的两个男性同事，我查出来了，都是单身。一个叫张小峦，信贷处的，在这儿工作五年，刚刚参加完他们行内的竞聘，准备提副处长；另一个叫冯然，参加工作三年，是小高的校友，也是老乡，应该叫师哥吧，这两个人在大学的时候就认识，有过绯闻。但是在大学里和小高有绯闻的人可真不少，没时间挨个儿核对。据说这个冯然一直没有忘情，非常主动，跟公狗似的。"

"你怎么看？他们和你是同龄人。"他把眼皮努力挑了挑，问。

"从表面看，冯然的嫌疑非常大，小先生可能是他的一个小号儿。但是那个张小峦嫌疑也不能完全排除，他和小高过去没有什么交集，为什么老打电话？男女就没他妈纯洁的朋友关系。现在我们有精液，验一下DNA就结了。"

"他们俩现在在哪儿呢？"

"都在行里上班呢，在楼下。"

"你去把这俩人悄悄带回局里，采一下DNA。先别审，审秃噜了，不好往回找补，等我回去。我去找他们大行长聊一下。"

"你确定？"

"确定，这事儿不办不行。"他说，"对了，等尸检完了，你带那俩人看看尸体，什么也不用说，带着他们看看就得。"

三

行长的秘书说，行长现在屋里有客人，让他稍等一下。行长办公室的门口有一个休息间，和会议室里的风格一样，沙发、茶几、地毯、挂画。秘书是个男的，带黑框眼镜，西裤皮鞋，三十岁左右，说话字正腔圆，像是录的。

"您先喝茶，新茶，行长特意让我给您沏这个。"

"多谢多谢，坐会儿，聊聊。"

"好。"

"行长平常有什么爱好？"

"不太清楚。"

"再想想。"老蒋喝了口茶，确实很新，好像还有山风的味道。

"喜欢旅游吧，世界各地都去，行长的爱人收入很好，他们负担得起。我还得去财政局送个件儿，一会儿我让文秘给您拿点儿点心。"秘书刚站起来，行长的门开了，几个穿西装的人从里面走出来，陆续和一个秃头的人握了握手。

"那我们等您。"其中一个攥着秃头的手说。

"顺其自然吧。"秃头说。

秃头把一行人送到电梯口，冲电梯里摆了摆手，回到休息间。

"蒋先生吧，久等了，来，到我办公室聊。"

袁行长的办公室在十六层的最西边，出事儿的会议室在最东边，中间隔着一个长长的走廊和三个副行长的办公室。屋里的面积很大，足有一百平方米，洗手间和茶间都有。办公桌上面摆着数不清的文件、电脑的显示屏和烟灰缸，后面墙上挂着一幅字，毛润之先生的《沁园春·雪》，高仿的，很逼真。

"袁行长，占用您一点时间，您知道，出了人命，例行公事。"老蒋坐下之后说。

"蒋先生客气了，其实我今天很想回家休息，自己手下的员工出了这么大的事儿，心里难过得很，但是岗位特殊嘛，走不了。"

"说实话，您就是回家了，我也得去您家找您，"他顿了一下说，"负责人嘛。"

"理解，吸烟吗？"

"吸。"老蒋突然看见袁行长的桌子上放着一把刀，水果刀，黑色的柄，刃上面套着硬塑料，双立人牌的。

大小正合适。

"听说您喜欢旅游？"

"喜欢到处走走，年纪大了，能多看点是点，其实回头一想，也没记住到底看了什么，但是时间长了不出去走走，还是不舒服。"

"你这刀我能看看吗？"

"能啊，给您，小心，快着呢。"

"在哪儿买的？"老蒋把套摘掉，果然锋利，百年品牌。

"德国。买了一百把。"

"买这么多干吗？您还有走私的爱好？"

"行里的员工，我一人送了一把。习惯了，每次出去都给大伙儿带点小东西。"

"上次买的东西是什么？"

"澳大利亚的绵羊油。"

"哦，爱民如子。"

"谈不上，我挣得比大伙儿多点，应该的。"袁行长向后靠在椅背上，两只手交叉放在一起。

"您老这么坐着吗？"

"什么？"

"我是说，老像现在这么坐着吗？"

"差不多，人都有自己习惯的姿势，有什么问题吗？"

"没有。小高是去年入行的？"

"是，我招进来的，她在面试的孩子里比较突出。"

"钦定的？"

"差不多吧，在我们这里做决策，就要既民主又集中嘛。"

"昨天晚上五点二十分左右，你在哪儿？"

"五点二十？我刚把办公室的门锁上，准备出去吃饭。"

"五点到五点二十呢？"

"在办公室看报纸。"

"什么报纸？"

"《金融时报》。"

"有什么消息吗？跟你说吧，我也玩点股票。"

"吴英的死刑核准搁置了，可能保住一条命。蒋先生要是有这爱好，咱们可以找时间再聊聊，我对股票有研究。能登上报纸的消息，一般都没什么用。"

"你爱人是做什么工作的？"

"商业银行的，和我的级别差不多。"

"孩子呢？在哪儿念书呢？"

袁行长直起身子。

"孩子不在了。"

"不在了？"

"是，男孩儿，在美国留学的时候，自杀了，抑郁症。"

"那不好意思了。"

"没事儿，过去两年了，我也忙，能不想就不想。一想就没法弄了，让他出去留学，是我和她妈的主意。"

"怎么自杀的？什么方式？"老蒋一点也没显得不好意思。

"上吊。"

"在哪儿？宿舍？"

"宿舍的洗手间里，用的是自己的皮带。"袁行长很耐心地讲着。

"您的公子，为什么会得了抑郁症了呢？"

"在那边不太适应吧，而且据那边的警察说，他有点药物依赖，也吸大麻。您再来一支？"

"不啦，基本情况我清楚了，也耽误您不少时间了，我先走，回头有机会聊聊股票。"

"好，今天太匆忙，各有各的事儿，回头细聊，这里面有学问。我送您。"说着，袁行长站了起来。

四

外面酷热难当，老蒋在警车里坐了一会儿，等空调正常运转了，才开车回到局里。刘语正在办公室里和其他人聊天，相约晚上找个大排档，看欧洲冠军杯决赛，人已经凑了不少。刘语说，局长跟他说了，晚上大家的账局长结了，毕竟决赛一年就一次，而且局长压拜仁慕尼黑赢。老赵听刘语说完，给媳妇打了电话，也要去。

瞧见老蒋进来，刘语迎上来说：

"晚上去吗？"

"不了，困，人带回来了吗？"

"带回来了，尸体也看了。尸检报告出来了，死亡时间是五点到六

172

点之间，利器刺中心脏而死。阴道里的精液是冯然的，给他上措施不?"

"小高又不是让精液毒死的，急什么。你找几个人，把那个袁行长看住，这个银行有两个门，正门上电梯，后门是楼梯，都找人盯着，老袁去哪儿他们去哪儿。查一下，财会处的老田，媳妇是不是癌症。还有，老袁说他儿子两年前在美国上吊自杀了，查查到底是不是真的，还有查一下他儿子和小高有没有交集，从幼儿园开始查。我去和冯然聊聊。"

"局长让你回来，先去他那儿一趟。"

"你是局长孙子啊? 赶紧给我查。"

冯然坐在审讯室里，好像哭过。他是一个帅小伙儿，很结实，胸脯鼓着，脸却长得很斯文。老蒋坐在他面前，许久没有说话，而是把他的简历来回在手里翻着。

"小冯，我就不绕弯子了，你现在是第一嫌疑人，小高体内的精液是你的，说吧，为什么杀她?"

"我没杀她!"冯然一声大吼。

"你嚷嚷什么? 这是你嚷嚷的地方吗?"

"不是，警官，别打我，我真没杀她。"

"那精液是怎么回事儿? 是你大学时候放进去的，一直都在?"

冯然想了想，好像在算一道很难的物理题。

"昨天下午，小高在走廊看见我，让我晚上五点三十去十六层会议室一趟，让我走楼梯，走廊有摄像头。上大学的时候，我追过她，到现在我也一直在追她……"

"你们俩上过床吗?"

"一次。大学的时候，她有一次喝多了，我把她领到学校门口的日租房。"

"乘人之危。"

"不是！她有意识，她也想释放一下，衣服都是她自己脱的。"

"她为什么喝多了，你还记得吗?"

"好像是她的一个好朋友，出事儿了。"

"继续说，昨天晚上的事儿。"

"我以为她找我，是有什么亲密的事儿，因为她找我时的态度是很有暗示性的，我能明白，其实那一次之后我一直忘不了她，手淫的时候想的都是她。我走到会议室门口的时候，发现刷卡机坏了，门松了。我推门进去，看见她坐在椅子上，身上都是血，我发誓那时候她已经死了，我像电影里那样，摸了她的脖子，也探了她的鼻息，她已经没气了。我就，我就把她的裤子脱了下来……"

"发型呢?"

"发型? 对，她昨天的发型很怪，梳着两个大辫子。"

"你走的时候呢? 把她放在哪儿了?"

"我弄她的时候，让她俯在桌子上，走的时候，把她放回了原处，手也是摆回了原来的样子。"

"你是小先生吗?"

"什么?"

"行了，带走吧。我看着他恶心"

老蒋让人把冯然带走，把张小峦带了进来。张小峦是这一天来老蒋见到的最令他舒服的人，眼睛很亮，穿得很朴素，让人有一种莫名其妙想要信任他的感觉。

"小张，你最后一次见到小高是什么时候?"

"警官，今天你都见了谁? 怀疑了谁?"

"是我问你，还是你问我，你最后一次见到她是什么时候?"

"昨天晚上五点二十。"

"她让你去的会议室?"

"不是，我监听了她的电话。"

"拿什么监听的?"

"网上买的软件，你百度一下，就有卖的。"

"哦，是去捉奸去了。监听别人电话犯法你知道吗?"

"知道。'犯法'这俩字我知道。"

"你有什么资格去捉奸?"

"我和她快结婚了，最近决定的。"

"你是小先生吧。"

张小峦没有说话，只是盯着老蒋看。

"你进去之后，看见什么了?"

"小高躺在地上，浑身是血，左胸上让人扎了一个窟窿，已经死了。"

"发型呢?"

"我知道你的意思，她的两个辫子是我编的。"

"你动她的尸体了?"

"是，我把她扶到椅子上，给她编了两个辫子。"

"为什么?"

"为什么? 因为她说，她最喜欢的自己，是高中的自己，我看过她那时候的照片，就梳了两条这样的辫子。"

"然后呢?"

"然后我把她的脸擦了擦，走了。"

"你为什么不报警?"

"刚才说了，我监听了她的电话。"

"有什么关系?"

"我知道她和袁行长有不正当关系。"

"怎么知道的?"

"这还用说吗？"

"用，举个例子给我。"

"有时候，她会在电话里说：'叔叔，昨天你干得我好爽，我喜欢叔叔从后面进来，像推土机。'这样的证据够吗？"

"够了。那你为什么不报警？"

"因为我快提拔了。"

"没明白。"

"袁行长很器重我，我没根没梢，是他一手把我提起来的。他是一个好领导。"

"好领导？但是现在好领导可能是杀人犯。"

"我不知道，也许不是他杀的，小高认识很多人。"

"撒谎！你监听了她的电话，一定知道她最后一个电话是打给大先生的，你对得起小高吗？"老蒋一拳敲在桌子上。

"警官，她对得起我吗？"张小峦看着老蒋，一点也没有慌张。

"你知道吗？要不是你，我不会怀疑老袁。你把她扶在会议室的那把椅子，是最大的领导坐的，而且你把她的两只手搭在一起，我见了这么多人，只有老袁喜欢这么坐着。你为什么这么干？"

"不知道，下意识吧。你说的，我都记不得了。而且我告诉你，我们四个行长都喜欢这么坐着，领导当惯了都这样，你不看《新闻联播》吗？"张小峦轻轻地问。

从审讯室里走出来，老蒋感到很疲倦，昨天晚上一直在闹酒，没怎么睡，他现在特别需要一张干净的大床，一个漫长的睡眠。刘语已经查过了，老田的妻子的确是癌症，肺癌，发现的时候说是活不过半年，可是在床上躺了一年半，还是没死，具体什么时候死，医生也有点说不准了。老袁的儿子，前年在美国自杀，他和小高是初中同学，又是高中同学，青梅竹马，两人一直在一块儿，可是也许是老袁发现了什么，也许有别的原因，高中毕业之后，就把儿子送到了美国，念了一所又贵又差的大学，生活得不怎么如意。抑郁症的原因，已经无从可考，也许是水土不服，也许是耳闻小高在国内开始报复性乱搞男女关系，也许两者兼而有之。没遗书，没有留下只言片语。

"如果他们俩说的是实话，老袁的嫌疑最大了。"刘语听过老蒋的审讯过程说。

"抓吧。把那个老田也抓来。"老蒋说。

"小高为啥要把冯然喊上去呢？我不明白。"

"她不想重蹈覆辙，懂吗？"

"我不明白，你说他是替儿子报仇，还是灭口？小高这样的人，也许抓住了他的什么把柄。因为如果单纯是报仇的话，他睡人家干吗？"

"你觉得他们俩的不正当关系是从什么时候开始的？"

"什么？"

"张小峦明知道她和老袁有事儿，为什么还要和她结婚？"

"没明白你的意思。"

"你还记得，局长平常怎么坐着吗？"

"不记得，你怎么还问这个？"

"没事儿了。打电话吧，上去抓，不用管动静，别让他跑了。还有，那个冯然，把他领到没有监控的屋儿，拾掇一下。"

"明白。我给他套个桶。"

这时刘语电话响了。他回头跟老蒋说：

"老袁发现我们的人在盯他了。"

"然后呢？"老蒋问。

"然后他自首了，他说他跟小高确实有不正当关系，但是没杀人，而且他知道凶手是谁。说是已经联系了律师，在律师来之前，其他的什么也不说。"

"行了，你去跟局长汇报一下吧。最大嫌疑人是老袁，胁从犯有几个还不清楚，但是张小峦有轻微的立功表现。就说是我的意见。算了，谁的意见不重要。"

"我去说，合适吗?"

刘语刚刚说完，就发现老蒋已经趴在办公桌上睡着了。

双雪涛说：有的时候，人需要的是绝望，绝望让人心平气和。

生命就像原野上的牛羊，一呼一吸之间，便消失在了光影里。

via 杜鲁门·卡波特《冷血》

兴 趣 小 组

+

巫昂/诗人、作家

+

那天夜里的雪下得格外大,我从雍和宫地铁口走出来,满头满脸都是雪和碎冰碴。地铁以北五百米的金鼎轩,暖气烧得热,转眼烤化了雪,把我的脑袋弄得湿漉漉的。

"我这里有个十六年前的案子,雇主心急如焚,要找可靠的人。"杨少康约我喝晚茶,问我。杨少康是我们这个圈子里所说的"案源中介",手里把握了一些稀奇古怪的案子。他中间这段话可听可不听,关于钱,他会放在最后面来讲,我只等着最后这段。一般来说,他找我,一定是万不得已,律师、警察都不难找,唯独干我这行的人最难找。

"十万,怎么样?"

"十六年前,又心急如焚,怎么只值这个数?"我随口回答。

"当然当然,不会是一口价,只要你肯接下,我马上帮你去谈个更好的价格。"

他冒雪去门外打了个电话,我远远望着他的背影,喝了口茶,普通不过的普洱,入口无余甘,跟玻璃碴泡出来的无异。哥们儿再回来,价格已经涨了一倍,预付两万,余者一次性付清。我也不跟他计较了,这人是个生意人,一年最多找我两次,我也不想失去这个机会。

"就是需要出差，去南京，时间是弹性的，到底是多久，你问我，我也不知道，去了就知道了。"

大冬天离开北京，不管去哪里，我都愿意，在出租屋住得很憋闷，房东似在春节后涨房租的口风，而我所有的行李不过两个提箱，回家收拾完毕，给房东留下钥匙，就那么走了。再回北京，我也不想再住在积水潭，地名不太吉利，有违风水，我看上了国展附近西坝河西里的小两居，挣到这笔钱后，回来搬家。

南京那位雇主给我提供住处，独门独院的小楼。

"这房子是自家的，不是租来的，经常接待往来的客人，也不算太脏太乱，您尽管住下，住多久都可以，直到事情有个眉目。"接待我的人自称戈秘书，身量微胖的一个中年人，穿着雪花呢子大衣，里面是带拉链的高领毛衣，做派传统，说话谨慎。

"这'多久'，是个什么概念？"我暗自庆幸搬走了所有东西。

"简单说，你做好在这里过春节的准备，只要老板满意，那就可以走。老板晚上过来见你，跟你一起吃饭。对了，就在这里，你等着就是。"

他带我去楼上卧室，楼上有个客厅，两个还是三个卧室，我住的那间朝北，没有阳光，但是附设了卫生间，房间不大，大概只有十平方米，但是床超级大，床上铺着大白床单，被子也是纯白的。有床头柜，台灯，窗前的办公桌和藤椅，足够了。

"二十年前装修的，现在看起来风格过时了，好在每个礼拜都会有人过来打扫，为了你来特地装了宽带，无线路由器我也安装了，放心吧。"

他指了指床头柜上贴的一张打印出来的纸："这是附近餐馆的外卖电话，我特地收集来的，你不想出去吃饭的话，大可以叫外卖。"

屋里的气氛有些压抑，他巨细无遗地做介绍，我听得有些不耐烦。

那么多卧室，却把我放在这不见天日的一间，窗外是一棵大树，树杈几乎戳进窗户玻璃，叶子硬挺挺的，蜡质，墨绿色，见不到一点儿红。戈秘书说完后，走了，他开了辆奥迪200，2.3排气量，五缸。车不新了，车里尽是消毒药水的气味，从机场回来，在车上待了快一个小时，我身上也染上了那股味道。

小院里寂然无声，树上偶尔落下点什么，落在院子里铺的石砖上，声音也出奇的小。我打开行李箱，拿出一条软壳红塔山，拆了一包抽起，一边抽一边到每个房间转转，楼上除了我住的这间之外的卧室，都打不开，下楼，客厅比楼上的稍大一些，没有电视，厨房是正方形的，有冰箱，冰箱里放着整整齐齐的一排矿泉水，别无他物，我拿起一瓶来看瓶身上的字，产自捷克，莎朗苦味矿泉水。

一楼的卧室照例打不开，我试着找钥匙，到处找，也找不到，多数柜子都是空的。这时外边院子的电动铁门缓缓打开，走进来一个人。不用说，他有钥匙，我也不用去迎他。他走进来，面无表情，也说不上太冷淡，就觉得他睡眠不好，脸上有黑眼圈，头发透着白，心事重重的，皱着眉。不出意外的话，他就是我的雇主，戈秘书口中的"老板"。

老板手里提着个透明塑料袋，整整两排普通塑料外卖餐盒，附带两双一次性筷子和餐巾纸，不用说，这就是我们的晚饭。他坐下，坐在客厅的深褐色皮沙发上。这沙发是头层牛皮做的，款式过时，物随主人缘，跟他很搭。他动手去解塑料袋，谁知袋子打了死结，他解了好一会儿。

"这里方便说话，本来应该给你接风，找个环境好点的餐馆，改天吧。"

"没问题，我们先谈事。"

"住在这里，感觉怎么样？"

"挺好，挺舒服的，这院子。"我客套。

"这里的一切都是戈秘书在打理，我很少过来。你叫……以千计？姓以？"

"没错，听起来像是化名，但确实是爹妈取的，身份证上的名字。"

"北京那人给了我几个人的名单和简历，我冲着你的名字选的。"

"谢谢啊。"

说实话，我很饿，想先吃饭，下意识地咽了口口水，他看出来了，把餐盒一一打开，荤素搭配合宜，是个点菜的老手，甚至蒙对了我爱吃的两道菜：醋熘肉和酸辣土豆丝。饭菜相当可口，像是那种小馆子里的老牌厨子做出来的。

"我们一边吃一边说，这件事关系到我女儿。她不务正业，在做鼓手。"

"职业鼓手？"

"这么说也可以，她现在已经三十二岁了，不结婚不生子，一副完全无所谓的样子。那么，十六年前，她多大？"

"应该是十六岁。"

"是，刚刚上高中，那时候她瘦得不得了，已经开始喜欢音乐，经常关在自己屋里听一些动静极大的音乐，那种声音让人心慌。我跟她妈妈还没离婚，不过也快要离了，我们吵架吵到半夜，听到女儿房间突然亮灯响起那种声音。"

我不接话，听他说下去，他说得相当投入，沉浸到往事当中。

"我啊，不单是我，她妈妈也是，总觉得因为我们婚姻不幸福，才让孩子行为举止不太正常。她很孤僻，几乎不跟人主动说话，一个女孩，常年戴着破破烂烂的鸭舌帽。经常逃课，那是我们后来才知道的，我们的全部注意力，当时都放在离婚上了。"

"情有可原。"

"她经常很晚回家，每次回来都喝过酒，那是九六年，十六岁的女孩子出去喝酒，很少见的。我失手打过她，她就更不跟我说真话了，还离家出走过，两三个晚上不回家，在外面过夜。"

"她交往了一些不三不四的朋友？"

"肯定是，绝对的。"他一口饭菜也没吃，从随身带的公文包中取出一样东西，放在茶几上，展开，是套理发工具。

"你仔细看看，这东西有什么不对的地方。"

那套工具是进口的，上面写着德文，钢非常好，闪着幽蓝的暗光。它们已经被摊开放在一个牛皮包内，上面是三把剪刀，形状各异。我抽出一把剪刀细看，看不出翔实，就觉得握在手中，出奇顺手，钢的质地一流，异常冰冷。

"看起来，不太像理发工具。"我说。

他把那个包翻过来，解开后边的暗扣，原来里边有个夹层，夹层非常不易发觉，展开是非常长的一溜，那里面才是真家伙。整整齐齐的刀片，长长短短：心形、铲刀形、桃形、三角形、弯月形，复杂无比，甚至还有两根小巧的止血钳。

"解剖刀，"我说，"真精致，我有做法医的朋友，他一定爱不释手。"

"这个院子啊，是我父亲留下来的，部队上的。"他抬头，看着屋外的那棵树，"一直空着，他跟母亲相继去世后。我们家女儿有房子的钥匙的，她离家出走，我也没想到她是住到这里来了，谁知道她会来这里。"

"最近发生了什么事？"

"她跟上一任男朋友同居，两年前，从家里搬出去了，她是判给她母亲的，这男人我不看好，但反正他们不打算结婚，至于同居，我也就随她去了。上个礼拜，他们突然分手，分手的原因，我不太清楚，总之她又突然搬回家了。这次要搬来跟我住，东西搬回来了，人却消失了，她总是这样，我让家里的阿姨帮着收拾她的东西，在一个旧纸箱里头，找到了这个。"

"你怀疑她犯了事?"

"跟它一个纸箱的是她高中时候的课本和杂物。"

"哦，十六年前?"

"你知道十六年前南京发生了一件惊人的案子，全国都被惊动了。"

"略微有些印象，一个女孩被切成两千多块，内脏和衣服都被叠得整整齐齐放在一边，分不同地方抛尸，头还被煮熟了。"

"那个案子发生在一九九六年一月十九日，我女儿第一次离家出走，就是那段时间。"

"你何以记得那么清楚?"

"当爹的嘛，回想起来，过去的事都历历在目。她离家出走后一个月，我跟她妈妈就离了。而且，那个案子发生之前两三个月，她无意中问过我，怎么会有人姓刁? 爹妈起名该多难起。"

"被杀的姑娘正好姓刁，叫刁小艾，是南京大学的女学生。"

我不巧看过这个案子的很多资料，网上能找到的，基本上都看过，也都有印象。我也大概搞清楚了老板的意思，他有个年少叛逆老来不着四六的女儿，这个女儿私藏了一套德国产解剖刀，而她收起那套解剖刀的时间，正好发生了那么个骇人的分尸案。

他想要我查清楚：其一，女儿是否跟此事有关；其二，如果无关，那杀人的人又是谁，跟他女儿是个什么关系。我并不认为他对第二个问题的穷根究底，是出于正义感，他只是担忧那个杀人犯，至今跟女儿有着说不清道不明的瓜葛。

"有必要的话，你查清楚一切后，我要送她出国。"

"那不要去德国。"我说。

"为什么?"

"不为什么，我胡说的。"

当晚，我在网上查生产这个解剖刀的德国公司，叫"德意志飞人"，LOGO是一个飞行中的男人，有胡子有头发，须发毕现，翅膀也绝对写真，每根羽毛吹口气都会飞起来似的。他像个忧伤的老年天使，前列腺虽在犹亡，腰间的赘肉都被画他的人美化了。

找到这家公司的官网，幸好在德文版之外，还有英文版，我用磕磕绊绊的英文给他们的客服写了个邮件，附加了图片。老板把全套家伙给我留下了，他似乎有点怕它，谁过日子也不需要这个。

并不指望他们会迅速回音，我忙别的去了，不管到哪里，我要看好几个地方的位置：离我最近的小超市，离我最近的菜市场，离我最近的医院。我还要必须亲自去转一遍，而且是走路去。从我所住的深渊巷往外走，大概两百米就有一家苏果超市；菜市场得问人，在巷子另一头，马路对面，有个逼仄的农贸市场；医院至少离这里一公里，以我的步速，需要走十分钟。

从医院回来，路过苏果，我在里面买了几只桶装方便面、纸包装的汉堡、吉列一次性剃须刀，想了想，又去隔壁的烟酒店取了两瓶伏特加。深夜独自一人，喝一点酒好过一点，有了酒，便去炒货店，称了一斤带皮炒花生。在一家小馆子要了一碗雪菜肉丝面，女服务员盯着我看，只好又要了一碟卤牛肉。

提着满满两袋子东西回去，晚风吹进院内，透骨的冷，从兜里摸出钥匙开锁的时候，头顶有只夜归的鸟飞过，阴影清清楚楚地落到墙头上，怎么会有体积如此之大的鸟在一月份出现？我抬头看天，天上有一勺冰沙大小的云，在暗蓝背景中静静悬浮。

把卧室的窗帘拉上，窗帘上映出树的影子，这才开了桌上的台灯，开手提，开始打游戏，百打不厌的祖师爷级小游戏——挖地雷。从六点半挖到十点半，又上了网银，交了手机费，我还欠一个哥们儿一大笔钱，这笔钱一时半会儿还不完，每当我手头松一点儿时，我会给他转一点钱。飞机一落到南京地面上，我的账号上就已经多了两万元。

十一点不到，我开始喝酒，花生壳剥得满地都是，原计划最多喝四分之一瓶，转眼半瓶下去了。异地办案子，我喜欢花至少一天时间，适应一下水土，用一点酒稳定自己的心，让胸腔中空荡荡没有着落的心，泡到酒精和蒸馏水里洗个舒适的澡。

第二天醒来，房间里多了一个人，是戈秘书，他就站在我床前，神情自然，竟像是我多年的生活伴侣。

"老板让我过来听候你的差遣，看看需不需要用车什么的。"

"用车？我待在屋里用什么车？"

"你不出去看看现场，走动走动？"

"让我先理理思路，你老板的女儿叫什么？"

"赵武夷，老板不姓赵，后来她改姓她母亲的姓了。"

"她有消息了吗？我想见见她。"

"还没有，但可以安排。"

"尽快安排下吧，麻烦你出去把门带上，下次再来，提前给我打电话。"

"打了，您不接手机。"

其实是我把手机习惯性静音。

戈秘书并没有马上走，他在楼下打扫卫生，用了大量的消毒水，刺鼻极了。

作为一个慢性鼻炎患者，我终于忍不住从床上跳起来，从楼梯口冲他喊："能少用点消毒水吗？弄得这里跟犯罪现场似的。"

我想到了什么，又追问："能不能把楼下卫生间打开，省得我上个厕所还得上楼。"

他没有作声，跟没听到一样，随后便离开了，外面的电动铁门缓缓合上，我再度被幽闭于这个无形的密室。

这是个好牢笼，我如果在北京待一个月，万万挣不到两万块钱，不要说两万了，连头皮屑都没有。快递很少光临我的住处，门上我自己打的窥探孔形同虚设，这么出手阔绰的客户，就算让我帮他把地板舔干净，也是情理当中，有钱人都是些怪物。我自觉很有钱，因为钱包里从没少过一百块的踪影，花完了，基本都能续上。我查了查 Email，果然，那里躺着一封德国来信。

信里说："这只是一套入门级的解剖刀，医学院的学生用刀，确实是二十世纪八九十年代本公司的产品，二〇〇〇年之后停产了。如果您来自中国大陆，我们从未在贵国设置任何代理机构，也从未有过来自贵国的医院或医学院的订单，您的朋友应是辗转得到的。"

这封 Email 的英文跟我的一样蹩脚，我用翻译软件把它翻译成了漂亮的中文，仔细推敲了一遍，它告诉了我如下信息：使用这套解剖刀的未必是专业解剖师，可能是医学院学生或解剖爱好者（竟有人爱好解剖，真是不可思议），而爱好解剖的人，也可能是艺术工作者，比如画家，不了解解剖学，如何画一个立体感强的画？其次，能够弄到这套工具的不是一般人，有特别的路子。螃蟹能在暗夜独行，是有路子。

在牛皮的一角上，还能隐约认出记号笔写的"No. 肆"的字样，年代久远，已经有些模糊不清，勉强能认出来，上面还有刀刮过的痕迹。我把皮子拿到灯下细看，表皮上确实干干净净，但内里绒面上却有褐色印记，不是一点点，是一大片。

是血迹，曾经的。

我刚把手机调回震动，戈秘书的电话就来了。

"小姐回来了，她愿意跟你见一面，明天，半坡咖啡馆。"

"小姐？"

"老板的女儿，赵武夷，你不是想见她吗？"

"哦对，我想尽快见到她。"

我需要去见这套工具的主人，戈秘书说，老板告诉她，我是个海归IT精英，略通文艺，也有家底，是以相亲的名义见面。我这一头乱蓬蓬的头发，跟海归或者IT精英相去甚远，配合摩羯座特有的单眼皮没下巴，只比郭德纲略微英俊一点点。

"到时候，您该问什么还问什么，她的脾气不一般，要不是现在年纪大了，以前连相亲都不去的。"

"年岁不饶人，特别是女人。"

我话音未落，他已挂断了电话，跟此人打交道我总有和机器人说话的感受，仿佛他身体里装的是芯片和元器件。

十点左右，我去了邮局，有人给我寄来了EMS，我给了对方邮局地址，用身份证取件。为了这个纸箱，我花了定金的一半钱——一万块，里面是厚厚一叠复印件。然后我得到这箱约莫十公斤的快递，邮件来自江苏一个小县城盱眙，那里盛产小龙虾，那是我知道的一切。

做我们这行的都知道，全世界概莫能外，只要找对人，他可以帮你弄到想要的任何案子卷宗的复印件，即便不是全部，也会是大部分。他们是怎么弄到的？我不关心。我通常找同一个人，那个人会让他的伙伴就近发快递给你，他们也有网络，跟物流公司一样。一般不会是省会城市，如果你在北京，他们会从河北廊坊发来，大概如此。

呵着寒气，我打车把这件包裹弄回小院，搬上楼，从十点半到下午两点半，我就坐在纸堆里，除了问询笔录、排查记录，当然还有照片，照片是彩色复印的，关于被杀害的女孩刁小艾，我只能说四个字：惨不忍睹。如果生命会有轮回，我希望她下一次生命过得平安祥和，寿终正寝，坐在自家的躺椅上，做着梦离去。

她的尸身被仔仔细细地分解成实际上是三千多块，而头和内脏被煮过，挂在第二个被发现的抛尸点——南京大学天津路校门口对面的栏杆上。第一个抛尸点是上海路银铜巷13号，放在一件正面印有上海旅游、背面印有飞机和长江大桥图案的老式灰黑色旅行包内；第三抛尸点为小粉桥，还是个老式帆布旅行包，草绿色，上面印有桂林山水字样；第四个抛尸点在校医院门口，用一条被撕成两半的印花床单包裹尸块，这床单的另一半包着在第二抛尸点被煮过的头颅内脏，还有死者的衣物；而第五抛尸点在校体育场的一个树洞内，用一只牛仔布蓝色双肩背包，装着她被仔细剔干净肉的骨头；第六抛尸点在一个下水道的井盖下，死者的衣服包着她的另外一小部分身体。

我拿出在报刊亭买到的南京地图，仔细标注出相关地点，除了六个抛尸点，还包括死者刁小艾的宿舍，她最后被人见过的那条街，她经常去的教室、图书馆和食堂，她逛过的街。据舍友回忆，她还喜欢独自一人去操场慢跑，在晚自习之后。她生前的照片看起来全无性魅力，因为年龄太小，她看起来太书呆子气，戴着眼镜，不长不短的头发，斜站在自家房子跟前，表情平静，或者说，过分平静了。

所有这些地方，我必须走一遍，这是我的习惯，即便一无所获，我相信每一个相关地点的空气都会告诉我一些什么。而且，我喜欢半夜去走访某些地方。因为，半夜，其他人都走光了，是最合适的时间。

跟赵武夷的会面非常不顺利，说好的下午三点。三点整，我坐在半坡咖啡馆，礼貌性地短信她："我已到。"

过了半个小时，她回说："堵车，堵在一个从来不堵的路口，估计是车祸。"

她磨磨蹭蹭到四点才到，坐在我对面，一个脸上除了眼线什么都没有的瘦姑娘，疲乏，双目无神。戴着没有玻璃镜片的黑框眼镜，齐眉的厚刘海，余下的头发盘成低低的发髻，那是卷发，还染过，也是很久以前染的。脱下黑色羽绒服，她里面穿着波点紧身西服，黑底白点的灯芯绒质地，黑色低胸吊带，挂着带数字4的铜牌牛皮绳项链。

"别叫我小姐，叫我阿肆。"她说，声音很好听，只是硬邦邦的。

"阿肆？"

"我讨厌姓我爸的姓，也讨厌姓我妈的，一定要问我姓什么，那对不起，我姓阿。"

"那，阿小姐。"

"阿肆，大写的肆，不是阿拉伯数字的4。"

她正是那套解剖刀的主人，不知道为什么，几句话后，我对她有莫名的好感。她不单是脸瘦，身上更是瘦骨嶙峋，两根锁骨小巧而对称地凸出来，虽低胸示人，但没有胸，也不穿胸罩。凳子还没坐热，她已经抽了三支烟。我请她抽我的红塔山，她喉咙里发出一声"切"，并不接过去，她抽的是浅色希尔顿，焦油含量0.1，免税店的包装。

"我来见你，纯属欠我爸一个人情，他曾经送我去戒毒所，救了我一命。我们就象征性地坐一会儿，聊你的感情史为主，然后拜拜，我没什么可说的。"

"可惜我并非什么海归精英，海归是对的，一点不精英，落魄极了，连辆自行车都没有。"

"难道我爸的品位改变了？能接受一个平民女婿了？"

"你爸贵姓呢？戈秘书没告诉我太多关于你的家庭信息。"

"陶，他叫陶然，陶家是南京四大家族之一，你居然不知道？！"

"高干？"

"恐怕是明日黄花了，我爷爷死了后，谁还给老陶家面子，但爷爷留给他的钱，也够他花几辈子了；他担心我不结婚，无非是担心这笔钱的未来。"谈起父亲，她像说一个陌生人一样，这个陌生人偶然在她母亲体内播下了颗种子，偶然形成了她。

"我就是个恶之花，'恶之花'你懂吗？"她又说。

"波特莱尔的一首诗。"

"果然略通文艺，跟戈秘书说的一模一样。"

"我是你父亲雇来的人，我的工作，通俗地说，是个侦探，非法经营的；我拿到的证据，到了法庭上，没人当回事儿的，要是被抓住了，当杀人犯杀都足够。"

"哼，"她冷笑，"扯吧。"

"说的都是大实话，我来跟你见面，是想知道一九九六年，你的生活里到底发生了什么。"

"一九九六年？能发生什么，上着傻不愣登的学，谈着没前途的恋爱。"

"那一年，你认识了刁小艾，你在上学和谈恋爱之外，喜欢解剖学？特别是人体解剖。"

她脸色变了，第一个下意识的动作是又拿出一根烟，点上，抽了几口，才吐出来一口；浓浓的烟雾，笼罩了她单薄的脸，使她的脸看起来像幅老照片。

"我当你默认了？别担心，我不是警察，你要是信不过我，可以先给戈秘书打个电话。"

她果然起身给戈秘书打了个电话："怎么回事，什么意思？"

听到了回复，她回到位置上坐下，手微微发抖，脖子上的青筋历历在目。

"戈秘书让我尽管相信你。"

"不管你跟你爸爸如何疏远，有一点可以肯定，他不会害你，虎毒不食子。"

"你刚才说的刁小艾是谁，我不认识。"

"可她跟你很熟，刁小艾的父亲跟前去调查的警察，提到过你的名字，说你给了她钱，她打电话回家时，经常说你是她唯一也是最好的朋友。"

"当年警察不也来问过我了吗？没问出什么不是吗？"

"你父亲出面保护的你，他觉得你太小了，他坚信你没有参与其中。"

"他也没告诉你这些吧，他这个人，信不过的人才不会掏心窝子呢。"

"我还是知道了，你被警察问询过，不是一次，是三次，时间越来越长，最后一次，长达八个小时。"

她没有说话。

"那八个小时里，你们一定聊了非常多，但问询笔录被人抽走了，是你父亲找的关系？"

"我什么也没说，那八个小时，我在喝水，打瞌睡，还吃了碗方便面。"

我盯住她，她眼镜框里边的眼睛，蒙了一层似泪非泪的雾气，我想从那双眼睛里找到点启示。

"什么牌子的方便面？"我问。

"不记得了，谁会去记那个。"

"谁会记不住在警察局吃的方便面是什么牌子的？"

我起身向她告别，没有提解剖刀的事。

天气非常阴冷，路面上有一层水汽，在这个城市，我没有任何人可以一起约着吃晚饭，我摸出手机，打了个电话。

"阿肆，对不起，我记性不好，有两个问题忘了问你。"

"你不是警察，我不一定要答。"

"当然了，不想回答的问题，不用硬答，保持沉默即可。首先，你一九九六年的恋爱对象是谁？"

"我为什么要告诉你？"

"如果没猜错，他是不是有个外号，比方说，阿壹？"

"神经病！"

"我能说个名堂的都不是捕风捉影，没有第二个问题了。"我挂断电话。

我本来想让她陪我一起吃晚饭，即便她可能是个杀人犯，这也是我在南京唯一约得到的女人。我们可以一起找个火锅店，点个双人铜锅，她坐在火光四溅的铜锅对面，不知道为什么，我对那张脸有一丝好感，要是她肯把一缕头发，从耳朵后面取下，就更好了。

当夜，我继续看卷宗，阿壹这个名字从卷宗当中来，警察也讯问过他，跟阿肆隔壁房间，他自述正在跟一个叫赵武夷的女孩谈恋爱，因为女孩外号叫阿肆，所以他给自己起了个外号叫阿壹。他们是浩如烟海的讯问对象当中的两个，警察本来是常规地问一问，没想到他说了很多跟本案无关的私事，好像需要一个倾诉者，他控诉说阿肆可能见异思迁了，喜欢上了一个比她自己大的男人，这人本来是他俩的师傅。从此女友不接电话，不回呼机，他绝望极了。

当年的刑警很有意思，把这些小年轻意气用事的无聊话，都记录了下来。

卷宗重要的部分要看三遍以上，反复比对，心里有络绎不绝的蝙蝠飞出来，褐色的黑色的浅黄的，交错了一两只纯白的。起来活动手脚，呵气成冰的夜晚，屋里那叫一个冷，拉开窗帘，空中落下轻若无物的雪，我需要吃点东西，于是打着手电出门，手电是戈秘书配给的，夜里十一点之后，外边路灯就熄了，手电是进口货，沉甸甸的。

没有路灯，整条巷子就变成一九九六年的情形，巷口有家通宵营业的大排档，店家搭起了挡雪的棚子，挂了一只裸着的灯泡，热气腾腾，我过去，坐下。

"还要雪菜肉丝面？"他问我。

摊子上没有其他人，只有这对老夫妻，我从羽绒服内袋取出刁小艾的照片，一边吃面一边请他们坐下，问他们话。

"完全没有印象。"老头说。

"你呢?"我问老太太。

老太太一边摇头一边眯起眼看照片："你说十几年前了，我们哪里记得住。"

"她不一定是一个人来的，跟另外一个年轻女孩，也许还有个男的。"

"你是说三个人一路走?"

"那个男的，她们喊他阿壹，记得起来吗?"

"好像有一点点印象了，他们互相都叫阿什么，全是数字。"老太太答。

"那照片上这姑娘，是阿几?"

"阿柒。"

"还有一个姑娘呢?"

"阿肆。"

我拿出阿肆现在的照片，问她："是她吗?"

"这女孩显年纪了，但是没错。"

"为什么你能记得这些人的外号?"

"每次他们来了，我都跟老头说，一四七来了，一四七，一四七，要死去，就这么记住了。"

"懂了。"

这场景，是我雪夜外出买酒的路上幻想出来的，我随身带着刁小艾和阿肆的照片，遇到合适的人也会给人看看，对方多半莫名其妙，谁的记忆中会存着这样两个陌生少女，她们当中的一个永远年轻，另一个正在老掉。一九九六年也是条命，它早已死去，被一九九七年杀害，切割，分尸，尸块散落各处，下水道有它残余的身体，而我所做的一切徒劳无功。我的雇主是老板，不是刁小艾和她的父亲，我得时刻记着这一点，伸张正义这种事，可以交给其他人去办。

第二天一早，我给老板打电话，希望他得便，最好是下午，到小院来见一面，他答应了。上午我要补觉，昨晚彻夜工作，走遍了六个抛尸点，那些地方步行都可以到，我用红外相机拍下了照片，跟卷宗当中的照片做比对，十六年，小规模沧海桑田，有些地方已经面目全非，有些地方依旧如故。

"您一个人来。"我补了一句。

"自然。"

那一觉睡得天昏地暗，实际上我是凌晨五点回来的，给老板打电话是七点半，五点到七点半，我没有睡，在忙该忙的事。

下午三点，他来了。

"阶段性汇报，"我对他说："合同里有这一条。"

"有进展了？"

"是的，最大的进展就是我钱花光了，定金两万，没了。"

他深深地看了我一眼，爱伦·坡相信眼睛是我们的身份特征，他的眼神绝非空空如也。

"如果我们见完面后，我再转给你两万，你会告诉我些什么？"

"比一万多，比三万少的东西。"

"没问题，那麻烦你告诉我相当于四万的东西。"

我要他的钱，我知道他的钱来得轻而易举，何况，多数时候，合同这东西对我就是个屁，要一个屁信守诺言，不如相信吃了万年青舌头会打结。

"你女儿未必能够摆脱干系，目前为止，从我知道的信息来看，她外号阿肆，而那套解剖刀上有个肆字，这个你是知道的。"

"是，所以我很担心。"

"其次，她认识刁小艾，而且是很好的朋友，在当年，你也是知道的，警察找过她，不止一次。"

"他们证明没她什么事。"

"是你把她捞出来的，而且拿走了问询笔录，没拿干净，我在目录里头发现了线索。"

"你弄到了原始卷宗？怎么弄到的？"

"花钱，两万块只拿到了上半截，我还需要下半截。"

"这套刀子出现前，我完全没想到她能跟那个女孩的死，有什么直接的关系。"

"你心虚了。"

"如果你有个女儿，一样的。"

"如果我有个女儿，我会弄个密室把她锁起来，哪儿也不许去。"

"我何尝不想，但她心太野了，那群朋友能让她即便是大年三十都敢不回家。"

"你知道那个案子的第一现场，就在这里？"

他脸色变了："我完全不知道，怎么可能？"

我站起来，走到一楼卫生间，打开门，扑面而来的消毒药水，打开灯，灯光昏暗，里面贴的瓷砖还是旧式的，被各种药水侵蚀到斑驳剥落，我上午开了所有房间的门，重点检查了这里，老板跟随在我身后而来。

"这里，曾经有个金属台子，不久前才搬走的，四只带轮子的桌腿留下的印子还在。"我指给他看，"这里靠墙的地方，曾经放过一只立橱，一米八高，也有模糊的印子，橱柜后面的墙比较干净，我猜测里面是放各种器械的地方。"

我打开唯一的一只小窗户，让光线更好一点。

"看到上面了吗？残留了四个线头，那是音箱的线头，播放器不在这里，在隔壁，那里曾经挂着四只高保真音箱，他们一边在这里忙碌，一边听音乐。当然了，他们离开之后，这些东西都搬走了，但墙里残留了一小截音箱线，是无氧铜专业音箱线，内行之选。"

"他们，真的在这房子里做了这么可怕的事?"老板声音喑哑。

我转过头，对着他，他的脸隐没在阴影当中，肌肉僵硬。

"难道您对此一无所知?"

"你连我也要怀疑，那我雇你来，不是自找麻烦?"

我从他脸上看不出任何不对，除非他能够强有力地控制自己的表情肌，哪怕是一闪而过，半秒钟的不对也没有。

"那为什么这个卫生间，以及大部分卧室都紧锁着，我费了好大工夫才打开。"

"一定要我说出实情?"

"当然。"

"武夷她妈妈为所欲为，我们离婚，是因为她在外边有人。"

"他们在这里约会?"

"是，前后持续了两三年，直到我发现。"

"看来，这里发生过很多事情。"

"我们分居，离婚，她带着武夷住到郊外去了，但我一天也没有在这里住过。"

"你留着它，又是为什么?"

"我一直觉得这里有某种奇怪的气息，有时候我会做梦回到这里，打开一个又一个门，那些门后面躺着各种各样的人，我认识的、不认识的，认识的陆续死去，比如我的父母;不认识的，他们也呈现了死去的状态，躺在那里，床上、地上都是血。"

"是很奇怪，这类梦。"

"武夷被警察喊去问了那么多次，我即便保她出来，又怎么可能不担心？留着这个房子，也是希望有一天能够解开这个谜底。"

"如果谜底很残酷呢?"

"不，"他盯住我，"你得保证谜底不残酷。"

我直接去找赵武夷，也就是阿肆，我得跟她谈一谈，她已经接到父亲电话，务必跟我见一面。这一次，我带上了解剖刀，把它放在一个塑料袋里提着。

我们在夜里会面，一个极其喧杂的酒吧，她在那里有演出，她在乐队里打鼓。音乐喧嚣到屋顶快要着火，我不知道自己是不是很有耐心在等；噪音太大，所有感觉的神经末梢都被瞬间击碎，不管是好的，还是坏的，还是不好不坏的。巨高的舞台上，烟雾缭绕当中，她像个身披盔甲的女战神，那么扁平的身体，被电流充满，看不见的火光四射，这个女人的灵魂出了身体。等到她下来，坐到我边上，大冬天的，浑身散发着热气和汗，我管服务生要了杯水给她。

"刁小艾不是我杀的!"她突然把头扭过来，贴在我耳边大声说。

"什么?"

"不是我!"

我已经喝了两杯原味绝对伏特加，她要了一大瓶的啤酒，喝得很慢，她酒量看起来一般。

"那是谁?"

"一个你即便已经想到了，也会极力把他排除的人。"

"刁小艾的六个抛尸地点，在地图上拿笔画线，连接起来，最后出现了一个阿拉伯数字，你一定知道是数字几。"

她冷冷地看着吧台上陈列的酒不说话，她身上的热量瞬间挥发，这个身体蓄热功能那么弱。有个喝醉了的乐手晃晃悠悠地过来，从背后狠狠地搂了她一下，又走开了。

"属于她的数字，她也有类似'阿肆'的外号吧?"我又问，不期待她有所回应。

她还是一言不发，虽然噪音还在。

她像矮行星一样沉默。

我回到床上想要睡觉，却无论如何睡不着，心里空荡荡的。于是下楼，坐在客厅沙发上，给我在江苏省公安厅工作过的老朋友打了个电话。他给我推荐了一个人，当年经办这个案子的刑警之一，其名不能公开，就叫他A君吧。A君做警察做腻了，正创业，从事电子商务，开了家卖偷录设备、测谎仪和监控系统的网店。

我们相约在金银餐厅见面吃午饭，就在南京大学边上的上海路金银街路口。餐厅里挤满了留学生，上菜速度奇慢，A君出面点菜，我们互相问了几句近况，我便说明来意。

"这个案子？我唯一要说的就是你别碰，不管你要干吗。"

"你已经离开那么多年了，你多少透露点儿什么给我，让我有个大方向，如何？"

"看在金局的面子上，我只说一句，不是一个人的事儿。"

"再来一句，买一送一。"

"杀的不是一个人。"

"几个？"

"我说完了。"A君开始低头吃西红柿炒鸡蛋，这家餐厅炒菜油重，他却吃得很投入，好像饿了一个多月的感觉。分别时，我要了他的支付宝账号，现金太直接，他需要的也不是一碗普通米饭。

我给老板打电话，请他把阿肆送回家的那箱高中时代的杂物，送到小院儿来，我想仔细看看里面有些什么。当然，他同意了。在等待他的过程中，我取出三枚五毛钱硬币，往空中抛了六次，它们每次都落在床单上，我用一张纸记录下每次正反面。夕阳透过白窗帘，映在金黄的五角上，呈现恍惚之象。

老板还是自己打车过来，把纸箱放在茶几上，这次他很客气。

"里面都是乱七八糟的东西，辛苦你了。"

"也不见得是辛苦，也不见得有什么结果，只是以防万一，万一漏掉什么，会让我追悔莫及。"

"你这份工作不简单。"

他还有事要办，所以很快离开了。

我独自一人在小院里又待了一个多礼拜，接近十天，有时出出门，多数时间待在屋里。天气越发地冷，寒流南下，气温下降，我不得不把屋里的电暖气打开，紧贴着床边，床单被烤出一片浅红，我躺在床上发呆。有时，我也独自喝酒，也拿出脑子里能想到的人想一想，其间找了一次陌生女人，跟她去过两次如家，然后删掉电话，再不联络。

有一天傍晚，我打电话请戈秘书过来一趟。他五分钟后就到了，好像就在街角随时候命。

"对了，几点了？你从来不戴表？"

"没有戴表的习惯，沉甸甸的，压手，"他拿出手机，看了一眼，"七点二十五。"

"时间还早，要是你不着急，我们一起吃个饭，我在南京没什么朋友，除了工作也没人陪我聊聊天，你觉得怎么样？"

"没问题，我知道附近有个餐厅，主营广式早茶，人不多，味道还可以。"

找个男人一起吃晚饭，实属退而求其次的下策。那餐馆在深渊巷，店面很不起眼，若非有人带着去，断不可能自己找到。

"九六年，你已经在为老板工作了？"等菜的时候，我问他。

"那时我还小，"他说着，笑了，"是的。"

"表面上是公务员，其实更像管家。"

"可以这么说。"

"为什么阿肆告诉我，真凶是个我已经触及，但努力排除的人?"

"她这么说了?"

"对，有一天我去找她，她喝过酒之后。"

"你到南京后，都见过谁?"

"阿肆之外，也就是老板和你了，不过雇主是真凶，这种事情通常只发生在小说里。"

他正夹菜，突然停下，看着我的眼睛:"我只是个给人打工的，我什么都不知道。"

"如果这个杀人的人是你，你是为了什么?"

"那种变态杀人，不需要动机，变态本身就是动机。"

"没错，让我们来回顾一下往事吧。阿肆，阿肆那时候有个男朋友，叫阿壹，他们是两个未成年人，他们有个师傅，我们姑且叫他阿零，他们认识的过程大概如此:阿壹先认识了阿零，阿零再让他去认识阿肆。因为阿零不喜认识陌生人，他需要一个男徒弟给他做桥梁。"

"有意思了，零竟比一二三四要大。"

"零是一切的开始和结束，零里面包含了一切。这都是虚的，我要说的是，阿零是个师傅，他带领了至少三个徒弟，徒弟一个带一个进来，排行老七的正是死者刁小艾。中间那些空缺，谁知道呢，也许有，也许没有。"

"他教他们什么?"

"还有什么? 杀人。简单地说，是个解剖兴趣小组，正式拜师的人可以领一套工具，上面写着这人的名字，诨号。他们从入门开始，解剖了一些小动物，比方说，鸽子。"

"吃鸽子也大有人在，不犯法。"

"为什么是鸽子，不是别的? 这位师傅崇拜的是黑暗迷沙教，黑暗迷沙的入伙仪式就是要每个人先杀一只鸽子，然后再正式集体杀人。"

"黑暗迷沙？没听说过。"

他的神态全无变化，跟谈论一份文件该如何修改、下发和执行一样。

"黑暗迷沙是国外传来的，知道的人不多。但你信不信有些人夜里过着另一种生活？就跟史蒂文森的《化身博士》似的，白天是个搞科研的、文质彬彬的博士，夜里喝过自制的一种蓝色药水之后，躲在小巷子里等路过的女孩，找准机会扑倒她，最后杀了她。"

"你在玩一种推理游戏，你要证明某个人有罪，你当然可以找到理由来完成这个推理过程。"

"你是学医出身的，这个你承认不？"

"这是第一条，没错儿，医学院有解剖课，说都不用说。"

"阿肆最初听的那些暗黑音乐，打口带，都是你借给她的，我在她高中的杂物箱里找到一盒。"

"上面有主人签名？"

"那倒没有，只是封面内侧有人随手记了个电话号码，多年前的号，已经废了，但不影响我把它查出来。它是一位医学院教授家的旧号，这个教授倒没有直接教你，但是他女儿曾经是你的女朋友，后来呢，分手了。"

"你找到她了？"

"我找不到她，据说出国了，但谁知道，连她父亲都没有她在国外的联络方式。"

"她失踪了？"他可算叹了口气。

"我跟你一样毫不知情，但跟我正在调查的这件事无关。你从医学院毕业，却不从医，是为什么？"

"做医生没意思。"

"不，做医生本来对你来说挺有意思的，但你克制不了在手术台上做手术时，用手术刀划开病人的皮肤和肌肉的那种奇怪的感觉。每一刀的力度、角度，都要跟肉的肌理吻合，要寻找最佳的角度，下刀的手劲，不能带出血沫子，也不能伤到整体的经脉结构，该果断的地方要果断，该小心翼翼的地方要懂得控制腕力。在这种情况下，戴着手套工作真是啰唆，你希望用你自己的手指头，指头上的皮肤，直接接触到那些皮下组织，感觉它的软硬、质感、触觉。"

此刻，他的眼神像果冻，凝固的果冻体，他似乎沉浸在我的话里不能自拔，某根重要的神经已然迷走。

"'那又怎样？你有证据吗？'你肯定会问我，说实话，我只对雇主负责，我要那么多证据干什么，又不是吃过比萨就号称自己了解了达·芬奇。"

"这个比喻很奇怪，"他说，"好在我喜欢跟奇怪的人打交道。"

"举个例子，你们老板从未让你在那个房子里洒消毒药水，你这么做真是为了卫生起见？"

"我有洁癖。"

"而且你是个进口商品爱好者，冰箱里的捷克矿泉水，跟阿肆的解剖刀，其实来自同一个地方，那小店专营进口食品，德国的冰冻肘子、乌克兰的牛肋骨、西班牙的火腿，诸如此类。店主米高是你的老朋友，做国际物流生意出身，当然了，从二十世纪八十年代起，他可以帮客户带各种各样的东西，没有底线，就算是手枪，就算是毒品。"

我拿出手机，翻开相册，向他展示了我和光头米高的合影，孤僻的店主跟我一见如故，他只在深夜见人，他见人的方式很独特，两人在一起一茶缸一茶缸地喝白酒，就着咸鱼干。我找到他的方式也算独特，每瓶莎朗矿泉水都有自己的编码，我不厌其烦地找到了个懂捷克语的翻译，帮我给厂家打电话、发传真，为了搞清楚这个批次的矿泉水去往何处，它们来中国了，坐在米高的火车皮内。米高做生意有个特点，不管是什么，不管多费事，他一定要找到一手货源，一定要从厂子里进货，这是个好习惯。

这么多年来，不知道为什么，像一只秃了一半毛的老猎犬，我能够闻出杀人的人身上特别的味道，那味道非腥非臭，近乎暮冬太阳光照射在顶楼水泥楼板上时，发散出来的似有若无的微热。要想闻到这种味道，你不能靠这个人太近，五米开外最佳，五米开外，人体的体味就不太干扰了，只有那微热，那难以解释的微热的气味，会触及我的嗅觉。戈秘书身上正好有这种看不见摸不着的热波，我第一次见到他就隐约觉得哪里不对，但不好确认，他的冷和平静掩盖着那不断低频振动的波。

"只知道你姓戈，大名呢?"

"戈林。"

"米高什么都没说，他守口如瓶，你放心，我们只是在一起喝了一顿酒，喝到两人都高了，即便如此，他还是什么都没说。"

"我相信他的人品。"

"你现在觉得我该怎么去跟你的老板汇报这个结果? 说他女儿有个教她人体解剖学的师傅，这个师傅在他身边工作了十几年? 他会第一时间解雇你，然后就不知道了，应该不至于向公安局报案。"

"是，这会牵连到小姐。"

"他只想让他的女儿出国，远走高飞，跟这件事再也没有关系。"

"你也只需要给他这个保证。你应该知道，我对男人没兴趣，所以老板没事，阿壹也没事。"

"那阿肆呢?"

"她简直就是个男人。"

"哦，你为什么从那以后再也没有任何动静了?"

"我不知道，我怎么会知道?"他说完这句话，把脸侧向一边，望着不远处。

他看得太久，我忍不住扭头看了一眼那里。在我身后不远的一张餐台边上，坐着一个正独自喝着鸳鸯奶茶的瘦弱女孩，十七八岁，戴着眼镜，半长头发紧贴着脑袋，她恐怕不知道谁正看着她。我站起来，转头向那个女孩走去。

"姑娘，一个人？我叫以千计，所以的以，千万的千，计算的计……"

我不知道，我怎么会知道，我突然什么也说不出来了，南京隆冬的冷空气冻住了我的舌头。

巫昂说：说有什么用，写才是一切。

记忆有三种面孔：你的一面、我的一面和最真实的一面。
via 罗伯特·埃文斯《光影流情》

片 云 片 雨

周恺/电台主持

上

南唐的冯延嗣作《谒金门》：风乍起，吹皱一池春水。独一个"皱"字，便原谅了他的奸佞，算不作芳名永垂，亦不必遗臭万载。这"皱"字要有心事，要有故人，要有斗笠，要有一壶酒，方能体味得到；又须时辰刚好，倒不是非得要黄昏，春雨将落而未落，悬在半空，风起波走，念君，君不至。冬的肃杀残留，风扰进了夜里，木床上的妇人难眠，她披衣摸黑寻火去，点着了一束可怜黄，随风飘零，浸润夜空一角，怨何人胡点丹青。然后是久违的雨，像个憋坏的郎君，钻进无人的乌篷船，敲碎孱弱的流水，此宵任他欢愉吧。翌日晨起，倾了遗在门外的盆子，探出脑袋望江水又涨一截，船夫擦着座椅板凳，钓鱼人已坐在岸上等鱼儿上钩，唯他明了水深几尺几寸，料峭依旧，打个战，缩缩颈项，瞧见苔藓爬上了台阶，不免步子走得缓了，胸中却亮敞些。

羽儿在风中抖动身子，栽入半腰深的塘里，拇指抠住布满泥淖的塘底，下鱼苗的季节还要再等等，他只见到一些耐过了寒冬的浮游植物。雾霾在这个冬季从北方飘到了南方，天沉了整整一冬，像极了个老太太，她涣散的瞳仁戳着你的脑门而不是后背。羽儿翻过身子，青山瓦屋浮在水面，朱医生薄得像一页纸，朝白果树走去。羽儿的下巴长出了一片腮，他似乎能像条鱼似的呼吸，冒出的气泡咕噜噜朝天上蹿。

这是羽儿今年第一次下水，他再也想不出什么法子躲开朱医生。

那是在五年前了，春妹让他到门外坐着，那时候还下着雨。他紧紧地贴着墙，雨珠子恰好从鼻梁滑过；朱医生从门里出来，他懦懦然侧过头去望朱医生，那个像是从旧画报里蹦出来的先生。春妹在屋里喊："朱医生，拿伞。"羽儿见到他往里挪了一步，雨滴还在往下落，羽儿的眼睛不住地闪；朱医生忽然往雨中奔去，跌了一跤，又是一跤。羽儿和朱医生有了默契，临推门，朱医生说："春妹，莫送。"话道给门外的羽儿听。羽儿的头别过去，两排绵延的围墙把巷子挤得窄窄的，羽儿少时两手撑住两面墙，浮个脑袋上去看对家院坝里刚产出的幼狗；院坝里传出的吠声如今苍老了许多，吠声的间歇是朱医生的步子，愈来愈远，羽儿才回屋去，关上门。可羽儿体弱，长河扁只有一个朱医生，害的小病，咬咬牙便过去了。父亲去世那年，羽儿常无缘无故地扑到地上去，他感到身上被人压着，路人见他在地上抽搐，赶紧去叫朱医生，朱医生将羽儿抱在怀里，羽儿听见他的胸腔里一阵又一阵闷响。在朱医生的铺子里躺了半天，羽儿总闭着眼睛，春妹把朱医生推到门外问："害的病大吗？"朱医生却笑道："吓成这样子。"好一阵儿没有声响，春妹轻描淡写地说："该收着点儿，你女人在洗衣裳。"朱医生说："羽儿这是劳累的。"春妹说："达才走的这些日子，羽儿晚上歇不着。"春妹又把门掩拢些，"达才走后，羽儿告诉我，达才守在院里。他出门，达才在身后跟着他，达才走得累了，爬上他的背，他背着达才走，哪里背得动，一个趔趄栽了下去。"朱医生慌张地说："讲胡话，羽儿脑袋缺氧了。"

春妹问："要是达才还留住在屋里，我俩……"朱医生打断了话，"进去看看羽儿吧。"羽儿在那个下午趁着春妹和朱医生都不在，翻窗逃了出去，他想起了达才，达才精神的时候带他到长河游泳，在自己身上套个绳套，另一端系在羽儿躺着的轮胎上，达才在前面凫水，羽儿躺着，朝前面打水，唤马儿似的又是喊"驾"又是喊"吁"。

羽儿走了几步，把身子蹲了下去，"达才，上来吧。"后来朱医生碰到羽儿，他本想张口说些什么，羽儿感到他在看着自己，把目光聚到朱医生的那双脚上，它们顿了会儿，又离开了。可怕的默契。朱医生走后，家里多了几包药，春妹为羽儿熬了几日，仍不见好转，羽儿索性避开春妹，把那药全倒进茅坑去了。

羽儿的病吓到春妹是在一个寂静的夜，一个能听见血液在皮肤下流淌的夜里，羽儿忽然喊着春妹，她醒来后发现羽儿的声音已经嘶哑，急急地跑到羽儿的房间。羽儿睡在床上，眼睛盯着屋顶，"娘，我听见爹在磨刀。"春妹只道了些慰藉的话，拍打羽儿的后背，达才的模样挂在梁上，时而模糊时而清晰。她回屋，却再也睡不着，霍霍的磨刀声游走在耳畔。天方亮，春妹告诫羽儿今日莫乱跑，往廻龙庙去了。廻龙庙的仙娘正监督着画工描佛像，春妹买了香烛，在廻龙爷前鞠躬作揖。仙娘问她为何事而来。春妹答，为达才的事。画工的笔一抖，廻龙爷的眉毛歪了出去，仙娘让他停了下来，问春妹："达才又回了?"春妹说："羽儿见到他了。"仙娘哀叹道："再装怪只能作孤魂野鬼啰。"她在香炉里撮出纸灰，装进袋里，"达才有挂念，舍不得羽儿。"春妹拎着袋子离开，她也留意到画工和仙娘的眼神儿，怨自己不争气，更怨达才不争气，他要能多活些年，咋轮得到朱医生? 袋子里的纸灰泡汤喂羽儿，喝了便看不见达才了，达才在地府里的日子不好过吧，要么他咋赖在世上不走嘞?

穿过廻龙庙的树林，春妹回身看了眼，这是达才刚查出病时种下的。人枯了，树却越长越茂盛。羽儿喝了仙娘的汤，身体变得轻盈了，可走着走着，还蹲下去等着达才上背。达才离他远了，他看到了达才在远处的样儿，不敢靠近他，可怜兮兮的。再后来，羽儿的身体开始发育了，喉咙里堵了颗石头，传出的声音是羽儿陌生的；乳头像是要喷出乳汁来，胀得厉害；生殖器如春笋破土，龟头长出一只细长的眼；骨骼在膨胀，把皮肤顶得像凹凸不平的地表。

羽儿在它们的攻势下，不知所措，他吓得哭了。达才并没有走，羽儿在镜子里看见了达才，那个方圆十几里最好的泥水匠，正用他熟悉的活儿在羽儿的身上重塑一个自己。

从塘里起来，穿上衣服，羽儿沿着长河往下走，杨柳抽出的芽儿会在数月后像个少妇似的招展。长河扁的少年把它们折下来，盘作环，套在头上，水面将漂浮着一颗颗戴着柳枝的脑袋。芽儿正忙着生长，它们迷恋着少年。羽儿往下走，也许不小心走到天上去了，水面接着天，落阳总钻进长河的肚子里，晨光带着长河的气息。在下游，住着个叫红琴的女孩儿，一户水上人家的女儿，红琴进学堂晚，一对辫子吸引着羽儿，她母亲的手得有多巧多勤快才能编出这细长的辫子。红琴的话很少，除非老师提问题，否则下课几乎不开腔。这样的女孩儿更容易招男孩儿的攻击。先说红琴是个没妈的娃，红琴也只是听着；又说红琴的爹运河沙，生意不好做，留在了长河扁，要么她咋不讲话，口音怪得很，红琴只是听着；男孩们见红琴既不哭也不闹，变本加厉，连她的爹也不是亲爹了。羽儿坐得远远的，看着红琴。她的下巴搁在手背上，手背垫在桌上，任男孩在她周围如何奚落，她把眼鼓得圆圆的。羽儿想，或许真是个外地人，倒还好。羽儿发现放学后红琴还待在那里不走，羽儿躲在门外瞅着，红琴的脸躲进了胳膊肘，留下一对辫子在摆动。

因为春妹与朱医生的关系，红琴的遭遇很快也落到了羽儿身上，羽儿在那些讲闲话的男孩儿中调出了一个，从书包里拿出砖头，狠狠地敲到了他头上。羽儿被开除那天，红琴逃了课跟着他到了长河边，红琴说："那天你躲在门外。"羽儿吃了一惊。她说："我叫红琴。"羽儿不知道自己所听到的到底是红琴，还是红琪。红琴是一户水上人家的女儿，家乃一只船，船即是家。羽儿看到的是空空的桩子，红琴一家取了纤绳，又往下漂走了。羽儿站在泊船的岸边，在河石坝上有燃过了的柴火垛，春妹告诫羽儿莫朝这边跑，小心被拐到船上当船夫去。那红琴的父亲未必是她父亲，红琴许是遭拐上船当小媳妇的。羽儿赌气似的抱起一块大石头，砸向桩子，它闷声一响，长河尽头的红琴却听不见。

"船沉在归途，归途还是随波逐流？她择一束水草，水呀，逆流吧，漂到驻足过的滩，滩上有男儿正等候。"

羽儿回家不作响地把屋门掩上。

春妹在外面有一声无一声地道："冷到寒食热到秋，哪有这几天就下水的，冻害了，又一副要死不活的模样。"

羽儿的脑袋钻进铺盖，春妹那么一说，他还真感到头有些胀痛。

春妹又道："你还是该找个学堂，把书续上，荡着不是办法。可惜长河扁只一所学校，要么找你二爸想想办法。"二爸在镇上打饼子，能想出什么办法，无非是要寄住到他家，去镇上学校念书。

羽儿把铺盖掀开，"不念了，找个师傅学活路，做泥水匠。"

春妹推开门，递进来一条暖毛巾，敷在羽儿额头上。"你爹做的是泥水匠，能有个啥出息？"

羽儿不知道嘀咕了些什么，睡着了。

从长河扁去镇上要渡河，还要行十里路，乌压压的云盖在头上，羽儿在前面走，春妹跟后头。过坟茔的时候，羽儿的眼泪忽然淌了下来，止不住地抽泣。羽儿说他想达才了，不是想达才的样儿，是想达才的坟。羽儿指着路边的坟茔，上面的草荒了一个冬。

春妹说，人葬进了土，便化作了泥。羽儿听见脚把土地踩得咯吱响，就走得轻些。

　　进了镇子，春妹在货郎那儿购了些香膏，径直朝二爸那儿走去，老远就听见面团打在木板上的声音。叩了几下门，稀开一道缝，屋里黑黢黢的，二娘探出了一张脸，见是春妹和羽儿，让出道儿请进了母子俩。二娘往里面引："还以为是哪个？咋找到这里来了。"羽儿想起还未招呼，补了一声："二娘早。"春妹答道："二哥还打饼？"二娘讥诮道："不打饼吃啥子？"二爸走了出来，羽儿吓了一跳，二爸跟达才长得真真像，二爸成亲那会儿，达才还打趣二娘，夜里莫抱拐了。

　　在堂屋里拾掇出一片空地方，二爸洗手换身衣裳，二娘掺了两杯茶，羽儿觉得这屋子太闷，眼睛瞅着墙上的旧挂历。

　　"他二爸，他二娘，打搅你们了。"

　　"说的啥子话。"

　　"达才眨眼去了五年了。"

　　"那会儿，羽儿才九岁。"

　　"一晃，我们也有五年不见了。"

　　"还不是你舍不得往我们这儿。"

　　"铺子做着生意，我来不是添乱吗。"

　　"今后常走动就是。"

　　"常走动。羽儿今年十四了。"

　　"男娃子长两年都不敢认啰，羽儿念初中了吧。"

　　"说的正是这个，羽儿没念书了。"

　　"咋？娃娃这么小，哪能不念书？！调皮，肯定是调皮。"

　　"调皮些倒好，调皮娃儿机灵嘛。他不明不白遭学堂老师开除了。"

　　"羽儿，你来讲讲究竟为啥子？"

　　羽儿盯着挂历正出神，冷不丁被问到这个问题，更不知如何回答。

"他经不起别个娃娃奚落，敲了人家一砖头，道了歉，敷了汤药，学堂还是不留他。"

"奚落啥子？"

"还不是那流言。"

二娘还要张嘴问，二爸啐了口茶，二娘又把话吞了回去。

春妹继续道："像你说的，不念书能干啥，可长河扁只有一所学堂。"春妹拿手肘抵了羽儿一下："你说是不？"羽儿茫然地点点头。"羽儿说，镇子上还有学堂，我想过，且不说路远，那渡口也不是我家开的，说走能走，说回能回？羽儿又说，二爸不住在镇上吗？"

屋里顿时像被谁偷走了声音，只有羽儿听见了挂历上有只虫子在爬行，那幅旧挂历正是达才走的年份，上面的钉子还是达才敲进去的。羽儿说他想去趟茅房，二爸的灰面桶子搁在茅房外，羽儿把它拎进茅房去，脱下裤子，尿柱子在灰面里冲了个坑。

临走，二爸才起身说了句话："哥儿人是走了，他的弟兄还在，有些人不仅撕了哥儿的脸，连他弟兄的脸也撕了。"

春妹只顾埋头走，羽儿看到她的肩膀在抽动，他从未这样安静地看着他娘。这个女人仿佛是从地里长出来的，白果树是她爹，杨柳是她的姊妹，风一吹，就摇晃。羽儿见到她的脚成了根，腰成了干，手成了枝，发成了叶，屁股和胸是树皮上的疙瘩，还有鸟儿在那里筑窝。窝里的鸟蛋啄出一张红润的嘴，鸟翼张开，闭上，张开，闭上，飞了出来，扑腾进羽儿的心里。

达才对羽儿说："要像个男子汉，男人天生是女人的撑子。"达才的虎口掐着羽儿的腕，这双拿凿子的手磨得像岩石般粗硬。

达才拿上工具出门，春妹送了又送，羽儿喘个不停。"不送了，又不是第一次出门，那边开的工价顶我在这儿干一年了，做完这趟活儿，准备长歇段时间，让朱医生抓些药治治，你跟他讲，屙不出尿，手脚

214

肿，弓腰便直不上来。"春妹点头应："晓得了，羽儿体你，病秧儿。夜里早歇，拿开水烫手脚。"母子俩立岸上瞧着达才渡河，走远。羽儿后来的梦里常出现这一幕，惊得他一身凉汗，达才渡了河，影子步步朝土里走。

朱医生还真给达才送药来了，药搓成了一粒粒的丸子，朱医生嘱咐一日嚼三五粒，这种病只能养，医不好。羽儿把药收了起来。朱医生问："达才是又出去了？哪里还能劳累！"收了春妹的钱，唉声叹气地离开。

可惜了好一副丸药，达才都没来得及尝一口。达才被抬回来的时候，只剩一口气。春妹扑在他身上哭，直到落气，他身上还留着被春妹压出的白印子。达才要羽儿过去，羽儿以为他会交代几句，看到他浮肿的脸一阵儿通红，然后血色一点点往皮肤深处沉，沉到骨头里，达才闭上了眼睛。羽儿又去摸了摸那双手，已经没有力道了，他掐了一把达才的腕子，达才会对他讲什么呢？

羽儿回头在人群里找一双眼睛，他晓得，这双眼睛一定会出现，就像达才出远门时候，每个夜里都会出现在院坝外。

"娘，你等等。"

春妹停下来，擦眼角转过身子。

"要么去朱医生铺子上打下手。"

"朱医生开的是药铺子，哪肯要你！"

"谁让他天天往我家跑。"

"胡讲些啥子？"春妹的腮上绯红，睨了羽儿一眼。

羽儿跨到春妹的身前去，要是让春妹看到自己身上的变化可不好，真不好！羽儿抬头笑，云贴着鼻子，棉花般的味道。他吟诵着在学堂里学到的诗歌："慈母手中线，游子身上衣。临行密密缝，意恐迟迟归。谁言寸草心，报得三春晖。"

下

冯梦龙的《情史》里有个《杨越渔》的故事：越渔者，杨翁女也，容貌美丽。为诗不过两句，或问："何不终篇？"答曰："无奈情思缠绕，至两句，即思乱不胜。"有谢生求娶。父曰："吾女宜配公卿。"谢曰："谚曰：'少女少郎，相乐不忘。少女老翁，苦乐不同。'安有少年公卿耶？"翁曰："吾女词多两句，子能续之，而称其意，则妻矣。"遂以女诗示谢。女诗云："珠帘半床月，青竹满林风。"谢续云："何事今宵景，无人解与同。"又诗云："春尽花随尽，其如自是花。"谢续云："从来说花意，不过此容华。"女览诗，叹曰："天生吾夫也！"遂为夫妇。多引泛江湖，唱和为乐。后七年春日，杨忽题诗二句云："明月易亏轮，好花难恋春。"谢讶曰："何故作此不祥语？"女曰："君且续之。"谢应声云："常将花月恨，并作可怜人。"女曰："逝水难驻，千万自保！"即以首枕生膝而逝。

朱医生对春妹讲："长河扁有个花姑，貌娇美，男子见之，纷纷托人说媒，任达官显贵，花姑无动于衷。及至上头，花姑竟去了山上丰都庙，寻个叫慧觉的和尚。原来花姑年幼时，在长河戏水，误入河深处，和尚恰巧路过，把花姑从水中救起，花姑只记得和尚法号慧觉。慧觉避而不见，花姑坐了几日，花姑说：'慧觉将我从水中救起，却又不肯见我，若花姑又落了水，慧生是救还是不救？'花姑步步向河心去，立于水面而不沉，万籁无声，唯慧生的木鱼敲不停，花姑落下一滴泪，河水突涨，一个浪子把花姑吞了去。"

杨翁女无人解与同，得谢生，幸也。花姑心思藏了十余载，遇慧觉，幸哉？女人多作糊涂仙，四川人称熬日子，达才初遇春妹，着一身脏衣裳，春妹心里想：谁要跟这男人过一辈子，邋遢死了。达才去了，春妹想到当初的念头，几分欷歔几分嗤笑，可惜月老偏爱吃墨水的文人，这普通人的情事土埋了水淹了，留作闲谈的话头话尾，活在别人嘴边。又譬如朱医生这两口子，夫人长一对招风耳，捡着细丫便朝耳朵里戳，织毛衣的针签捅破了耳膜，不闻声，朱医生的满肚子旧诗只能吟给墙壁听，倒也好，他与春妹的耳语情话，也只有他俩才知了。

羽儿到朱医生的铺子打下手，初去时，老觉得身后有双眼睛看着，是朱医生的夫人。这女人耳朵不好，只能拿眼睛盯着，好似眼睛也能弥补耳朵的不足。朱医生常斥她几声："做你事情去，挡脚绊爪。"羽儿后来才晓得，这女人的父亲是朱医生的老师，药铺子的学问和本钱，都是从女人父亲那儿讨来的。女人的记忆力又好得惊人，瞟一眼处方，便知哪味药在哪个柜子，朱医生只需望闻问切，提笔开处方，省了不少工夫。羽儿来后，朱医生有意培养他似的，或要冷落女人，把药的位置告与羽儿，教他认草书，羽儿下苦功，药柜子熟悉了，不认识的字朱医生也乐意解释，女人便闲了下来，闲下来只能拿眼睛盯着。

要说朱医生与春妹的伎俩女人一丝不晓得，那是谎话。朱医生何时出门，何时归，掐指一算，难道女人还不知道他的功夫？女人多做糊涂仙，日子是熬出来的，就像罐子里的中药。羽儿却遭殃，在朱医生家里得吃饭，女人替他端上碗来，一口下去，嘴皮子被碗沿的缺口划了一道伤。羽儿看着女人的眼睛，知道她有很多问题要问，可惜耳朵不好使，语言也退步了，支离破碎地道出来，羽儿总是笑一笑，张嘴而不发声，急得女人捂着耳朵在房里打转。

白果树冒绿尖，叶把儿生出一串蓓蕾，像是长出了一串女性生殖器，长河扁的女人路过白果树，不禁都往下面摸一摸，害怕真被造物主挪了上去。到了清明前后，蓓蕾翻成一朵紫色的花儿，美极了！在花开前一夜，羽儿见到了朱医生女人的阴唇。时值清明，扫墓归来，朱医生已等着春妹，春妹嘴里说："今天？不好吧，达才还没走远嘞。"女人的父亲（朱医生的老师）来住了几日，朱医生像头饿坏的狼。羽儿知趣地往朱医生铺子走去，路上他浑身都软塌塌的，想找块石头靠一靠，临进门，便在白果树下打了个盹。梦里压在春妹身上的男人既像是朱医生又像是达才，后来他觉得像自己，或者自己像达才。等到睁眼，他听见朱医生的女人在拿眼睛喊他，"羽儿，羽儿。"羽儿告诉她，朱医生和达才和春妹一起躺床上。女人问："你呢？"羽儿说："我以为我也躺在那里。"女人引着羽儿回到铺子里，坐在朱医生开处方的凳子上，羽儿早看见女人没穿内裤，女人褪下裤子，把阴唇翻开，从里面长出了一朵紫色的花儿。

羽儿回忆起自己和达才究竟有多像，达才在世的最后几年，他已经直不起腰，羽儿总想把手放到达才脑袋上，抚摸一个孩子般，可他忌惮达才手里的锤子随时会敲到他头上。羽儿唯一一次把达才揽进怀里，达才在那里缩成了一团，急促的呼吸，抖动的身子，羽儿以为自己才是他父亲，摸到那一脸的络腮胡，猛然一惊。

春妹说："朱医生咋不早些对我好呢？"

羽儿说："朱医生娶的是他的丈人。"

春妹说："若朱医生不去念书呢？"

羽儿说："那他还是朱医生吗？"

羽儿问："达才和你咋好上的？"

春妹说："隔久了，忘了。"

羽儿说："达才把他的地给了疯舅舅，要有地，达才不会去学泥水活儿，达才也就不会害病。"

羽儿说："我也会这么做的。"

像是在暗处点着了一盆火，火势在大地上蔓延开去。羽儿早晨起来

218

开始冒汗，朱医生的女人咿咿呀呀唤他起床吃饭。吃饭的时候羽儿接过碗，发现女人悄悄换了一只，女人还老拿余光瞥他，羽儿正犹豫要不要把事情告诉朱医生。朱医生丢了筷子，去院里劈柴；羽儿看着他出了门，回眼却见呆呆的女人。羽儿吓得叫了一声，可是他并没有听见声音，于是又叫了一声。聋的不是女人，是羽儿，整个世界都把他遗弃了。朱医生手里的斧头一下下劈向柴火；女人一把抓住他的手，摁在她的胯下，女人忽然说道："要出人命了。"羽儿一把抽出了自己的手，他要逃回家，逃到达才身边，他嘴里不住地喊："达才。"出口却成了："春妹。"还是没有人听见。

雪山融化了，冰块彼此撞击，顺着河道奔跑，长河像个发育的男孩，或是发情的妇人，要挣脱堤坝的束缚，一切都悄然地来，悄然地去。"要出人命了！"是女人性高潮时的感叹，还是女人的谶语。百虫喧闹，叶子绿了，不经意地轮回。

当春妹趴在羽儿的背上时，她想起了达才。那是达才的初夏。她感到肠子断成了一截截，倒在地上不省人事；春妹的父亲喊来达才，达才把春妹搭到背上，她在达才的背上听到羽毛轻飘飘落到草原，一片广袤的草原。达才轻轻对她说："白果树下就是朱医生的药铺子，到了。"这是羽儿的初夏，春妹见到朱医生吊在白果树上，在他的身下是躺着的老刘，和立着的听不见声音的女人。春妹被羽儿搭上背，她在羽儿的背上听到草原有雄鹰飞过，有兔子穿行，那片广袤的草原。羽儿轻轻对她说："春妹，羽儿带你走，白果树在身后。"

羽儿发觉女人临朱医生的处方是在春妹进朱医生房门之时。女人见了春妹只是笑，春妹喊她，姐姐。女人的一对招风耳，颤了颤，笑容僵在那儿。春妹问朱医生："女人耳朵是真聋了？"朱医生便扭头去骂："傻婆娘。"女人还是笑。春妹说："她兴许听见了，笑得真古怪。"春妹睡在空出的房间里，那房间是为病人备的。女人聋的是耳朵，不是脑子，她哪会猜不出，母子俩一前一后住进来的意图。可女人却对春妹好得很，熬的汤、炖的鸡，送到春妹的房里，送进春妹的嘴里。春妹还是说，女人的笑真古怪。羽儿在夜里要听见两阵脚步，朱医生和女人的，朱医生的脚步拐进春妹的房里，女人的脚步在春妹的房门口停了停，又拐进羽儿这边。羽儿渐渐能从女人模糊声叫中分辨出话语，女人只重复着一句话。

羽儿去农家收草药，别人问他："住朱医生家里？"羽儿答："给朱医生做学徒。"又问："春妹也住那儿？"羽儿掏了钱，把草药塞进背篓。"朱医生福气好呀。"男人们更是仗着朱医生女人的耳朵听不见，肆意地冲她大笑，朱医生对春妹的态度却一点儿也没变。羽儿也糊涂了，倘若女人真会讲话，定要喊春妹作妹妹。羽儿只是发觉女人临朱医生的处方更用功了，那笔迹看来是一模样，是女人实在闲来无事吧。

白果树的叶子渐渐伸上了瓦，下暴雨的时候，羽儿听见它的嘲笑，羽儿只能在天晴的时候才能坐到树下去细细聆听，阳光落到叶片上，叶片卷曲发出嘶嘶声，吓得羽儿赶紧逃回屋，他把自己裹进被子里，捂住耳朵，达才的身体膨胀，发出的也是那嘶嘶的呻吟。

就是在那个下午，老刘来到了朱医生的药铺。春妹摆好凳子，朱医生在叫羽儿，羽儿不应声，女人默默地走到药柜旁。朱医生要老刘支手，在那张桌子上，朱医生把过长河扁所有人的脉，无论是汉子还是女子，走到他面前，他总是先听到他们脉搏跳动的声音。朱医生的笔在方子上画过，羽儿听到女人重复那句话，然后接过了方子，熟悉地打开每一个抽屉，女人的手巧，抓出的药放进秤盘相差不出一钱。朱医生进了羽儿的房间。女人把药包好。朱医生问羽儿："咋个了？染热伤风了？"春妹上前揭开被子，摸羽儿的额头。羽儿想要说话，但他感到被人捂住了嘴，他要告诉朱医生，要告诉春妹，女人正重复着那句话，但他想起了白果树上开出的花，想起了女人阴唇里开出的花。春妹在他的眼睛里又见到了达才，和达才一样的眼神。春妹怒斥道："达才，莫闹。"羽儿听到老刘拿起药，放进了包裹，迈出了铺子的门。女人扶在门框上看着他。羽儿看不出春妹和女人究竟有哪些相像，可是俩人的面孔就在他的眼前晃呀晃，春妹脸上的绯红，女人的脸上绯红，前者是在从二爸家出来的时候，后者是坐在他身上的时候。羽儿沉到了塘底，拇指抠住布满泥淖的塘底。

达才下葬，众人正往坟里填土，朱医生着急忙慌地跑来，手里拿着四包药，他说达才的药还没服完，别在地府里做个病鬼。春妹年三十给达才上香，朱医生拎来祛寒的药；清明给达才拎来通肝的药；到了七月半，又成了降火的药。春妹说，倒吃成个病鬼了。朱医生便同春妹念起达才的好，夸赞达才老实能干。春妹请求羽儿的原谅，朱医生越是对达才好，她在朱医生身前越感到无力，像是被人抽去脊骨般。

羽儿在睡梦中，被一阵踹门声闹醒。太阳刚好露出半个头，女人拉开门，人群拥进来。羽儿起床时，看到的是朱医生狼狈的样子，以及老刘平静地躺在白果树下，羽儿走到老刘身前，被抬尸人一把推开。朱医生的鼻子撞破了，从伤口淌出的血染红了他的衣襟。朱医生站起来，他睡眼惺忪，又一拳打上来，他的脑袋撞到墙上，女人伸出手要阻拦人群，她没法听见他们的辱骂，只把身子挡在朱医生前。朱医生回过神，冲着春妹的房间大喊："快跑！"可怜的女人挡在朱医生前面，她听不见。羽儿跑进了春妹的屋子，羽儿要春妹从窗户翻出去。春妹惊慌地问："出啥子事了？"脚步朝屋子走来，羽儿说："老刘服朱医生的药，死了，找上门了。"春妹一跃，往草丛里逃。羽儿看着她的身影，笑了笑，他的后背猛遭一击。

人死后，魂出窍，轻飘飘地浮在天上，达才浮在天上，老刘浮在天上，他们看到朱医生在处方里掐着，在逐字寻，瞄见"马前子"，他说："该是'车前子'呀。""我写错了，是我写错了。"朱医生把方子递到人群中，亮给他们看，马前子该是车前子呀。"扑通"跪了下去。

没人注意到女人上了哪儿，她从厨房里取出一把刀来，挥舞着向他们砍去。抬尸人架起架子一路奔，留下话儿，这事情没完，明早再来。老刘家的蛮横是都晓得的，受罪的是老刘的尸体，待个三五天，怕是生蛆发臭了，老刘家仅是为了讨安葬费。可朱医生却绕不过这一关。

女人沉默着，等待那一刻的到来。

春妹在羽儿的背上，她的腿搭在羽儿的盆骨上。羽儿说："春妹，羽儿带你走，白果树在后头。"

春妹问："朱医生死了？"

羽儿说："朱医生挂在白果树上，老刘躺在地上，他女人在重复着那句话，她想找我嘞。"

春妹似乎在说："嫁不出去了，再也嫁不出去了。"

他答道："嫁不出去了，我们上山找达才去。"

元稹悼亡妻韦丛，作：曾经沧海难为水，除却巫山不是云。取次花丛懒回顾，半缘修道半缘君。考其一生，究竟是伪君子滥情，抑或情乃无本之木。

晚炊长又长，芦苇深，泥路向何去？妇人在，红杏探墙，觅不得，怨郎不归。晚炊长又长，芦苇深，泥路向何去？春夏复又来，闺房空，望故人，丘上满蓬蒿。

周恺说：成人的一切行为，都能在童年找到源头。

一切东西都有其两面，阴影除外。

via 阿摩司·奥兹 《地下室里的黑豹》

刀 臀

路内/作家

　　每当我想到自己的十七岁，除了大飞、花裤子、飞机头这几个亲密混蛋之外，除了那些姑娘之外，还有一个人总是会被记起，那就是刀把五。我之所以记得他，并不是因为和他有感情，也不是因为他欠了我的钱，而是因为他傻。这辈子我遇到的傻犊够多了，他们全部加起来，晒一晒榨成汁，其浓度还是比不上刀把五。

　　他一直以为自己的绰号是"刀疤五"，出去泡女孩，他会叮嘱我们一定要喊他的绰号。因为这个傻瓜的学名非常土，土得我都不想说，一说出来就会让女孩们笑翻。他喜欢这个绰号，但他并不知道，"刀把五"是个围棋术语，它代表着一种死棋，会被对手点死的那种。

　　最初只有一条刀疤，在他手背上，他喜欢这条刀疤就像可可喜欢她的珊瑚手串。他对我们吹嘘说，这条刀疤是他在初中二年级时的一起斗殴中留下的纪念品，对手是一个成年的老流氓，他虽然没有打赢，但也把老流氓的鼻子打破了。他还说，老流氓拿出了一把匕首，企图割开他的颈部大动脉，他用手挡了一下；如果不是这一下他就会死掉，动脉里的血会一直喷到屋顶上去。

　　每当他讲起这一刀的时候，我们都很害怕。我们怕挨刀子，虽然我们是技校生，每天在外面惹是生非像十三太保横练一样刀枪不入，但这只是一种猜测，一种恶意的幻觉。我们也是凡人，练好腹肌是为了对付女孩，而不是刀子。

而我们的刀把五，他不太一样，他真的不怕。他说自己是个嗜血的男人，喜欢身上有疤。有一次他和大飞在教室里吵了起来，他一拳打碎了窗玻璃，大飞早就跳到窗台上去了，像壁虎那样打算往天花板上爬。刀把五说："大飞，我要杀了你！"举着受伤的右拳，那上面全是他自己的血，他舔了一口。大飞彻底认输，大喊："快把这个疯子拉走，拉走！"

第一个学期体育课，跑八百米，刀把五跑了全班倒数第一。我们班四十个男生，连最孱弱的昊逼和小癫都赢了他。幸亏没有女生，否则他会输得更难看。后来我们知道刀把五是个平脚底，而且他腿短，这让我们笑了很久。嗜血的男人，是他妈的残废。尽管他举着那只有疤的手，在高年级女生那儿晃悠，表示他也是个可以依赖的男人，但是他腿短，腿短腿短腿短。谁会喜欢一个腿短的杀人狂呢？

我们最钟爱的学姐可可，她属于另一个小集团，她不太和我们玩。这完全可以理解。她进化工技校，首先被高年级的男生玩一轮，然后这帮人毕业了，她被本年级的男生玩一轮。本来没我们这一届什么事，但是上帝作证，我们这届没一个女生，四十个男人啊，他妈的每到下课时，女厕所冷冷清清的，男厕所里挤满了人。这正常吗？我们泡可可简直天经地义，不然我们去泡女老师好了。

轮到我们手里，可可已经被玩过三轮了。大飞十分看不上可可，说她是破鞋。为了这句话，刀把五又要和他拼命。我也觉得这么说可可不太好，在我看来她是个骄傲中带有温柔的调皮小姐姐，"破鞋"这种称谓太过时了，况且大飞并没有泡上她呢。

她那串珊瑚手串是红色的，在她的手腕上，冷不丁看上去像血痕，以为她割脉了。她并不经常戴，只有在心情很好的日子里，它才会出现一下。如果是夏天，她穿着短袖连衣裙，它会显得非常醒目，让女人发狂。如果不是夏天，她穿着长袖的衣服，它会若隐若现，让男人发痴。有一次我们在一起玩，我想摸一下手串，她竟然急了，要抽我。这时刀把五跳了过来，揪住我脖子警告道："记住，永远不要染指可可的手串。"

我去他妈的，他竟然用了"染指"这个词。

可可说："刀把五，过来，我给你摸一下。"

大飞阴阳怪气地说："摸哪儿呀？"

于是刀把五又冲过去和大飞打了起来。我不得不说，虽然刀把五是个满嘴脏话、四肢发达的混蛋，但他对可可是真心的，把她奉为女神一样。后来大飞说："他妈的，什么女神，最多是个手淫女神吧？"这话要是让刀把五知道了，大飞真的会死掉。

我一直记得轻工职校和我们班之间发生的那场斗殴，就是因为我们在街上看到两个该校的学生调戏可可。为了拯救她，为了让她知道自己已经轮到我们手里，我们全都扑了上去，企图打扁那两个倒霉蛋。但是我们还没来得及动手，刀把五已经抡起砖头，把其中一个打得满脸开花，并且让另一个跪在可可面前，用欧洲绅士的方式道歉。可可吓疯了，说这要闯大祸。第二天，一百多个人冲进我们学校，见一个打一个，凡是不走运的都被揍了。

刀把五也被揍了，他满脸是伤，挨了一个处分。然后他放出话来，要找两百个人去踏平轻工职校。那个时候，可可已经不打算和他有任何瓜葛了。

"他到底是什么人？神经病吗？"可可问。

"他就是这样的，内分泌失常，控制不住自己。"飞机头说，"他以为自己是个英雄。"

"他会给我惹大麻烦的。"可可嚷道,"他说为了我他连大出血死掉都不怕!"

飞机头从来不信这种话,说:"喊,我只见过大出血死掉的女人。"

可可走了。我们都不以为然,觉得刀把五坏了事,反而是大飞说:"刀把五固然是个傻冒,但他毕竟为了可可挨了一顿打,如果没有我们救可可,她在街上就被人摸了胸,现在反过来说刀把五是神经病。我觉得这个女人才是个神经病。我对她失望极了。"

后来刀把五也没找到两百个人,他狂暴起来一个能顶两百个,他为什么不独自冲到轻工职校,单挑所有人,然后大出血死掉?这样可可就会永远记得他。这样他就活在可可心里,永远十七岁,或者变成她珊瑚手串上的一粒珠子,永远血红色。

在狂暴或倒霉的日子里也会有风平浪静的时刻,有那么几个月,周围既没有暴徒也没有女孩,我们就只能打打麻将,聊以度日。打麻将的时候我们会谈起闹闹啊、冰冰啊、闷闷啊,这些女孩,但我们不谈可可,免得刀把五发狂。

打麻将,我们通常都在大飞家里,后来有一天,刀把五邀请我们去他家。其实他不太会玩麻将,他连电子游戏都搞不来,任何玩的东西他都不太擅长,除了玩命。为了照顾他的自尊心,我们还是去了。

在他家里,我们遇到了他的爸爸,一位钳工,胳膊非常粗,长了个菜刀头。我们私下里就喊他菜刀头。菜刀头很热情,不但招呼我们开桌玩麻将,还给我们一人发了一根红塔山。他也不会打麻将,在一边看着,感受到自己的儿子很有号召力,他也很得意。后来发现我们是真的来钱的,他生气了,很严肃地告诉我们:"青少年不能赌博!"

"青少年不能干的事情多啦,也不能抽烟啊。"我说。

菜刀头说:"抽烟嘛,你们迟早都得学会的。但赌博是不允许的,就算你们结了婚,你们的女人也不会同意的。"

我们就说:"叔叔,行了,我们不来钱了,随便玩玩。"

菜刀头说:"你们要学好。"

我们说:"是的是的,叔叔。"

刀把五出去买啤酒,我们就一边打麻将,一边和菜刀头谈论着青少年道德品质的问题。我也搞不清菜刀头的观点,一会儿他怂恿我们抽烟,一会儿他说打架是流氓行为,一会儿他又说如果刀把五在外面为非作歹,他就打死这个独养儿子。我们越听越不明白,后来我们都认为,刀把五的神经质是从菜刀头那儿遗传的。

我们说起了刀把五手上的刀疤,一方面是夸奖他勇猛不怕死,另一方面也提醒一下菜刀头,他儿子并不是什么善类。谁知道菜刀头大笑起来。

"那一刀是我砍的!"

"什么?"我们一起大喊起来。

菜刀头说:"他念初中的时候,有一天旷课,我抡起菜刀砍在他手上。就这样喽。"

飞机头摇头说:"我从来没听说过老爸用菜刀砍儿子的。"

菜刀头说:"那次我气坏了。中学生是不可以旷课的,对吗?他念小学的时候成绩很好,我本来以为他能考大学的。可是他旷课,只考上了化工技校,以后他也会是个钳工。"

大飞说:"你现在还提小学时候的事情干吗呢?我小学时候还是班干部呢。我们所有的人,将来都会是钳工。"

这时刀把五回来了,他抱着一箱啤酒,听见了菜刀头的埋怨。他放下啤酒走过来,隔着麻将桌瞪着菜刀头。菜刀头浑然不觉。我说:"原来你手上一刀是你爸砍的,你骗我们不要紧,怎么能骗可可呢?可可是你最欣赏的女人啊。"这时大飞站了起来,很识趣地退到一边。我一看刀把五的脸色,也赶紧往后面退。刀把五已经扑向菜刀头,隔着麻将桌，骂了两百多声"他妈的"。菜刀头大怒，抢起凳子照着刀把五脑袋上乱打。麻将像焰火一样四处溅开，我们一会儿劝刀把五，一会儿劝菜刀头，后来他们一直打到了阳台上。很显然，刀把五长大了，他完全可以对付菜刀头。我们退到后面看热闹，直到刀把五真的把菜刀头揍趴下，飞机头才说："我从来没见过儿子敢这么打爸爸的。"

糗事传千里，而且是一日之间。每个人都知道，刀把五的刀疤，是他爸爸砍的。可可坐在儿童乐园的木马上，吃着冰淇淋，笑得前仰后合。可可说："你们这个年纪的小男孩哪，最爱吹牛皮。"

刀把五背着书包来上学，看到无数异样的、嘲笑的目光，他什么都没说。这次他不打算和任何人打架，也找不到人可打。他抚摸着手背上的刀疤，坐在窗口喃喃地说："我会让你们知道厉害的。"

于是可可继续笑，笑得从木马上掉了下来。

两个月后，有四个女流氓来到化工技校门口，她们也吃着冰淇淋，她们中间有高的矮的、胖的瘦的、好看的难看的。好死不死，可可戴着她的珊瑚手串，背着书包上学，在离学校五十米的一条窄巷里遇到了四个女流氓。那些人揪住她，问："你就是可可？"

可可说："我不是。"

那四个女流氓说："放屁，你都戴着红珊瑚手串了，你还不是可可？"她们一人给了可可一个耳光，然后从她手腕上撸下了手串，扬长而去。

我们看到可可的时候她已经哭得快要断气，她像个念幼儿园的小女孩，蹲在地上发抖，说起话来两只手连同肩膀一起疯狂甩动。

"她们抢走了我的手串！"

飞机头说："她们就是冲着你的手串来的。"

可可说："我认识其中一个人，她就是纺织职校的司马玲！"

一听司马玲，我们全都噤声了。这是一九九一年最让人胆寒的名字，她的爸爸被判了死刑，她的哥哥是劳改释放分子，她身后的男人有一个加强连，全是流氓，战斗力超过了海豹特种部队。她带两个女生冲进化工技校就足以踏平我们所有人，因为我们学校最狠的那个大哥，是司马玲的忠实拥护者。我们从地上扶起可可，安慰了很久，她总算不哭了，但她提出了很过分的要求。

"你们帮我去把手串抢回来。"

我们面面相觑。大飞头说："如果在其他女人那儿，我能给你抢回来。如果是司马玲……"

飞机头说："我不敢。"

我说："我也不敢。"

花裤子说："报警吧。"

可可说："你们这群废货。如果刀把五在就好了。"

刀把五不在。那阵子菜刀头在工厂里出了点事故，行车上有一个吊件飞下来，砸中了他，把个菜刀头砸成了锅铲头，他颅内积水，快要死了。刀把五天天在医院照顾他呢。

一九九一年那会儿，我们有一个奇怪的规矩，无论发生什么事件，只要不是强奸杀人烧房子，就不能随便报警。因为报警就意味着你退出了江湖，以后你最好参加高考，去做一个文静的大学生。更何况，哪个派出所会为了一串珊瑚手串而出警呢？除非所长是你爸爸。我们围着可可，商量了很久，最后她没了耐心，把我们一个一个痛骂过来，说要找她的同班男生去解决问题。我们表示同意，那些男人比我们大一岁，他们的战斗力会稍强些，但他们敢不敢去扒司马玲的皮，我们也觉得不那么乐观。

为了这串手串，我和飞机头去了一趟旅游品市场，那儿有大量的珊瑚工艺品。我们看到了白珊瑚，有的做成假山，有的做成笔架，但我们没有找到红珊瑚，也没有发现手串。店主说，这种东西还蛮少见的，可能是港台过来的货色，就算有，你们也买不起。我想想也对，要是满大街都能买到，司马玲这种大佬又何必来抢可可呢？

我和飞机头郁郁寡欢地往回走。我觉得我们真的很爱可可，虽然没法为她抢回手串，但愿意出钱给她买一条，也算尽心了。我们顺路去了纺织职校，在那儿看到了司马玲，她独自坐在操场的司令台边，风吹着她的长发，她显得沉静而又优雅，完全不像是个女煞星。那串红珊瑚手串，那么醒目地挂在她手腕上，非常耀眼。我们要是冲过去给她一砖头，就能抢回手串，赢得可可的芳心；但不能这么干。司马玲也很美丽，她像可可一样美，我们不能打一个美丽的女孩。

刀把五出现了，他手臂上戴着黑纱。菜刀头死了。

"节哀。"我们说。

刀把五说："以后没人管我了。"然后他就知道了可可的事情，他说："这事儿先放一放。"

我们表示理解，说："是的，你别管了。你爸刚死。"

我看不出刀把五有什么哀痛的，他像往常一样上学下学，阴着脸，摆出很酷的样子供人观赏。花裤子说："刀把五的沉默说明他还是很哀痛的。"但大飞说："刀把五从那次打麻将以后就一直沉默。"

可可来找刀把五，当着他的面把我们几个都损了一遍：大飞是尿包，飞机头是尿包，花裤子是尿包，路小路是尿包。说得我们无地自容。刀把五笑了笑，笑得很残酷，说："我知道了。"然后他就走了。

可可说："刀把五也是尿包。"

红珊瑚手串事件并没有结束。可可快要过生日了，她筹备已久的生日派对，届时她要穿上最漂亮的衣服，配她的手串。可可找了她班上一个蛮威风的男生，绰号叫老虎，是她的追求者，单枪匹马跑到纺织职校去交涉。老虎说，可可愿意用一百块钱买回手串，另外再送给司马玲一串珍珠项链。司马玲给了老虎一脚，又拍拍他年纪轻轻就胡子拉碴的脸蛋，说："明天陪我去看电影吧。"就这样，连他妈的老虎都被司马玲抢走了。

过了一个星期，可可那个惨淡的生日派对在一家小舞厅里搞起来了，很多人都没来。舞厅破旧不堪，球型激光灯已经不转了，卡拉OK里都是些过时的老歌。可可要求我们每个人带三瓶啤酒，她以为我们班会去上最起码二十个人，可是只有我和飞机头到场。我们喝着自己买的啤酒，看着可可逐渐发绿的脸，这时，刀把五来了。

他从裤兜里掏出了红珊瑚手串，对可可说："我帮你抢回来了。"

他是这么干的：下午溜进了纺织职校，认准了司马玲，然后缩在角落里等着她落单。黄昏时她果然落单了，像我们上次所见那样，独自来到操场上吹风。这时刀把五走了过去，吹风的司马玲很美丽，但他一点没有怜香惜玉，一把叉住她的脖子，从她手腕上撸下了红珊瑚手串。司马玲挣扎了一下，刀把五揪住她的头发，把她放倒在地，然后撒腿狂奔，越过围墙，连自行车都没敢回去拿，一直跑到了舞厅。

我们看着手串，等着可可伸手去拿，给予刀把五最大的奖励，也许会吻他一下。可是可可比我们想象得更聪明，她说："完了，你死定了。"这时从舞厅的前门后门各涌进来七八个男人，他们揪住了刀把五，暴打一顿之后把他按在桌子上，他直接趴在了可可的生日蛋糕上。其中一个男人拔出一把弹簧刀，像切蛋糕那样插进了刀把五的左臀。

那天我只记得刀把五的惨叫，以及可可的尖叫。等到这些面容模糊的男人消失之后，刀把五还趴在蛋糕上，可可的叫声还没有停下来："刀把五，你把我的生日派对搞砸了！"

红珊瑚手串后来消失了，既没有归可可，也没有归司马玲，它在混战中不知去向。也许是被某个混蛋顺走了，而它确实也不再重要。

那时我们谈论过各种刀法。我知道有人被一刀捅穿肚子之类的故事，那太凶残，更多的时候，故事是温情而令人发笑的，比如某个倒霉蛋在打架的时候被人捅了屁股。你知道，那些擅长使刀的人，他们并不会愿意为了哪个无名小卒就把自己搞成杀人犯，他们只捅屁股就够了，有时捅屁股也会闹出人命，比如不小心挑穿了股动脉——这没办法，毕竟是流氓，不是外科医生。

刀把五没死，他屁股上插着刀子一直送到了第二人民医院。医生问怎么回事，我们说他不小心坐到了刀子上。医生说："呀，我不知道这是被人捅的吗？"手术以后，刀把五坚持让医生把弹簧刀还给他，自此，弹簧刀就一直在他书包里了。

化工技校89级维修班最耀眼的明星、煞星、丧门星就此诞生，他就是刀把五；他身上拥有实打实的两条刀疤，都很吓人。他爸爸砍的那条在手上，另一条因在隐秘的位置，不太好拿出来示人。在特定的时刻，比如我们谈到可可，他仍然会露出一种奇怪的神色，仿佛骄傲，仿佛忧伤，然后举起他的手，注视着自己的刀疤。大飞会一再提醒："拜托，属于可可的那条疤在你屁股上。"

有一天，老虎也过来凑热闹。老虎打趣说："刀把五，可可现在看见你怕死了。因为你太勇猛了，你居然敢打司马玲，你再这么搞下去，可可会遭殃的。"刀把五看着老虎说："你说说，我们到底谁是孬包。"老虎很生气，说："好吧，我孬包，我们都是孬包，只有你不是。这总可以了吧？但是你不要再去给可可惹麻烦了，红珊瑚手串已经没了，可可不想为了它被人砍一刀。"

甚至是司马玲，她都托人送来了两百块钱，算是汤药费。因为司马玲听说这是个不要命的货色，她也担心哪天落单了被他在屁股上捅一刀。她毕竟是个女人嘛。刀把五收下了钱，低声说："我是不会用刀子去捅女人的。"

大飞说："拉倒吧，抓她头发的就是你。你还以为自己是骑士了。司马玲比可可上路多了，而且更漂亮。"

刀把五说:"我只喜欢可可,是她让我去抢回手串的。"

大飞冷静地说:"她让你抢回手串,但并不想把火烧到自己身上。也许你应该在操场上就杀了司马玲,把手串交给可可,这样你去挨枪毙,跟她一点关系都没有。你愿意吗?"

我们整天游荡,无所事事。我们围聚在少女可可身边的日子一去不返,她很快就去了糖精厂实习。后来我们认识了很多女孩,马路少女闹闹,纺织职校的闷闷,她们取代了那个冷酷心肠的可可。刀把五有时也会参与进来,但他不太受少女们的欢迎。以前他嚣张而热血,自从挨了那一刀之后,他变成沉默阴鸷,没人对他有好印象。有一天我们说到刀疤,闷闷说你们都是厌包,没人真的挨过刀子。大飞就把刀把五的故事说了一遍。闷闷说:"屁股上有刀疤还真他妈的挺难办的,以后只能威风给他老婆看了。"

这故事差不多就结束了,其实还没有。那年秋天,我们的可可在实习五个月之后回到了化工技校。她挺着一个微微隆起的肚子,怀孕了,而且不打算要打胎的样子,于是她被开除了。她幸福地笑着,拿了开除通知书,从我们的眼前走过。我们喊她:"嗨,可可,孩子爸爸是谁?"她笑而不语,兀自前行。有一个化学老师指着可可骂:"贱货。"她也没有回头,就这么走了。我看到刀把五轻轻地叹了口气,啥都没说。第二天晚上化学老师在一条小巷里被个蒙面人捅了一刀,捅在屁股上,也没人知道是谁干的。

路内说:写小说就是为了让自己有点自尊。

人首先是个把自我向着一个未来推进并且知道自己正是在这样做的生物。

via 萨特

完 美 谋 杀

王小山/作家

　　贝志城死了，二〇一二年十二月二十一日，死在了自己的办公室里。

　　他的老婆文小丫坚决认为，这是谋杀。

　　向警方报案时，文小丫说出了重重疑点。首先，半个月前，贝志城似乎已经感觉到了什么，把贴身保镖从一个增加到了三个；其次，三天前，贝志城把所有的银行密码、财产清单都交给了文小丫，甚至说出了"如果我有什么意外，你得好好照顾儿子，儿子十八岁前，你不准改嫁"，他还说自己已经修改好了遗嘱，把这条加了进去，如果文小丫在贝乐言十八岁生日之前嫁人，则会被剥夺所有继承权。

　　贝乐言才四岁零六个月。

　　贝志城是本城商业联合会主席、志城集团董事长兼总裁，但谁都知道，这只是他的官方身份，他的实际身份还有两个，一是本市黑社会老大，二是常务副市长的拜把兄弟。

　　法医的报告出人意料，贝志城死于心脏病突发，排除他杀。

　　新闻中说，医生已经得出结论，是一次普通的自然死亡，没有迹象表明是谋杀。当然，没人相信什么心脏病突发，在案情通报会上，常务副市长对公安局发出指示，务必找出凶手，所有和贝志城有过节的人要一一排查。副市长指出，本市是安全模范代表城市，多次受到省里、部里的表彰，因为平安，才使经济发展有了保障，现在商业联合会主席被人谋杀，安全模范市的称号也就保不住了，谁还敢来投资？

有句心里话他没说出来，兔死狐悲，谁跟我的兄弟过不去，就是跟我过不去；另外，杀死了贝志城，下一个是不是我？

常务副市长上一个职务是公安局长，有他的指示，公安局自然不会怠慢，只用了六十四个小时，就将嫌疑人员锁定到了四个，分别是贝志城的前保镖张进、财务总管艾国宝、私人秘书王小米和干儿子董啸。

以下是四人接受讯问时的交代：

张进自述

我是张进，从前是贝志城的保镖。贝志城从小习武，死的时候才四十六岁，身体还是特别好，说实话，一对一，我都未必是他的对手，所以，平时他就带一个保镖，应付应付局面，他不是个讲排场的人。

我是半年前逃走的，确实是逃，不是辞职，给贝志城干活，哪有辞职这么一说？只能跑。你提辞职，他就觉得你不忠诚。而他最恨不忠诚的人，能为此打死你。志城集团能接触到他的员工，没人敢辞职，能辞职的都是那些底层的小孩子。有个销售副总监，想攀高枝，要去北京发展，后来不是失踪了吗？你们也就装样子查查……不说这个，好，不说。

为什么逃？我是乡下孩子，运气本来挺好，先做保安，后来报名参加保镖学校。可能是天份吧，教官就说我特别适合做这行，而且学得也快，自己也喜欢。后来就被派到志城集团了，再后来，贝志城就把我买断了，说白了，就跟李甲给杜十娘赎身差不多。

对，哦，你问我为什么逃，受不了啊，他总让我干那些事。志城集团，有一项房地产生意，要去拆别人的房子。城里的拆，乡下的也拆，碰到"钉子户"，就折腾人家。其实啥钉子户啊，逼人搬家，还不给人钱，人家搬哪儿去呢？有一阵，我专门对付钉子户，那些面上的人不方便做的事，他都交给我。纠集几个兄弟，带着警察，警察啊，警察都听他的，你们警察……哦，不说这些？好，那么说吧，那天我陪他出门，门口有个老太太，卖瓜子的，就是那种，一块钱一包的瓜子，可怜人，挡了他的路，他居然一脚把老太太给踢飞了。

　　这不是作死吗？你要做生意，拆别人房子，坏，但总还有理，要赚钱嘛，钱哪有那么干净？你杀人，也算生意，或者别的，我也不觉得怎么样。可是你不能欺负老太太啊，那老太太也没得罪你，反正我看不过去。

　　我不敢反抗他啊，谁敢啊，反正不想给他干了，就逃走了。他知道我跑了，还"通缉"我，他发出的不是"江湖追杀令"，是"江湖奸杀令"，对对对，就跟香港那个什么电影里一样。我是男人，当然受不了，乡下人也要面子啊。

　　藏起来当然行啊，我就藏起来了，也是道上的朋友帮忙，藏了半年。半年啊，好在没家没口，朋友随便给口饭吃。都是在保镖学校认识的朋友，现在混黑道白道都有……怎么杀的贝志城，我想过好多办法，最好的办法就是直接给他几刀。

　　没，后来我没亲自动手，是艾国宝，对，那个管账的，他一直对我挺好的，他找到我了，让我买了药，对，我朋友专门干这个的，药，好像是叫什么青什么甲的，我也不懂，反正挺贵的。我知道艾国宝要对贝志城下手，当然高兴啊。

　　就算我杀死他的吧，行，我认了，死了当然好，不然我得躲一辈子，江湖奸杀令，哼哼。

艾国宝自述

我是艾国宝，志城集团的财务总监。小伙子，我先给你讲个故事……好吧，不是小伙子，是警察同志。警察同志，嗯，咱们确实是同志，一伙的，我是志城集团的，你们归副市长管，一伙的。我叫你小伙子也是开玩笑，我才三十二岁，咱们差不多大吧。无所谓了，反正这次难逃一死，怕你呀？

警察同志，我先给你讲个故事，从前……你别打断我，你得听了这个故事，我才能说动机，你再打断我就不说了。

OK，从前，其实也没多前。那会儿，我和老婆在财经大学读书，当时她还是我女朋友，现在她是我老婆，还有个十岁的女儿，生孩子够早？当然，没毕业就怀上了。我们俩一见钟情，越见越爱，天生的那种，可能前辈子都在一起。我们大学三年级那年，我做学生会主席，她是文艺部长，都品学兼优，整个学校，我们的成绩前无古人，日后必将成为传说。就是那年，学校来了个很大的官，副市长？你们眼里只有副市长，比他大，比省长都大，大到天上去了的官。我和老婆是学生代表，跟大官不但握了手，还单独合影留念，明白吗？你们搜查过我家了吧，我们三个的合影就挂在客厅的墙上，想起来了？对，那是我们一辈子的骄傲。

现在明白我为什么要给你们讲这个故事了吧？炫耀有背景？屁，这算什么背景啊，人家不过是来视察，例行公事，跟学生合影也是工作，哪还记得我们啊。听不懂我接着告诉你，当时我们校长铺了宣纸，掭了毛笔，递给大官，说，给题个校训吧，那时我们学校还没有校训。大官不假思索，一气呵成，四个大字，你们知道是什么吗？我就知道你们不知道，你们当然不知道我知道你们不知道了，哈哈，我告诉你，我当然

239

知道，是我跟我老婆在边上帮忙铺的宣纸啊，那四个大字就是——不做假账。

故事讲完了，现在你明白我为什么要杀死贝志城了吧？还不明白？

痛苦，太痛苦了，每天都在做假账，给集团做，给贝志城做，甚至给你们公安局和副市长做……好，不说就不说。

这还不够杀人？对我来说，这个理由就足够了。氰化钾是我买的，我找的张进，这小伙子不错，我信得过他。我没什么好隐瞒的，既然做了，被抓了，就承认，我是为了理想……我大学毕业就到了志城集团，开始还很高兴，毕竟是上市公司。我工作非常努力，十年就当了总监。直到那天跟老婆聊天，忽然想起我们的校训来。

十年啊，我做了多少假账啊，开始还抗拒，慢慢就同流合污。现在，我爆发了，明知必死，但总算轰轰烈烈一次。我没想过为民除害，理想，就是理想。

氰化钾？给了董啸，整个计划都是我们俩做的，杀死贝志城的计划，代号就是"无尾狗"，你们要能查到电话录音，我们每次提到"无尾狗"三个字，就是这事。董啸是贝志城的干儿子，当然他下手最方便。

其余的，你问他吧。

董啸自述

我是董啸，从前是志城集团第八分公司的总裁，现在自己做了个小公司。对，两年前脱离了志城集团，我可能是志城集团高层里唯一脱离后还没被追杀——不用这个词，没被"问责"，还能继续做自己生意的人。

我是贝志城的干儿子，是，我爹是他的兄弟，当时他们三个一起创

240

业，三个，贝志城，还有我爹，还有副市长，哦，打住，好，副市长的事不说。当时他们三个被人追杀，是我爹挡了刀子，救了他们俩的命。贝志城一直对我挺好，是他把我养大的，我妈也承蒙他照顾，这么多年，他每个月都会固定给我们生活费，不少，挺多的。

我亲爹还活着的时候，就让我认贝志城做了干爹。

我有阴影，我爹死后，贝志城经常来我们家看望我们，带我去吃好吃的、玩好玩的。小伙伴们开始还羡慕，后来就乱说了。不瞒你们，难听，我一说"干爹"，他们就笑，说"啥干爹啊，明明是亲爹"。小时候不懂是什么意思，长大了当然明白了，怀疑？当然怀疑啊。

后来我妈死了，怀疑归怀疑，也没法问人了。

反正越来越怀疑，可贝志城对我一直都很好啊，怀疑也没办法。我还悄悄地去医院做了亲子鉴定。容易啊，我跟他那么近，想取点他的头发还不容易嘛。我去做了亲子鉴定，结果我和他没有血缘关系。其实，就算他是我亲爹我也能接受，毕竟我亲爹死得早，我也没什么印象，也没什么感情，虽然心里有点别扭，但是真的也能接受。他对我好，就够了。

贝志城，你们都知道，打杀了好多年，后来逐渐洗白，又打拼了好多年。狠，绝对狠。我很小的时候，他就对我说："除了我生的，除了生我的，都不当命。"血，手上当然都是血。其实，知道他不是我亲爹后，我心里还哆嗦了一下，我不是他生的，他拿我的命还当命吗？

全市的人都知道他的口头禅，就是"干你娘"，生气的时候说，高兴的时候也说。别人可能觉得没什么，但我却感到很别扭，每次都觉得他在说我，他和我妈到底是什么关系，说不清。

我为什么离开志城集团自立门户？你们当然不知道，副市长知道，好，不提他了。很简单，因为他看上了我的女朋友。

本来，我都要结婚了，千不该万不该，带女朋友去见他。但是，你们说说，他是我干爹，我怎么可能不让他见我的女朋友。

对，我女朋友就是王小米。他一见到小米，那眼神，我一辈子都忘不了，当时心说，完了，完了，完蛋了。

贝志城看上的女人，谁能逃得过？天下女人，除了生他的、他生的，哪个他不想要？但他干吗一定要看上我的女朋友呢？

后来的事，你们有些知道，有些就不知道了，副市……嗯，总之呢，王小米成了贝志城的私人秘书。

你们说，他不但睡我娘，还睡我老婆，谁受得了？

所以我必须要杀了他。

是我干的，整个事情就是我和艾国宝策划的，行动代号是"无尾狗"。我让艾国宝买了氰化钾，让王小米放进他的水杯里，一切顺理成章。我杀了他，杀了贝志城。死了也值。就这么多。

我等着，等你们的狗屁审判。

王小米自述

我是王小米，贝志城的私人秘书。其实是什么私人秘书，你们都懂的，基本上就是公开情人，就是小蜜，就是玩物。

我不喜欢他，也不爱他。你说什么？为什么不爱还跟他在一起？你第一天生活在这个城市啊，装什么外宾？谁敢拒绝贝志城？我问你，在这个城市里，谁敢拒绝贝志城？就算敢，谁有本事拒绝他？

我爱董啸，也许这爱本身就错了，不然不会有后面的事。告诉你们，现在，我没事了，我解脱了。

两年了，整整两年，就像是一场噩梦。你们知道给大人物做情人的痛苦吗？不但要躲着他老婆，做出真正秘书的样子，还要应付那些临时客串的女人，你以为他老婆不知道？当然知道，但是要面子啊。你要假装是老板的秘书，他老婆要假装真把你当成老板的秘书，谁都知道真相，但还都不能说。可怕的是，假如贝志城说，今晚你俩一起陪我吧，还不能拒绝。

当然，贝志城从来没让我跟他老婆一起陪他，做这种事的时候，从来没他老婆，但有时会有别的女人，明白吗？明白我过的是什么日子了吗？

我为什么要杀死贝志城，这个问题我已经回答过了，你们满意了吗？

现在，我要告诉你们，没人杀死贝志城，他自己死的，你们信吗？

本来，我是要杀死他的。董啸给了我氰化钾，我定的日子是十二月二十二号。这个日子很好啊，头一天是世界末日，他躲得过世界末日，但躲不过我。

但他没躲过去，就在传说中的世界末日那天，他自己死了，是心脏病突发。我还没来得及动手，他就被天收了。氰化钾在我家里，相信你们已经找到了，还没拆封呢，没来得及。不知道该高兴还是难过，真想亲手杀了他。

这就是全部真相。

我要说的就这么多，剩下的，你们说了算。

王小山说：幸好，他们死在书里。

监制	/	阿 丁
主编	/	孙一圣
执行主编	/	张不退

图书版权	/	诚客优品
出品人	/	杨学会
特约监制	/	胡永刚
责任编辑	/	丁文梅
制作编辑	/	佟 洋
封面设计	/	hanyindesign

文章投稿	/	guorenxiaoshuo@163.com
图片投稿	/	guorenxiaoshuo@126.com
果仁微信	/	guorenxiaoshuo
果仁官微	/	@果仁小说

诚客官网	/	www.chengbook.com
诚客官微	/	@北京诚客优品文化
美读微博	/	@-美读-
美读微信	/	meidubook